KB248711

구중천
九重天

구중천 4

임영기 新무협 판타지 소설

초판 1쇄 찍은 날 § 2006년 12월 5일
초판 1쇄 펴낸 날 § 2006년 12월 15일

지은이 § 임영기
펴낸이 § 서경석

편집장 § 문혜영
편집 § 이재권 · 유경화

펴낸곳 § 도서출판 청어람
등록번호 § 제1081-1-89호
등록일자 § 1999. 5. 31
어람번호 § 제2-1075호

주소 § 경기도 부천시 원미구 심곡1동 350-1 남성B/D 3F (우) 420-011
전화 § 032-656-4452 팩스 § 032-656-4453
http://www.chungeoram.com
E-mail § eoram99@chollian.net

ISBN 89-251-0435-0 04810
ISBN 89-251-0293-5 (세트)

목차

第三十九章

은오검(銀烏劍)

구중천
九重天

　분뇨에 파묻혀서 구사일생으로 탈출한 공하진은 경무장 안에 있었으면서도 내부의 사정에 대해서는 아는 것이 그리 많지 않았다.

　경무장 내 오등급의 무사들 중에서 최하급의 신분인 그로서는 장원 내에서의 행동 반경이 극히 좁을 수밖에 없었기 때문이다.

　그래서 화무린과 윤학, 공하진 세 사람은 육투번과 경무장 내부의 구체적인 사정에 대해서는 직접 부딪쳐서 알아낼 수밖에 없다고 여기고 하나의 계획을 세웠다.

　"저기 오고 있소. 곧 들이닥칠 것이오."

문틈 새로 밖을 내다보던 윤학이 들릴 듯 말 듯 조그맣게 속삭였다.

얼마나 긴장했는지 속삭이는 소리마저도 가늘게 떨렸다.

화무린은 대장간 내 한편에 따로 진열된 여러 종류의 무기를 이것저것 만지면서 구경하는 체하다가 가볍게 고개를 끄덕이고는 계속 구경에 열중했다.

화무린의 반응이 그저 건성인 것처럼 보여서 자신의 속삭임이 너무 작아 듣지 못했을 수도 있었을 것이라고 여긴 윤학은 속이 바짝 타 들어갔다.

그래서 다시 좀 더 큰 소리로 말해주려는데 화무린이 손가락 하나를 입 앞에 세우며 말하지 말라는 시늉을 하더니 이리 와보라는 손짓을 해 보였다.

"이 검은 어떤 것 같소?"

화무린은 새로 만든 멋진 도검들이 번쩍이는 광채를 뿌리며 진열되어 있는 곳은 아예 거들떠보지도 않았다.

그 대신 못 쓰는 파쇠 따위를 잔뜩 쌓아놓은 곳에서 한 자루 벌겋게 녹슨 철검을 골라내고는 이리저리 살피면서 마치 대단한 물건이라도 발견한 듯한 표정으로 윤학에게 물었다.

"나는… 잘 모르겠소."

윤학은 곧 들이닥칠 사람들 때문에 오금이 다 저리는 판국이라 화무린의 말이 귀에 들어올 리 없었고 녹슨 검 따위는 더욱 눈에 보일 리가 없었다.

하지만 화무린은 곧 벌어질 일에 대해서는 관심도 없다는 듯 녹슨 검에만 온 신경을 쏟고 있었다.

붕붕!

"홈! 묵직한 게 마음에 드는군."

그는 녹슨 검을 허공에 가볍게 휘둘러 보고는 흐뭇한 미소를 지으면서 고개를 끄덕였다.

그것은 길이가 넉 자 반이나 되고 무게가 족히 칠십 근은 나갈 듯이 보였다.

또한 보통의 검보다 거의 한 자나 더 길었으며 무게는 대여섯 배 이상이었다.

검이라는 무기가 가볍고 날렵하기 때문에 무림인들이 선호한다는 사실을 철저하게 무시한 검이었다.

더구나 새빨갛게 녹까지 슬어서 한차례 휘두르자 녹가루와 먼지가 매캐하게 흩날렸다.

과연 그따위 검으로 닭 모가지나 제대로 벨 수 있을는지 의문인데도 화무린은 끝내 그것을 뒤쪽에서 지켜보며 서 있던 대장간의 늙은 주인에게 내밀었다.

"이것을 손질해 주시오."

회색의 머리카락과 수염이 얼굴 대부분을 뒤덮고 있는 꾀죄죄한 몰골의 늙은 대장장이는 두 손으로 검을 받아 쥐고는 뜻밖에도 빙그레 미소를 지었다.

"이제야 은오검(銀烏劍)이 주인을 만났구려."

"은오검이라……."

화무린은 검명이 마음에 든다는 듯 고개를 끄덕였다.

화무린과 주인이 녹슨 검을 두고 하는 양이 마치 무슨 대단한 명검을 대하는 듯해서 보고 있는 윤학은 잠시 두려움을 잊은 채 어이없는 표정을 지으며 쳐다보았다.

"이 검이 어째서 은오검이오?"

은오는 은빛 까마귀라는 뜻인데, 화무린이 골라 든 검은 새빨갛게 녹이 슨 철검이니 당연한 의문이었다. 더구나 세상에는 은빛 까마귀라는 것이 없다.

주인은 미소를 지으면서 녹슨 검을 다시 화무린에게 조심스레 건네주는데, 경건하기까지 한 그 행동이 마치 보검을 다루듯 했다.

"무사께서 이 검에 한차례 내공을 주입시키시면 자연히 그 뜻을 알게 될 것이오."

화무린은 주인의 말대로 검을 쥐고 일자로 쭉 뻗은 후 약간의 내공을 주입시켰다.

지잉!

그러자 녹슨 검이 가볍게 검명을 토하는가 싶더니 녹이 단번에 모조리 떨어져서 허공에 흩날렸다.

그리고는 눈부시게 흰, 아니, 은빛의 검이 마침내 본래의 모습을 드러냈다.

검은 검파를 제외한 모든 부위가 은색이었다. 화무린이 살펴보니 검신 양면 한복판에 각각 한 마리씩의 날아가는 형상의 까마귀가 검신의 절반 정도를 차지한 채 길게 음각되어 있었다.

원래 검신에는 아무것도 그리거나 새기지 않는 것이 보편화되어 있는데, 그런 점에서도 이 은검은 남달랐다.

과연 주인의 말이 맞았다. 녹슨 검이 어째서 은오검인지 내력이 밝혀지는 순간이었다.

은빛의 검 은오검은 얼핏 보기에는 명검 같지 않았지만 검신에서 싸늘한 예기와 한기를 흩뿌리고 있어서 보는 이의 가슴을 절로 떨리게 만들었다.

원래 화무린은 녹슨 검이 그저 묵직하고 길었기 때문에 녹을 떼어내고 잘 다듬기만 한다면 꽤 쓸 만할 것이라는 판단에서 집어 든 것이었다.

그런데 이처럼 훌륭한 검일 줄은 상상조차 하지 못했다가 적잖이 감탄하며 은오검을 이리저리 살펴보았다.

윤학은 놀라는 얼굴로 은오검을 쳐다보고 있었다. 형편없게만 보이던 녹슨 검이 순식간에 찬란한 은검으로 둔갑했으니 놀라는 게 당연했다.

그 역시 화무린처럼 곧 들이닥칠 사람들에 대해서는 까맣게 잊은 채 은오검을 보면서 감탄하기에 여념이 없었다. 그러는 그도 영락없는 무인이었다.

"원래 은수철(銀秀鐵)은 천만 년이 흘러도 녹이 슬지 않는다고 하오. 다른 파쇠의 녹이 달라붙어 있었던 것뿐이오."

이른바 옥이 진흙에 파묻혀 있었다는 얘기였다.

강철이니, 오금철, 한철 같은 쇠[鐵]의 이름은 들어봤지만, 박학다식한 화무린으로서도 은수철이라는 쇠에 대해서는 금시초문이었다.

바로 그때 대장간 밖에서 삐걱거리면서 수레 멎는 소리가 들려왔다.

그 순간 윤학은 은오검 때문에 잠시 잊고 있었던 두려움과 긴장이 다시 엄습하여 초조한 표정으로 입구와 화무린을 번갈아 쳐다보았다.

그러나 화무린의 관심은 여전히 온통 은오검에만 있는 것 같았다.

원래 사람을 한 번 믿으면 끝까지 믿는 성격인 윤학이었지만 이 순간만큼은 그럴 수가 없었다.

그래서 그는 낯선 화무린을 덥석 믿고 이 계획을 진행하고 있는 것을 지금 어느 정도 후회하기에 이르렀다.

화무린의 태연자약을 넘어서 방관시하는 태도는 윤학을 후회하게 만들기에 충분했다.

더구나 처음에 이 계획을 제안한 사람은 화무린이었다.

그는 경무장에서 볼일을 보러 나오는 무사들 중 한 무리를 골라 그들을 감시하는 투번고수를 처치한 후에 화무린과 윤학이 각각 투번고수로 변장하여 경무장으로 잠입하자고 제안

했었다.

계획은 좋았지만 윤학은 선뜻 동의하지 못했었다.

자신의 부친, 즉 경무장주는 다섯 명의 투번고수에게 협공을 당하다가 가까스로 한 명을 죽인 직후에 죽음을 당했는데 그때까지 소요된 초식은 불과 오십여 초였다고 들었다.

그렇다면 경무장주는 세 명의 투번고수하고 싸우면 팽팽했을 것이라는 계산이 나온다.

윤학은 겨우 부친의 삼 할 수준에 미칠 정도의 무공 실력을 지니고 있었다.

그것은 그가 한 명의 투번고수와 맞먹거나 그에 약간 못 미치는 수준이라는 뜻이다.

경무장 밖으로 용무를 보러 나오는 경무장 무사들을 감시하는 자는 투번고수가 분명할 것이다.

두 명이 용무를 보러 나오면 한 명의 투번고수가 감시하고, 네 명이면 두 명, 그런 식으로 용무를 보러 나오는 무사의 절반에 해당하는 수의 투번고수가 감시를 한다고 했다.

육번주가 경무장을 장악한 이후부터는 경무장 무사들이 혼자 용무를 보러 나가는 것을 절대 불허했고, 잦은 용무는 모았다가 한꺼번에 보게 했다.

그러므로 결과적으로 투번고수가 혼자 감시자로 나서는 경우는 거의 없다는 뜻이다.

경무장은 평소 장원 내에서 사용하는 무기가 잘못되면 모아두었다가 열흘에 한 차례 이곳 대장간에 가져와 보수를 했었는데, 그것을 이십 일에 한 차례로 변경했으며, 바로 오늘이 그날이었다.

공하진의 말이 틀리지 않다면, 경무장 무사는 네 명이고 투 번고수는 두 명이 따라붙었을 것이다.

윤학이나 공하진뿐이었다면 이 계획은 상상조차 할 수 없었겠으나 화무린이 있었기에 가능했다.

그런데 그 화무린이 녹슨 검인지 은오검인지에 정신이 팔려서 경무장 사람들이 대장간 밖에 도착했는지 마는지 신경조차 쓰지 않고 있는 것이다.

그러니 윤학의 애간장이 바싹바싹 타 들어가서 콩알만 해질 수밖에 없었다.

화무린은 아예 한술 더 떠서 몹시 궁금하다는 표정을 지으며 주인에게 물었다.

"은오검에는 어떤 내력이 있소?"

"나도 모르오. 삼십여 년쯤 전에 무림을 떠나 은거하는 어떤 무인이 거저 던져 주고 간 검인데, 내가 그냥 은오검이라는 이름을 붙여본 것이오."

화무린은 은자를 꺼내려고 손을 품속에 넣으며 물었다.

"얼마를 드리면 되겠소?"

"한 냥이오."

주인은 손가락 하나를 세워 보였다.

그는 어이없는 듯한 표정을 짓는 화무린을 보면서 수염을 쓰다듬으며 껄껄 웃었다.

"헛헛헛! 나는 삼십 년 전에 그 검을 구입한 날부터 줄곧 저 곳 파쇠 더미에 묻어놓았었소! 원래 무인은 훌륭한 주인을 만나야 하듯이 좋은 검은 자신을 알아보는 주인을 만나야 하기 때문이었소! 그런데 오늘 은오검이 주인을 만났으니 삼십 년 묵은 체증이 쑥 내려가는구려!"

대장간 밖에 멈춘 수레에서 네 명의 무사가 수리할 무기가 담긴 묵직한 궤짝을 내리고 있었고, 그들의 양옆에는 두 명의 무사가 팔짱을 낀 채 그 광경을 지켜보고 있었다.

하지만 화무린과 주인은 그것에는 신경도 쓰지 않은 채 대화를 계속했다.

"무릇 예로부터 모든 물건에는 제각기 주인이 따로 있다[物各有主]고 하지 않았소? 무사가 그 검을 고르셨으니 마땅히 주인이오! 게다가 나의 삼십 년 묵은 체증을 고쳐 주었으니 어찌 큰돈을 받을 수 있겠소? 또한 나 역시 삼십 년 전에 그 검을 거저 받았는데 이제 한 냥을 받게 되면 과연 남는 장사가 아니겠소?"

화무린이 보기에 노인은 비록 이런 시골에 묻혀 있지만 기인이 틀림없었다.

무림의 기인만 기인이 아닌 것이다. 세상일에 초일하고 더불어 어느 한 가지 일에 통달, 비범하면 그것이 진정한 기인이 아니겠는가.

화무린은 검파를 손 안쪽으로 말아 쥐고 주인에게 정중히 포권을 해 보이며 치하했다.

"좋은 검을 주셨으니 잘 쓰겠소."

주인은 흡족한 미소를 지으며 고개를 끄덕였다.

"내가 지은 은오검이란 검명을 무림에 떨쳐 주신다면 더욱 고마울 게요."

그즈음 윤학은 거의 사색이 되다시피 하여 대장간의 입구와 화무린을 번갈아 쳐다보고 있었다.

그때 경무장 무사들이 대장간 안을 향해 일렬로 들어서고 있었기 때문이다.

아무것도 들지 않은 한 명의 무사가 맨 앞에, 그리고 각각 하나씩의 묵직한 궤짝을 멘 네 명의 무사가 그 뒤를 따랐으며, 가장 뒤에 또 맨몸의 무사 한 명이 뒤따르고 있었다. 그들 여섯 명은 모두 경무장 무사의 복장이었다.

그렇지만 윤학이 그저 한 번 얼핏 보기에도 맨 앞과 맨 뒤의 무사가 낯선 얼굴이었으며, 궤짝을 멘 네 명은 모두 낯익은 얼굴들이었다.

당연히 낯익은 얼굴 네 명은 경무장의 무사들이고, 낯선 얼굴 둘은 투번고수일 것이다.

굳이 낯설고 낯익은 얼굴이라는 점을 떠나서, 앞선 무사와 맨 뒤의 무사 두 명과 궤짝을 멘 네 명의 무사는 같은 복장을 했을 뿐이지 어느 누가 보더라도 달랐다.

두 부류를 비교하자면, 무표정한 얼굴과 초조한 표정. 절도 있는 걸음걸이와 흐트러진 걸음걸이. 빈틈없는 자세와 무방비의 몸가짐. 범접하기 어려운 기도와 그저 옆집 아저씨 같은 모습 등이 그것이었다.

저벅저벅—

앞장선 투번고수가 대장간 안으로 당당하게 걸어 들어왔다.

"……!"

그때 궤짝을 들고 들어오던 경무장 무사 중 한 명이 딴청을 하는 듯하면서 자신 쪽을 힐끗 쳐다보는 윤학을 발견하고는 만면에 극도의 경악을 떠올렸다.

'아차!'

윤학이 얼굴을 돌려 외면하기에는 이미 늦고 말았다.

만약 그를 알아본 무사가 섣불리 아는 체라도 하는 날이면 계획을 성공시키는 것은 고사하고 이곳에서 살아서 나가는 것 자체가 불투명해지고 말 것이다. 최소한 윤학의 생각은 그랬다.

윤학은 초조함이 극에 달한 표정으로 황급히 화무린을 쳐다보았다.

그 순간 윤학의 얼굴이 확 굳어졌다.

화무린이 은오검을 장난스럽게 어깨에 척 걸쳐 멘 채 앞장선 투번고수를 향해 곧장 마주 걸어가고 있는 광경을 발견했기 때문이다.

경무장 무사의 복장을 한 앞장선 투번고수는 무표정한 삼십대 중반의 얼굴이었다.

그러나 깊숙이 가라앉은 듯지만 예리하기 짝이 없는 눈, 온몸 어디 한군데 빈틈이라곤 없는 완벽한 무인의 자세를 갖추고 있었다.

그는 화무린이 전면에서 자신을 향해 걸어오자 원래 빈틈이 없는 온몸이 팽팽하게 경직되며 긴장했다.

하지만 그는 화무린에게서 어떠한 공격의 징후도 발견하지 못했다.

그래서 그는 화무린이 그저 대장간을 찾아온 손님이므로 스쳐 지나갈 것이라고 판단하여 슬쩍 옆으로 비켜서며 길을 터주었다.

그는 자신의 고도로 단련된 본능을 추호도 의심하지 않았다. 그의 본능은 여태껏 한 번도 실패한 적이 없었다.

그 누구라도 상대를 공격하기 위해서는 반드시 사전에 몇 가지 준비를 해야만 한다.

그 첫 단계가 공력을 끌어올리는 것인데, 그럴 경우 평소 때와는 달리 온몸이 팽팽하게 경직되므로 예리한 눈을 지닌 사람이라면 단번에 감지할 수 있는 것이다.

또한 준비 과정하고는 상관없이 상대를 죽이려고 결심하

는 순간부터 자신도 모르게 뿜어지는 것이 살기다.

이것은 눈에 보이지 않지만 경험이 풍부한 무인이라면 이 것조차도 감지해 낼 수 있다.

그런데 투번고수는 화무린에게서 공력을 끌어올린 기미도 느끼지 못했으며 살기도 감지하지 못했다.

물론 화무린은 투번고수를 죽이기 위한 적당한 공력을 끌어올린 상태였지만 투번고수에게 감지될 정도라면, 그의 구중천에서의 엄혹했던 사 년여는 헛고생을 한 것이다.

그는 또한 구중천에서의 사 년여 동안 오욕칠정의 감정마저 죽이는, 즉 몰각(沒覺)의 경지에 도달했으니 살기 따위가 흘러나올 리 만무했다.

설혹 한 움큼의 살기를 흘리더라도 투번고수보다는 훨씬 강한 고수라야 겨우 감지할 수 있을 터이다.

그즈음 궤짝을 멘 경무장의 무사 네 명 모두 윤학을 알아본 상태였다.

그들은 일제히 멈춰 서서 윤학을 보며 만면에 반가움과 놀라움을 떠올리고 있었다.

그 작은 변화를 앞장선 투번고수가 미미하게 느꼈다.

뒤에 선 경무장 무사들의 얼굴은 보지 못하지만 분위기를 느낀 것이다.

순간 그는 슬쩍 고개를 돌려 뒤를 돌아보았다.

다소 우직하고 단순한 성격의 윤학은 이런 상황까지는 미처 고려하지 못했었다.

그러나 화무린이 예견한 여러 상황 중에는 지금 같은 상황도 당연히 포함되어 있었다.

하지만 그는 추호도 신경 쓰지 않았다.

경무장 무사들이 어떤 반응을 보이기 전에 투번고수들을 제거해 버릴 자신이 있었으므로.

화무린과 앞장선 투번고수의 거리는 불과 일 장 반.

앞장서 있는 투번고수는 상체만을 돌려 뒤돌아본 상태에서 가볍게 표정이 변하고 있었다.

경무장 무사들의 얼굴에 떠올라 있는 놀라움과 당혹을 발견한 것이었다.

슈욱!

바로 그때 화무린이 오른쪽 어깨에 걸쳐 메고 있던 은오검의 검첨을 앞으로 향하더니 슬쩍 뻗어냈다.

그것은 누가 보더라도 결코 상대를 공격하겠다는 동작 같은 것이 아니었다.

그저 팔운동을 하듯이 장난스럽게 한차례 휘둘러 보는 듯한 동작에 불과했다. 최소한 윤학과 경무장 무사들이 보기에는 그랬다.

그러나 장난스럽게 휘두른 검의 속도가 이처럼 빠를 수는 없었다.

게다가 이 일검은 이상했다. 검이 허공을 가르는 순간, 시간도, 공간도, 주위 모든 사물까지 일제히 정지해 버린 듯한 착각이 일었다.

그러니까 모든 것을 정지시켜 놓고 화무린 혼자 검을 휘둘렀다는 뜻이다.

그는 투번고수와의 거리가 워낙 가까워서 굳이 검기를 발출할 필요조차 없었다.

착각인가?

쏜살같이 뻗어나가는 은오검의 검신 양면에서 흐릿하게 두 자루의 작은 은검이 새롭게 생겨나는 듯하더니, 그것들이 검보다 더 빠르게 튀어나갔다.

그리고 그 새롭게 생겨난 두 자루의 은검은 튀어나가면서 두 마리 은빛 새의 형상으로 변해가는 듯했다.

검에서 난데없이 두 마리 새가 튀어나오다니, 화무린은 자신이 검을 뻗어내면서도 그럴 리가 없다고 생각했다.

하지만 그저 환영이라고 치부하기에는 은빛 새가 너무도 선명했다.

푹!

"흐윽!"

은오검의 검봉이 뒤돌아보기 위해서 고개를 돌리고 있는 투번고수의 옆 목 속으로 매끄럽게 파고들었다.

검이 살 속으로 파고드는 미세한 느낌이 검신을 타고 화무린의 손으로 전해져 왔다.

야릇하면서도 찌르르한 희열이 느껴졌다.

투번고수의 두 눈이 튀어나올 것처럼 잔뜩 부릅떠졌다. 믿었던 본능이 가져다주는 배신은 더욱 참혹했다.

꾸르륵! 하는 소리가 목에서 나며 그의 입에서 핏물이 흘러나와 은오검의 검신을 타고 흘렀다.

검첨이 투번고수의 목 반대편으로 한 뼘가량 튀어나오는 순간 화무린은 검을 눕혀서 슬쩍 좌우로 흔드는 것과 동시에 가볍게 위로 들어올렸다.

파아!

"으악!"

순간 투번고수의 목이 뎅겅 잘라지자마자 수직으로 솟구쳐 올랐다.

너무나 찰나지간에 벌어진 일이라서 목이 잘라진 투번고수조차도 꼼짝 못한 채 당하고 말았는데, 뒤따르는 경무장 무사들이야 오죽하겠는가?

그들은 미처 어떻게 된 상황인지도 알지 못한 채 어리둥절한 표정을 지을 뿐이었다.

차앙!

그러나 맨 뒤에 있던 또 한 명의 투번고수는 달랐다.

어느새 그는 경무장 무사들 머리 위로 몸을 쭉 펴서 엎드린 자세로 화무린을 향해 날아오는 것과 동시에 어깨의 검을 뽑고 있었다.

마치 화무린이 암습할 것이라고 미리 예상했던 것 같은 지독하게 빠른 반응이었다.

목이 잘린 투번고수의 머리통이 아직도 허공중에 떠 있는 상태고, 몸뚱이가 채 기울어지기도 전이니, 그의 반응이 얼마나 신속한지 가히 짐작할 수 있을 것이다.

투번고수들은 피한다거나 도망친다는 것을 모른다. 그런 것을 배운 적이 없었으므로 모를 수밖에.

그들이 알고 있는 것은 공격, 그리고 적을 죽이거나 자신이 죽는 두 가지뿐이었다.

걸음을 멈추고 은오검을 바닥을 향해 늘어뜨린 채 우뚝 서 있는 화무린은 자신을 향해 쏘아오는 투번고수를 담담하게 쳐다보았다.

경무장 무사들은 아직도 사태를 파악하지 못하고 우두커니 서 있었지만 윤학은 아니었다.

경무장 내에서도 일급고수에 속하는 그는 첫 번째 투번고수의 머리가 솟구쳐서 천장에 가볍게 부딪치는 것을 보는 순간 지금의 상황을 재빨리 간파했다.

그는 급히 화무린을 쳐다보다가 부지중 움찔 놀라며 몸이 굳어졌다.

화무린의 모습은 마치 높은 산봉우리 정상에 우뚝 서 있는 한 그루 낙락장송처럼 표표했다.

거센 폭풍우가 몰아쳐도 끄떡없을 듯한 군건하고 고고한

기개가 풍겨 나왔다.

그 순간 윤학은 화무린을 보면서 여태까지의 모든 염려가 눈 녹듯이 사라지는 것을 느꼈다.

쐐애액!

두 번째 투번고수는 우두커니 서 있는 경무장 무사들 중 맨 앞사람 머리 위에 이르자 장승처럼 우뚝 서 있는 화무린을 향해 위에서 아래로 벼락같이 검을 그어 내렸다.

순간 다섯 개의 검영이 화무린의 머리를 포함한 상체 다섯 군데 사혈을 노리고 맹렬하고도 빠르게 찔러왔다.

윤학으로서는 생전 처음 보는 괴이하고도 악랄한 초식의 쾌검식이었다. 그는 자신이 예상하고 있던 것보다 투번고수가 더 강하다는 것을 이 순간 깨달았다.

하지만 화무린의 눈에는 투번고수가 전개한 다섯 개의 찔러오는 검영이 너무나 뚜렷하게 보였다. 아니, 뚜렷하다 못해서 아예 느리다는 생각마저 들 정도였다.

슬쩍.

순간 바닥을 향하고 있던 화무린의 은오검이 착각처럼 가볍게 들려졌다.

그리고는 찔러오는 다섯 개의 검영 사이로 마치 폭포를 거슬러 오르는 잉어처럼 기쾌하게 찔러 나갔다.

그것은 가히 섬전을 방불케 하는 속도였다.

윤학은 두 눈을 뻔히 뜨고 있으면서도 화무린이 슬쩍 검을 쳐드는 것만 목격했을 뿐 그 다음부터는 보지 못했다.

그런데 이번에도 역시 은오검에서 두 마리 은빛 새가 검보다 더 빠르게 튀어나갔다.

첫 번째와는 달리 이번에는 화무린도 작정을 하고 은빛 새의 출현을 살폈기 때문에 똑똑히 목격했다.

두 마리 은빛 새는 바로 은빛 까마귀였다.

착각이 아니었다.

검을 뻗자 양쪽 검신에 음각되어 있는 은빛 까마귀의 영상이 마치 살아 있는 듯 검에서 튀어나간 것이다.

찰나를 열로 쪼갠 순간, 화무린은 뭔가 머리를 스치는 것이 있어서 마치 검끝에 묻은 물방울을 털어내듯이 아주 가볍게 살짝. 떨쳤다.

그러자 직선으로 쏘아가던 두 마리 은빛 까마귀가 순간적으로 슬쩍 방향을 트는 것이 아닌가?

푸푹!

은오검은 투번고수의 심장을 네 치 깊이로 찔렀다. 그런데 검이 닿지도 않은 투번고수의 목 한복판이 뻥 뚫리면서 피가 앞뒤로 분수처럼 뿜어졌다.

첫 번째와 마찬가지로 화무린은 이번에도 검기를 발출하지 않았다.

투번고수를 상대하는 데에 군이 검기를 사용할 필요까지는 없었고, 검기를 발출할 정도로 먼 거리가 아니었다.

단지 진검만을 사용했으며, 그 검이 심장을 찔렀을 뿐인데 투번고수의 목이 관통된 것은 무엇이란 말인가?

'역시 은오(銀烏)다!'

그는 깨닫는 바가 있어서 속으로 희열 어린 나직한 탄성을 터뜨렸다.

그는 방금 전에 검에서 두 마리 은빛 까마귀가 튀어나가는 순간 번개같이 머리를 스치는 것이 있어서 시험을 해볼 요량으로 검끝을 가볍게 털었었다.

어쩌면 혹시 은빛 까마귀를 조종할 수 있지 않을까 하는 생각에서였다.

그래서 그것으로 상대를 살상할 수 있다면? 이라는 그의 영감은 과연 적중했다.

은빛 까마귀, 즉 은오는 조종을 할 수 있을 뿐만 아니라 그것은 은오검의 감추어진 비밀스러운 무기일지도 모른다는 것이 방금 전의 시험에서 증명되었다.

'만약 공력을 주입하여 은오를 조종한다면?'

다시금 그런 생각이 머리를 스치자 그의 마음이 더할 수 없는 기쁨과 기대로 가득 찼다.

쿵! 쿵!

첫 번째 투번고수가 그제야 쓰러지자 두 번째 투번고수가 질세라 뒤따라서 묵직하게 바닥에 떨어졌다.

화무린이 첫 번째 투번고수에게 검을 찔러가고 두 명의 투번고수가 쓰러지기까지 걸린 시간은 불과 한 차례 호흡할 정도로 극히 짧은 순간에 이루어졌다.

경무장 무사들에게 있어서 투번고수는 죽음의 신이었다. 그 정도까지는 아니더라도 윤학에게 있어서의 투번고수는 분명히 두려운 존재였다.

그런 투번고수를 화무린이 두 명씩이나 눈 깜짝할 사이에 해치워 버린 것이다.

윤학과 네 명의 경무장 무사들은 경악 어린 표정으로 화무린을 쳐다보았다. 그들의 눈에는 화무린이 인간으로 보이지 않았다.

화무린은 그들의 시선을 무시한 채 품속에서 한 냥짜리 금화 하나를 꺼내 대장간 주인 노인에게 공손히 내밀었다.

그것은 마치 두 명의 투번고수를 죽이는 일보다 은오검의 대금을 치르는 일이 더 중요하다는 듯한 행동이었다.

노인은 자신의 눈앞에서 끔찍한 살인이 벌어졌지만 조금도 놀라지 않은 얼굴이었다.

대신 그의 얼굴에는 세상살이의 신산을 두루 겪은 노인다운 경륜이 더께처럼 얹혀 있었다.

그는 손사래를 치며 화무린이 내민 돈을 받기를 거부했다.

"금 한 냥은 너무 많아 받을 수 없소!"

"어르신께서 한 냥이라고 하셨기 때문에 소생은 한 냥을 드리는 것뿐이오."

원래 노인은 구리돈 한 냥을 말한 것이었다. 통상적으로 장사치들이 한 냥이라고 말하면 당연히 구리돈을 뜻한다.

그런데 화무린은 노인의 뜻을 알면서도 한 냥은 한 냥이되 금화 한 냥을 내놓은 것이다.

금화 한 냥은 은자 열 냥에 해당하고, 은자 한 냥은 구리돈 이십 냥에 해당하니까 결과적으로 화무린은 구리돈 이백 냥을 내놓은 셈이다.

그가 구중천을 떠날 때 금비라 은겸은 노자를 하라고 금화 백 냥을 주었었다.

원래 구중천에서는 무공을 다 배우고 중원으로 떠나는 사람들에게 은자 백 냥을 노자로 주는 것이 관례였다.

하지만 은겸은 화무린에게 그것에 열 배를 주었다. 아마도 그것은 은겸의 사사로운 배려였을 것이다.

금화 백 냥은 평범한 사람이 죽을 때까지 뼈가 부서지도록 일해도 만져 볼 수 없을 만큼 큰 액수였다.

화무린은 은오검의 값으로 자신이 갖고 있는 금화 백 냥을 다 주어도 아깝지 않았다.

하지만 그러는 것은 대장간 노인의 숭고한 뜻을 짓밟는 것 같아서 단지 금화 한 냥만을 내놓았다.

노인은 거칠고 주름진 손에 금화를 받아 들고 당했다는 표정을 짓더니 잠시 후 껄껄 웃었다.

"헛헛헛! 공돈이 생겼으니 오늘 밤에는 소와 돼지를 잡아

마을잔치라도 벌여야겠소!"

화무린은 노인의 흐뭇한 웃음소리를 뒤로하고 대장간을 나섰다.

"귀하……."

아직 놀라움이 가시지 않은 윤학이 황망하게 따라나서며 입을 열려는데 화무린이 태연히 말했다.

"자, 이제 계획의 일단계는 성공했으니 이단계를 시도해야 되지 않겠소?"

윤학은 자신의 앞에 하나의 거대한 산이 육중하게 움직이고 있는 것을 보았다.

그는 조금 전에 화무린을 한 그루 낙락장송으로 여겼었는데, 그것은 어느덧 산으로 변해 있었다.

第四十章

장부의 길

구중천
九重天

　화무린과 윤학, 공하진, 대장간에 왔던 네 명의 경무장 무사들까지 도합 일곱 명은 마을에서 그리 멀지 않은 숲 속으로 들어가 대화를 나누었다.

　네 명의 무사는 경무장 내에서 병창(兵倉)에 종사하고 있어서 무사들의 무기를 수시로 점검하기 때문에 장원 안에서의 활동이 비교적 자유로운 편이었다.

　그 말은 곧 그들이 다른 사람들보다 경무장 내부 사정에 밝다는 뜻이었다.

　그들의 말에 의하면 현재 경무장에는 삼십여 명의 괴한들, 즉 투번고수들이 있다고 했다.

화무린이 투번고수들의 우두머리, 즉 육번주에 대해서 물었으나 병창 소속의 무사들은 그런 인물은 한 번도 본 적이 없다고 입을 모아 대답했다.

대낮에도 어두컴컴한 숲 속의 작은 공터에 일행 일곱 명이 모여 있었다.

그들 중에서 앉아 있는 사람은 화무린뿐이었다. 그는 잘려 나간 나무 그루터기에 걸터앉아 턱을 괴고 곰곰이 생각에 잠긴 모습이었다.

그가 고문했던 팔백칠십구번조장은 자신이 천외무적군 휘하 육투번 소속의 일개 번조장이라고 실토했었다.

또한 천외신계에는 총 이십 계급이 있으며, 투번고수는 최하위인 이십위, 번조장은 네 명의 투번고수를 거느리며 십구위라고 했다. 자신을 포함하면 다섯 명인 셈이다.

경무장에 삼십여 명의 투번고수가 머물고 있다면 육 개 조가 있다는 얘기다.

이 대목에서 화무린은 고심을 거듭했다.

"그렇군."

한참 만에야 그는 결론을 내렸다.

그가 가볍게 무릎을 치자 사람들의 시선이 일제히 그에게 집중됐다.

그중에서도 윤학이 가장 기대 어린 표정을 짓고 있었다.

윤학은 이날까지 이십칠 년을 살아오면서 화무린보다 고

강한 사람을 본 적이 없었다.

또한 화무린보다 멋진 인물이 있다는 것을 소문으로도 들은 적이 없었다.

그는 만난 지 채 반나절도 되지 않은 화무린에게 깊이 매료되어 있는 자신을 굳이 부인하려 들지 않았다.

그러므로 지금 그의 눈에 화무린이 거의 신으로 보이는 것은 지나친 것이 아니었다.

화무린의 생각이 이어졌다.

'천외신계의 주력은 천외무적군이다. 천외무적군에 몇 개의 투번이 있는지는 모르지만, 서열상으로 볼 때 육번주, 즉 번주라는 지위는 요직이 분명하다.'

번조장과 번주의 서열 차이는 여덟 단계니까, 이치상으로 그 사이에는 여덟 개의 지위가 있어야 마땅하다.

그러므로 경무장에는 육번주와 번조장, 투번고수만 있는 것이 아니라, 번조장 이상이며 육번주 이하의 지위를 지닌 여덟 단계의 인물들도 있을 것이라는 계산이 나온다.

'경무장이 본영(本營)이다!

만약 군대로 치자면, 천외무적군을 총괄하는 인물이 상장군(上將軍)이고 번주는 중장군(中將軍)쯤 될 것이다. 그 아래에는 여러 명의 소장군(少將軍)과 장수들, 그리고 지휘관들이 있을 터이다.

상장군이 머무는 곳이 전쟁을 주관하는 총본영(總本營)이라면, 중장군은 본영, 소장군들과 장수들은 각 지휘소라고 할 수 있다.

그런 이치로 치자면 지금 육번주가 머물고 있는 경무장이 본영인 셈이다.

그런데 어째서 본영인 경무장에는 삼십여 명의 투번고수들뿐이라는 말인가?

그렇다면 소장군과 장수에 해당하는 인물들은 이 지역에 따로 기반을 잡고 흩어져 있을 가능성이 컸다. 즉, 본영은 여러 개의 지휘소를 거느린다는 이치이다.

거기까지 추측하던 화무린은 고개를 가로저었다.

'이것은 나하고는 아무런 상관이 없는 일이다. 내가 필요한 것은 육번주로부터 무쌍신과 육천군의 행방을 알아내는 것뿐이니까.'

그가 윤학과 이번 일을 계획한 목적은 경무장에 순조롭게 잠입하기 위해서였다.

단독으로 월담을 할 수도 있지만, 내부 사정을 잘 모르는 터라 자칫 일을 그르칠 수도 있다.

일단은 무쌍신과 육천군의 행방을 알아내는 것이 목적이다. 그것도 이루지 못한 상태에서 무리하면서까지 일을 크게 벌일 필요는 없었다.

이제부터 그가 할 일은 무슨 일이 있어도 육번주로부터 원수들의 행방을 알아내는 것이다.

이윽고 그는 자리를 털고 일어섰다.

"갑시다."

대장간에 왔던 네 명의 병창무사들을 감시하려고 따라왔던 투번고수 두 명은 경무장 무사들의 복장을 하고 있었다.

그러므로 화무린이 병창무사들과 함께 경무장에 들어가려 한다면 달리 변장할 필요가 없었다. 다만 계획의 성공을 위해서 다부진 마음가짐이 요구될 뿐이었다.

화무린과 윤학은 공하진이 미리 준비해 두었던 경무장 하급무사의 갈색 경장으로 갈아입었다.

윤학을 비롯한 경무장 무사들 얼굴에는 극도의 긴장이 팽팽하게 서려 있었다.

윤학은 화무린을 보며 조심스럽게 입을 열었다.

"귀공께선 어떤 계획을 세우셨습니까?"

화무린에 대한 호칭과 말투가 극상으로 변해 있었다. 윤학이 소인배라서 그때그때 시기적절하게 대처하는 것이 아니라 진심에서 우러난 존경심의 발로였다.

"나는 육번주를 제압할 생각이오."

화무린은 간단하게 대답했다.

윤학은 화무린이 왜 육번주를 필요로 하는지 알지 못한다. 그러나 감히 묻지 못하고 고개를 숙였다.

"그렇게만 해주시면 우리가 남은 삼십여 명의 투번고수들과 사생결단을 벌이겠습니다."

윤학은 주먹을 움켜쥐며 단호한 결의를 내비쳤다. 그는 화무린이 추측해 낸 경무장의 상황에 대해서는 아직 생각이 미치지 못한 것 같았다.

현재 경무장에는 경무장 휘하의 이급과 하급무사들 백오십여 명이 투번고수들의 감시하에 있다.

윤학은 경무장에 잠입하면 그들을 통솔하여 삼십여 명의 투번고수와 죽음을 결하고 싸울 각오를 품고 있었다.

어쩌면 그 싸움에서 패할지도 모른다.

패한다는 것은 경무장의 무사들이 전멸한다는 뜻이고, 경무장이 멸문한다는 뜻이기도 했다.

그렇다고 해도 지금처럼 경무장을 탈취당한 채, 그것도 중원의 영원한 숙적인 악마 천외신계에게 은둔하는 장소를 제공해 주고 있는 비참한 신세보다는 나을 것이라는 게 그의 생각이었다.

화무린은 결의를 불태우고 있는 윤학과 무사들을 보면서 문득 측은지심이 들었다.

비록 투번고수가 화무린에게는 일초지적도 못 되는 하찮은 존재라고 하지만, 윤학이나 경무장 무사들에게는 여전히 무서운 존재임에는 분명했다.

경무장 무사들의 실력은 잘 모르지만, 모르긴 해도 일단 싸움이 벌어지면 십중팔구 경무장의 전멸로 막을 내릴 것이라는 게 화무린의 예측이었다.

화무린이 고아가 된 일곱 살 이후 세상의 엄혹한 풍파를 온 몸으로 겪는 동안에 자연스럽게 형성됐던 여러 습관 중에서 '남의 일에는 일체 신경을 쓰지 않는다' 는 것이 있었다.

그는 그것을 철두철미하게 지키려고 애썼으며 그 덕분에 지금껏 큰 변고를 당하지 않았다.

그런데 그의 이성이 머릿속에서 꿈틀거리며 이제는 그런 습관을 버려야 할 때라고 충동질했다.

예전 천애 고아였던 시절의 그는 자기 방어를 위해서 그런 여러 습관들과 철칙으로 고슴도치의 가시처럼 무장할 수밖에 없는 상황이었다.

하지만 지금의 그는 크게 변했다. 그는 더 이상 예전의 초라하고 힘없는 고아 소년이 아닌 것이다.

현재 그는 일신에 백십 년의 내공과 귀명비혼, 파천혈인강, 천지조화검 등을 두루 갖추고 있는 절정고수인 것이다.

그러므로 형편없었던 시절에 지니고 있어야만 했었던 습관 같은 것은 이제 버려도 될 터이다.

"이렇게 합시다."

그는 방금 떠오른 또 하나의 계획을 윤학 등에게 간략하게 설명해 주었다.

일단의 무리가 수레를 이끌고 대로를 따라 진행하다가 경무장 전문 앞에 이르렀다.

그들은 화무린 일행이었으며, 대장간에 맡겨두었던 수리한 무기들을 찾아서 돌아오는 길이었다.

화무린을 제외한 다섯 명의 얼굴에는 극도의 긴장감이 역력하게 떠올라 있었다.

화무린은 조금도 긴장을 느끼지 않았다. 그 대신 머지않아서 육번주를 마주치게 될 것이라는 가벼운 흥분이 살짝살짝 심장을 자극하는 정도였다.

병창의 무사 중 한 명이 전문을 두드릴 때 화무린은 천천히 주위를 둘러보았다.

문득 그의 눈이 누군가를 발견하고 가볍게 빛났다. 저만치 대로변의 맞은편 골목 어귀에 두 사람이 최대한 몸을 감추고 고개만 살짝 내민 채 이쪽을 주시하고 있는 것을 발견했기 때문이다.

화무린의 날카로운 안목으로 볼 때 골목 어귀의 두 사람은 틀림없는 당쾌와 악소였다.

당쾌는 화무린이 경무장으로 간 줄 알고 있기 때문에 악소를 이끌고 이곳으로 달려왔다.

하지만 막상 도착해서는 어떻게 해야 할지 몰라서 경무장 주변을 서성거리고 있는 중이었다.

경무장이 천외신계 수중에 떨어졌으며, 육번주라는 인물이 있다는 사실을 알고 있는 그이기에 무턱대고 경무장에 뛰어들 수도 없는 노릇이었다.

두 사람이 골목 어귀에 있은 지 벌써 반 시진이 지났지만 화무린은 코빼기도 보이지 않았고 경무장 안에서는 아무런 소리도 들리지 않았다.

화무린이 뛰어들었다면 벌써 난리가 나도 열 번은 더 났을 시간이 흘렀는데도 말이다.

당쾌와 악소는 경무장 전문 앞에 지금 막 당도하여 문을 두드리고 있는 여섯 명을 발견했지만 그중에 섞여 있는 화무린을 알아보지는 못했다.

화무린과 윤학이 두 명의 투번고수와 최대한 흡사한 모습으로 변장을 하려고 가짜 짧은 수염과 구레나룻을 붙이고 얼굴 여기저기에 역용액(易容液)을 발라서 원래 모습과는 전혀 다른 모습으로 변했기 때문이다.

그래도 당쾌와 악소는 혹시나 하는 심정으로 경무장 근처를 떠나지 못하고 있는 중이었다.

만약 안에서 소란이라도 벌어져서 화무린이 위험에 처하게 되면 자신들이 미력이나 도와야 한다고 생각한 것이다.

화무린이 골목 어귀 쪽을 쳐다보자 두 사람은 들킬세라 급급히 안쪽으로 고개를 디밀며 숨었다.

화무린이 볼 때 그들 두 사람은 맹수가 덤벼들자 놀라서 풀 속에 머리만 감추고 엉덩이는 고스란히 드러내고 있는 토끼 같은 꼬락서니여서 절로 실소가 피어올랐다.

그긍!

커다란 전문이 육중하게 열리자 화무린이 앞장서서 거침 없이 안으로 들어서고, 그 뒤를 네 명의 병창무사가, 맨 뒤에 윤학이 따랐다.

전문을 열어준 것은 두 명의 수문무사이고 어디에도 투번 고수의 모습은 보이지 않았다.

천외무적군은 경무장을 접수한 이후에도 전문을 지키는 짓 같은 것은 하지 않았다.

그만큼 자신만만하다는 뜻이었고, 그런 게 아니더라도 투 번고수들은 할 일이 너무 많았다.

아니, 어쩌면 어딘가 은밀한 곳에 숨어서 전문을 지켜보고 있을지도 모르는 일이었다.

두 명의 수문무사는 화무린이 너무도 당당하게 들어섰기 때문에 그가 투번고수가 아닐 것이라고는 조금도 의심하지 않는 얼굴이었다.

게다가 수문무사는 경무장의 최하급 지위기 때문에 감히 투번고수를 쳐다볼 엄두조차 내지 못했다.

더구나 그들은 열려 있는 전문을 닫느라 분주해서 그럴 겨 를이 없었다.

덜그럭 덜걱!

전문 안쪽은 탁 트인 넓은 마당이었다. 병창무사들은 수레 를 끌고 왼쪽 담을 따라 병창으로 향했다.

화무린과 윤학은 익숙한 걸음으로 곧장 전면의 흠경각(欽

敬閣)을 향했다.

병창무사들 말에 의하면, 장외 출입자들의 감시에서 돌아온 투번고수들은 항상 흠경각으로 간다고 했다.

원래 그곳은 경무장주가 장내의 대소사를 주관하던 곳인데, 지금은 투번고수들 차지가 됐다.

투번고수들은 흠경각 외에도 경무장 총 열한 채의 전각 중에 세 곳을 더 차지하고 있었다.

병창무사들은 모퉁이를 돌고 나서도 긴장을 풀지 않았다. 그들은 윤학에게서 특별한 명령을 받았다.

그것은 수리해 온 무기를 무사들에게 일일이 돌려주면서 그들에게 윤학의 명령을 긴밀하게 전하는 것이었다.

명령인즉, 긴 호각 소리가 들리면 모두 일제히 연무장으로 집결하라는 것이다.

물론 호각은 윤학이 불 테고, 그 시기는 화무린이 결정하게 될 것이다.

화무린은 넓은 마당을 똑바로 가로질러 흠경각으로 향하면서 공력을 끌어올려 청각을 돋우는 한편 날카롭게 주변을 살펴보았다.

눈으로 발견하지 못하는 것은 청각이 대신해 준다. 그가 공력을 극한으로 끌어올려 주변을 훑으면, 최대한 반경 오백여 장 이내에 있는 고수들을 감지해 낼 수 있다.

그러므로 제아무리 모든 기척을 감춘다고 해도, 경무장 내에 있는 자들이라면 그의 이목을 벗어날 수는 없다.

물론 그것은 화무린보다 공력이 낮은 자들이거나 특별한 은둔술을 수련하지 않은 자들에 한해서다.

문득 화무린의 눈이 세 차례 가볍게 빛났다가 스러졌다.

좌우의 전각 이층과 흠경각 이층의 창에서 각각 한 명씩 세 명의 투번고수를 발견한 것이다.

그들 세 쌍의 눈동자는 한결같이 화무린과 윤학에게 고정되어 있었다.

그러다가 좌우 전각의 두 명은 물러났고 흠경각 이층의 한 명만 끝까지 지켜보다가 화무린과 윤학이 돌계단을 올라 흠경각 대전 입구 안으로 들어서자 창에서 물러났다.

저벅저벅—

화무린과 윤학은 흠경각 대전 안으로 들어섰다.

화무린의 걸음은 거침이 없었지만, 윤학은 한 걸음이 천 근이고 만근이었으며 긴장 때문에 움켜쥔 주먹과 온몸이 땀으로 흥건했고, 입 안이 갈라진 논바닥처럼 바짝 말랐다.

흠경각 입구 안쪽은 넓은 대전이었으며 조금 걸어 들어가서 좌우로 복도가 뻗어 있고, 복도의 입구에 이층으로 향한 계단이 있었다.

대전에는 아무도 없었다. 화무린이 재빨리 살폈지만 어디에도 사람의 모습 특히 투번고수는 보이지 않았다.

하지만 그의 귀에는 창 너머에서 귀뚜라미들이 시끄럽게

울어대는 것 같은 몇 사람의 기척이 감지됐다.

　조용한 숨소리. 책장을 넘기는 바스락거리는 소리. 무기를 만지는 소리 따위였다.

　그것들은 일상적인 소리로서 화무린과 윤학이 가짜라는 것이 드러났기 때문에 그것에 대비하려는 징후는 없었다.

　'다섯 명.'

　흠경각에는 경무장 무사들이 한 명도 없다고 했다. 그렇다면 지금 감지되는 기척은 투번고수들이 분명했다.

　세 명은 일층에 각기 따로 있었고, 두 명이 이층의 한곳에 있는 것으로 감지됐다.

　화무린은 윤학에게 적당한 곳에 은둔해 있으라는 눈짓을 보낸 후 즉시 신형을 날렸다.

　윤학은 화무린이 눈 깜짝할 사이에 왼쪽 복도로 사라지는 것을 보고 자신도 급히 오른쪽 계단 뒤편의 후미진 곳으로 숨어들었다.

　지금으로서는 그가 화무린을 도울 일이 전혀 없었다. 그가 화무린과 함께 행동하는 이유는 그에게 경무장 내부 지리를 알려주기 위해서일 뿐이다.

　척!

　왼쪽 복도에는 좌우로 각기 세 개씩의 방이 죽 늘어서 있었는데, 화무린은 그중 오른쪽 세 번째 방문을 거침없이 열고 들어갔다.

그 방은 예전에는 경무장 여섯 명의 당주 중 한 명이 사용하던 집무실로서 꽤나 넓고 화려한 방이었다.

지방 문파의 일개 당주가 이 정도 방을 사용했었다는 것만 봐도 경무장의 위세가 가히 어느 정도였는지 어렵지 않게 짐작이 갔다.

자단목 탁자 앞에 꼿꼿한 자세로 앉아서 비단수건으로 느긋하게 검을 닦고 있던 투번고수 한 명이 느닷없이 들이닥친 화무린을 발견하곤 움찔 몸이 경직됐다.

그는 흑의에 피풍의를 두르고 예의 그 특이한 철모를 쓴 투번고수의 원래 모습이어서 즉시 알아볼 수 있었다.

휘익!

그러나 그는 과연 투번고수다웠다. 놀라는 것도 잠시, 즉시 검을 쥐고 화무린을 향해 신형을 날리는 것과 동시에 일체의 변초와 허초가 철저하게 배제된 오직 살인만을 위한 천외신계 특유의 검법을 쏟아냈다.

그보다 찰나 정도 늦게 화무린의 손이 품속으로 들어갔다가 떨쳐졌다.

퍽! 퍽!

"……!"

투번고수의 몸에서 작은 가죽 북을 두드리는 듯한 아주 미약한 소리가 흘러나왔다.

그러나 투번고수는 화무린에게 덮쳐 가는 기세를 조금도

늦추지 않았다.

그렇지만 그는 관성에 의해서 쏘아오는 것일 뿐, 실상은 날아오는 도중에 이미 숨이 끊어져 버린 상태였다.

그의 미간과 목젖에는 어느새 귀명비도가 손잡이만 남긴 채 깊숙이 꽂혀 있었다.

미간에 꽂힌 귀명비도는 그의 목숨을 앗았고, 목젖에 꽂힌 귀명비도는 그가 이승에서 마지막으로 지르려고 한 비명성을 삼키게 만들었다.

스읏!

날아오던 힘이 떨어져서 중간쯤에 추락하는 투번고수의 육중한 몸을 화무린이 유령처럼 미끄러져 가서 한 손으로 가볍게 받쳐 들어 바닥에 뉘어놓았다.

투번고수 한 명을 처치하기 위해서는 굳이 발검을 할 필요까지도 없었다.

또한 투번고수가 터뜨리는 비명을 막으려는 의도가 아니었다면, 단지 한 자루의 귀명비도만으로 미간만 적중시키면 될 일이었다.

두 자루 귀명비도가 꽂히는 음향은 손가락으로 가볍게 탁자를 두드린 것보다 더 작아서 다른 투번고수들이 감지했다고 해도 그다지 신경을 쓰지 않을 터이다.

현재 화무린은 귀명비도 마흔다섯 자루를 자신의 열 손가락이나 입 안의 혀보다도 더 자유자재로 사용하는 경지에 이르러 있었다.

게다가 최초에 소군이 가르쳐 주었던 귀명비혼의 수법하고는 비교 자체가 되지 않을 신묘한 수법을 구사하고 있었다.

실상 현재 그가 전개하는 귀명비혼은 창시자인 귀명사라고 해도 피할 수 없을 정도로 고명한 수준이었다.

그 이유는 귀명비혼에 파천혈인검법의 비검술(飛劍術)을 접목시켰기 때문이다.

스사아아—

첫 번째 투번고수를 죽인 방에서 나온 화무린은 복도의 왼쪽 마지막 방을 향해 화살보다 더 빠르고 그림자보다도 더 기척없이 쏘아가고 있었다.

그는 구중천에 올라서 따로 경공술을 배우지 않았다. 소군에게 배운 잠영보와 쾌풍운이 전부였다.

하지만 그는 그것을 단지 극한으로 터득하는 것에 만족하지 않았다.

보법에는 파천혈인검법의 검법구결을, 쾌풍운에는 천지조화검의 검기비공이나 어검비행술의 구결을 응용하여 원래보다 몇 배나 더 쾌속한 보법과 경공술로 발전시켰다.

아니, 그것은 재창조라고 해야 옳았다.

물론 화무린이 모두 오 초식으로 이루어진 천지조화검의 사초식 어검비행술을 완벽하게 터득한 것은 아니다. 그는 삼초식까지만 완벽하게 터득했을 뿐, 사초식은 오성 정도, 오초식은 삼성까지밖에 터득하지 못했다.

다만 구결을 이해했기 때문에 그것을 경공술에 응용할 수 있었던 것이다.

두 번째 투번고수는 실내의 탁자 앞에 앉아서 뭔가를 기록하고 있다가 소리없이 들어서는 화무린을 발견했다.

무인들이 평소에 밤낮없이 혹독한 수련을 거듭하는 이유는 일 대 일의 대결에서 승리하기 위해서만이 아니다.

강호에는 일 대 일의 정정당당한 싸움만 있으란 법이 없다. 불시에 암습을 당할 때가 있는가 하면, 그 반대로 쥐도 새도 모르게 남을 암습해야 할 때도 있다.

또한 적게는 여러 명, 많게는 수십, 수백 명이 무리를 지어 집단적으로 싸우는 경우도 허다하다.

뿐인가. 싸워야 할 상대의 실력이나 신분은 그야말로 천차만별이다.

투번고수에게 있어서 지금은 암습을 당하는 상황이었다. 그를 비롯한 투번고수들은 평소 이런 상황에 대비해서 피하는 수련을 거듭했었다.

하지만 화무린 같은 절정고수에게 암습당할 경우에 대비한 수련은 받은 적이 없었다.

퍼퍽!

"끅!"

두 자루 귀명비도가 돌아보는 투번고수의 미간과 목줄기

에 각각 깊숙이 꽂혀들었다.

그리고 그의 오른손은 오른쪽 어깨로 향하고 있었는데, 손이 채 검파에 닿지도 못했다.

그러나 이번의 투번고수는 비록 미약하지만 답답한 신음성을 토해냈다.

목에 꽂힌 귀명비도가 정확하게 성대를 막지 못했든가 아니면 막았는데도 신음성이 새어 나왔을 수도 있다.

그것도 아니라면 그의 성대 구조가 보통 사람들과는 약간 다를 수도 있었다.

어쨌든 문제는 신음성이 흘러나왔다는 것이고, 그것을 흠경각 안에 있는 다른 세 명의 투번고수가 들었을지도 모른다는 사실이었다.

화무린은 검을 쓰지 않고 귀명비도를 쓴 것을 후회했다. 검법으로 일격에 머리통을 박살 냈더라면 깨끗했을 테고 비명성은 아예 나오지도 않았을 것이었다.

그래서 그는 또 하나의 사실을 깨달았다. 상대가 아무리 약하더라도 공격할 때에는 최선을 다해야 한다는 사실이다.

백수의 왕 호랑이라도 약하기 짝이 없는 토끼 한 마리를 잡을 때에는 전력을 다하는 법이다.

자만은 인간에게만 있는 고질적인 병폐다. 그리고 최선과 자만은 서로 상극이다.

자만이 크면 클수록 실력을 깎아먹어서 결국 그것 때문에 일을 그르치게 되거나 목숨을 잃게 되는 일이 비일비재하다.

슈우욱!

화무린은 복도를 나와 입구를 향해 전력으로 쏘아갔다.

이런 상황에서 방금 전 투번고수가 흘린 신음성을 누구는 듣고 누구는 듣지 못했다고 섣부르게 추측하는 것은 어줍지 않은 짓이다.

모두 들었을 것이라고 단정하는 것만이 일이 더 커지기 전에 수습할 수 있는 최선의 방법이었다.

남은 것은 일층에 한 명, 이층에 함께 있는 두 명이다. 그렇다면 한 명을 버려두고 두 명부터 죽여야 한다.

그는 하나의 작은 가능성을 염두에 둔 채 바람처럼 계단으로 향했다.

그때 그가 오르려고 하는 계단 뒤편 으슥한 곳에 숨어 있던 윤학이 몸을 일으키는 것이 보였다.

화무린은 윤학의 동공이 흔들리고 얼굴에 놀라움이 떠올라 있는 것을 발견하고는 그도 신음성을 들었을 것이라고 판단했다.

윤학이 들었을 정도면 투번고수는 두말할 나위도 없다.

그는 계단을 오르기 시작하면서 재빨리 대전 맞은편 복도를 쳐다보았다.

때마침 복도 안쪽에서 한 명의 투번고수가 쏘아 나오고 있는 것이 보였다.

그런데 그자는 쓰고 있는 철모 정수리에 뾰족한 침이 솟아 있었다.

흠경각에 있는 도합 다섯 명의 투번고수들의 우두머리, 즉 번조장 중에 한 명이었다.

또한 그는 방금 전의 신음성을 듣고 뛰쳐나온 것이 분명했다.

화무린은 아래층의 한 명보다는 이층의 두 명을 먼저 상대할 수밖에 없다고 결정했지만, 자신이 이층으로 올라가기 전에 아래층의 투번고수가 모습을 드러낼 가능성도 있다고 생각했다. 그리고 그것이 현실로 드러났다.

칠팔 장 정도. 조금 먼 듯하지만 해볼 만한 거리였다.

화무린의 오른손이 도곤 맨 위 칸의 귀명비도 두 자루를 잡았다.

슈웃!

계단 중간쯤을 오르던 화무린의 오른손이 복도에서 막 대전으로 나서고 있는 번조장을 가리켰고, 그의 손끝에서 두 줄기 은린이 일직선을 그으며 쏘아나갔다.

번조장은 계단 뒤에 숨어 있던 윤학이 계단 앞쪽으로 돌아서 나오는 것을 먼저 발견했다.

윤학 역시 번조장을 발견하고는 자신도 모르게 그 자리에 얼어붙고 말았다.

번조장이 극히 미약한 파공음을 느끼고 고개를 돌렸을 때에는 이미 두 자루 귀명비도가 이 장 앞까지 쇄도하고 있는 중이었다.

웬만한 비도술 같았으면 외눈 하나 까딱하지 않고 슬쩍 상체를 가볍게 흔드는 것만으로도 피할 수 있을 것이다.

번조장은 그렇게 가볍게 생각했다.

그러나 그는 막 상체를 흔들어 피하려고 할 때 두 자루 귀명비도가 순식간에 두 자 앞까지 쇄도하는 것을 보며 두 눈을 부릅떴다.

팍! 팍!

어서 피하라고 뇌가 악을 쓰면서 명령을 내렸지만, 미처 몸이 따라주기도 전에 두 자루 귀명비도는 그의 미간과 목줄기를 꿰뚫었다.

윤학이 정신을 수습하고 자신의 검을 뽑으려고 할 때 숨이 끊어지고 있는 번조장의 육중한 몸뚱이가 기우뚱 앞으로 쓰러졌다.

그는 번조장의 미간과 목에 각각 비수가 꽂혀 있는 것을 발견하고 순간적으로 어떻게 된 일인지 깨달았다.

쿵!

'아차!'

번조장이 둔탁하게 쓰러지고 나서야 그는 쓰러지기 전에 잡지 못한 것을 후회했다.

그때 이층에서 픽! 픽! 하는 작지만 묵직한 소리가 두 번 거의 동시에 들려왔다.

윤학이 흠칫하며 급히 올려다보자 화무린이 이층 난간을 날아 넘고 있는데 오른손에는 은오검이 쥐어져 있었다.

방금 전 그 소리는 화무린이 파천혈인검을 연이어 발출하여 두 명의 머리통을 박살 내는 소리였다.

물론 윤학은 화무린이 개세의 절학을 발휘하는 광경을 보지 못했다.

화무린은 윤학 곁에 깃털처럼 소리없이 내려선 후 쓰러져 있는 번조장의 미간과 목줄기에서 귀명비도를 뽑아 도곤에 꽂았다.

윤학은 슬쩍 열어젖힌 화무린의 상체 안쪽에 수많은 비수들이 질서있게 꽂혀 있는 것을 발견하고는 질린 듯 놀라움을 금치 못했다.

그는 비도술은 많이 봤지만 화무린이 전개하는 절묘한 비도술 같은 것은 처음 보았다.

그것은 비도술이 아니라 말로만 듣던 초절정고수가 지공(指功)을 사용하는 것 같았다.

그가 보기에 화무린은 더 이상 오를 데가 없을 정도로 절정에 도달한 고수가 분명했다.

윤학은 자신이 화무린에 비하면 너무나 형편없는 존재라는 사실을 깨달았다.

지난날, 한낱 시골의 경무장 소장주라는 신분에 어줍지 않은 검술 한 가지를 지닌 채 여보라는 듯이 활보하고 다녔던 자신이 너무도 초라하게 여겨졌다.

그때 화무린이 그를 보며 가볍게 고개를 끄덕였다.

윤학은 그것이 흠경각에 있는 투번고수를 모두 죽였다는 신호라는 것을 뻔히 알면서도 쉽게 믿어지지가 않았다.

"다음은 어디요?"

이제 변장이 필요없게 된 화무린은 턱의 수염을 떼어내고 손으로 얼굴을 문질러서 역용을 지워내며 빠른 어조로 전음을 보냈다.

"이쪽으로."

윤학은 퍼뜩 정신을 차리고 역시 전음으로 짧게 대답하면서 신형을 날렸다.

그가 들어선 곳은 경무장주, 즉 그의 부친이 생전에 사용하던 집무실이었다.

윤학은 서가를 잠시 살피더니 곧 능숙하게 빽빽하게 꽂혀 있는 고서 몇 권을 뽑은 후 그 뒤쪽 벽에 늘어뜨려진 쇠사슬을 슬쩍 잡아당겼다.

스르르—

그러자 책을 뽑았던 커다란 서가 전체가 작은 소리를 내면서 미끄러지듯이 통째로 옆으로 비켜나는가 싶더니, 연이어 서가 뒤쪽 벽 복판의 높이 일곱 자, 폭 다섯 자의 사각형 입구가 옆으로 열렸다.

입구 안쪽은 어두컴컴했지만, 화무린의 눈에는 그곳에 돌계단이 지하로 뻗어 있는 것이 똑똑히 보였다.

　휙! 휙!

　윤학이 먼저 통로 안으로 뛰어들었고, 화무린도 망설임없이 뒤따랐다.

　"위급할 때를 대비해서 선친께서 만들어둔 지하암로인데 저와 선친밖에 모릅니다."

　나선형의 계단을 구불구불 돌아서 오 장쯤 내려가자 아담한 지하 광장이 나타났고, 그곳에서부터 정면과 좌우 세 방향으로 암로가 시작되고 있었다. 윤학은 정면의 암로로 쏘아가며 설명했다.

　"이 암로를 통하면 본 장의 열한 개 전각 어디나 아무도 모르게 갈 수 있습니다."

　선친을 따라 몇 번인가 암로에 들어와 본 적이 있는 윤학은 코끝조차 보이지 않는 어둠 속에서도 거의 바깥과 다름없는 속도로 능숙하게 쏘아갔다.

　과연 그의 부친은 선견지명이 있었다. 그가 생전에 만들어 놓은 암로가 경무장을 구하는 일에 중요하게 사용되고 있으니 말이다.

　두 사람, 당쾌와 악소는 여전히 골목 어귀를 떠나지 못한 채 십여 장 거리의 경무장 전문을 쏘아보고 있었다.

"이렇게 무작정 기다리기만 해서는 안 되겠소. 우리, 이곳 개방 분타에 갑시다."

당쾌는 고안현 개방 분타에 가서 북경의 사부에게 이곳의 상황을 알리는 한편, 분타의 고수들을 이끌고 와서 무슨 방법이라도 시도해 볼 생각이었다.

화무린이 경무장에 잠입한 것이 분명한데, 아직껏 나오지도 않고 소란도 벌어지지 않는 것을 보면, 자신들이 도착하기 전에 화무린이 제압됐을 가능성이 컸다.

그렇다면 경무장에 은둔해 있는 천외무적군은 당쾌가 예상하고 있는 것보다 훨씬 강하다는 뜻이다.

정말 그런 일이 있다면 이대로 기약없이 무작정 기다릴 수만은 없는 일이었다.

어쩌면 지금쯤 화무린은 죽었을 수도, 아니면 험한 지경에 처해서 구원의 손길을 애타게 기다리고 있을는지도 모르는 일이었다.

그런데 악소는 경무장 전문에 시선을 고정시킨 채 눈도 깜빡이지 않았고 당쾌의 말에 대꾸도 하지 않았다. 아예 그의 말을 듣지 못한 듯한 모습이었다.

당쾌는 나직이 한숨을 토해냈다.

"그럼 악 소저는 이곳에서 최대한 몸을 은신한 채 날 기다리시오. 넉넉히 잡아서 반 시진 안으로 돌아오겠소."

악소는 여전히 경무장 전문을 주시하면서 고개만 끄덕여

보이는 것으로 미루어 당쾌의 말은 듣고 있었던 모양이다.

당쾌는 잠시 걱정스러운 표정으로 악소를 쳐다보다가 몸을 돌려 골목 안쪽으로 신형을 날렸다.

혼자 남은 악소의 머릿속에는 온통 화무린에 대한 생각과 걱정으로 가득했다.

화무린이 위급한 상황에 처했을 것이라고 당쾌가 짐작할 정도라면 그녀도 능히 짐작할 수 있을 터이다.

화무린이 어떤 상황에 처했을까 온갖 상상을 하다 보니 가슴이 터질 것만 같았다.

그녀는 지그시 입술을 깨물었다. 화무린이 그녀보다 훨씬 강하다고는 하지만, 물에 빠진 사람은 누군가 지푸라기라도 던져 주기를 원하는 법이다.

자신의 행동이 비록 벌겋게 단 화로 위로 떨어지는 한 점의 눈송이[紅爐上一點雪]처럼 그에게 전혀 도움이 되지 않을지라도, 이런 식으로 기다리고 있는 것보다는 안으로 뛰어들어 가서 직접 부딪치는 것이 나을 것이라고 그녀는 생각했다.

결심을 굳힌 그녀는 몸을 돌려 골목 안쪽으로 쏘아가 옆으로 뻗은 다른 골목으로 꺾어졌다.

잠시 후 그녀는 경무장의 뒷담을 비조처럼 날아서 넘고 있었다. 당쾌의 당부 같은 것은 까맣게 잊었다.

第四十一章

파죽지세(破竹之勢)

구중천
九重天

화무린은 두 번째 전각에서 짧은 시간에 또다시 여섯 명의
투번고수를 죽였다.

그가 흠경각과 두 번째 전각에서 투번고수를 도합 열한 명
을 죽이는 동안에도 추측했던 번조장보다 상위이며 육번주보
다는 하위인 여덟 지위에 해당하는 천외신계 고수는 아직 만
나지 못한 상태였다.

그런데 문제는 세 번째 전각에서 발생했다.

암로가 연결된 방에서 나와 조심스럽게 복도로 나서던 화
무린은 즉시 신형을 멈추고 잠시 복도 끝 쪽의 동정을 살피는
것 같더니 윤학을 이끌고 다시 암로로 들어갔다.

"저 위쪽 대전에는 열두 명의 투번고수들이 한꺼번에 모여 있소."

그의 전음에 윤학은 크게 놀라더니 안색이 해쓱하게 변하여 역시 전음으로 물었다.

"그럼 이제 어떻게 합니까?"

그는 전적으로 화무린만 믿고 있었다. 지금 그에게 화무린의 말은 곧 법이었다.

화무린은 잠시 생각하다가 입을 열었다.

"전면전으로 갈 수밖에 없겠소."

그 말에 윤학은 속으로 헉! 하고 숨을 몰아쉬더니 얼굴이 긴장감으로 찢어질 듯이 팽팽해졌다.

잠시 곰곰이 생각해 봤지만 역시 그 방법밖에 없었다. 그렇다고 저 위 대전에 모여 있는 열두 명이 흩어질 때까지 무턱대고 기다릴 수는 없는 일이었다.

오래지 않아서 화무린이 죽인 투번고수 열한 명의 시체가 발견될 것이다.

그렇게 되면 호미로 막을 일을 가래로도 막지 못하게 되고 말 것이다. 지금은 촌각이라도 서두르는 것이 관건이었다.

"지금부터 나는 저 위에 있는 열두 명을 공격할 생각이오."

화무린의 조용한 말에 윤학은 정수리에 벼락을 맞은 것처럼 화들짝 놀랐다.

"그건 안 될 말이오."

윤학은 화무린이 강하다는 것은 알지만 열두 명의 투번고수를 한꺼번에 상대하는 것은 무리라고, 아니, 아예 불가능하다고 판단했다.

사실 화무린도 이 일의 결과가 어떻게 나올는지 장담할 수가 없었다.

그는 얼마 전에 세 명의 투번고수와 한꺼번에 싸워본 적이 있었으며, 그들을 어렵지 않게 제압했었지만 이건 얘기가 많이 달랐다.

세 명하고 싸우는 것과 네 명하고 싸우는 것은 겨우 한 명의 차이라고 할 수 있겠지만 사실은 크게 다르다.

예를 들자면 그것은 사람을 가득 태운 배에 한 명을 더 태우는 것과도 비슷하다. 그 한 사람으로 인해서 배가 침몰할 수도 있기 때문이다.

한 명이 다수를 상대할 경우에는 그 한 명의 실력이 어느 정도 수준인가 하는 것이 매우 중요하다. 그것은 얼마나 튼튼하고 큰 배인가라는 뜻이기도 하다.

그런데 하물며 지금은 세 명보다 아홉 명이나 많은 열두 명인 것이다.

화무린은 자신의 실력이 어느 정도인지 정확하게 모르기 때문에 몇 명의 투번고수를 한꺼번에 상대할 수 있을지 측정할 수 없는 상황이었다.

이대로 싸움에 임하는 것은 배의 정원이 몇 명인지도 모르면서 무턱대고 사람들을 마구 태우는 것이나 다를 바 없다.

그런 이치를 알고 있는 윤학이기에 화무린의 말에 기절초풍할 만큼 놀란 것이다.

"그럴 수는 없습니다."

놀라움을 겨우 삭인 윤학은 침착하게 다시 한 번 이 일의 불가능함을 강조했다.

지금의 그에겐 천외무적군으로부터 경무장을 되찾는 일이 무엇보다도 시급했다.

성공할 수만 있다면 그 어떤 지독한 수단과 방법이라도 죄다 동원하고 싶었고, 어떤 희생이라도 치를 수 있었다.

놈들에게 죽은 부친과 삼십여 동료들의 원수를 윤학 자신의 손으로 직접 갚는 것은 요원한 일이었다.

화무린이 도와주겠다고 말했을 때 너무 감격해서 하마터면 눈물을 흘릴 뻔한 그였다.

화무린의 손으로나마 원수를 갚고 경무장을 되찾을 수만 있다면, 자신의 목숨쯤은 웃으면서 초개처럼 내던질 수 있는 윤학이기도 했다.

그렇지만 이건 아니었다.

자신의 목적을 위해서 이 일과는 무관한 화무린을 곤경에 빠뜨릴 수는 없는 일이었다.

진짜 정의와 협의도가 무엇인지 알고 있는 사람이 진정한 정파인이다.

윤학은 꼬장꼬장한 정파인의 기질을 부친으로부터 고스란히 물려받은 골수 정파인이었다.

목에 칼이 들어와도 협의가 아닌 짓은 하지 못하고, 비열한 짓은 더욱 할 수 없었다.

"여태까지 도와주신 것만으로도 하늘 같은 은혜입니다. 지금부터는 제가 알아서 할 테니 귀공은 목적하신 육번주라는 자 한 명만 상대하십시오."

윤학의 어조는 어느 때보다도 결연했고 진심이 뚝뚝 묻어 있었다.

이제부터 그는 자신과 일백오십 명 경무장 무사들이 합세하여 남은 투번고수와 싸우려는 것이었다.

어쩌면 전멸할지도 모른다. 그는 그것을 어렴풋이 예감하고 있었다.

그래도 어쩔 수 없는 일이었다. 여기까지 오는 데 얼마나 힘이 들었는가? 그런데 여기서 포기하고 되돌아 나갈 수는 없었다.

불가능한 줄 뻔히 알면서 화무린이 위험 속으로 뛰어드는 것을 보는 것보다는 오히려 그 편이 나았다.

윤학의 마음을 읽은 화무린의 마음이 움직였다. 아니, 가슴이 움직였다고 해야 옳았다.

화무린은 처음부터 윤학을 도울 생각은 아니었다.

아니, 윤학이 경무장 사람일 것 같아서 오히려 그에게 약간의 도움을 받을 생각이었다.

도움이라고 해봤자 단지 경무장 내부의 사정에 대한 것을 몇 가지 얻어듣는 정도이니 크게 도움이랄 것도 없었다.

그러나 윤학의 부친이 경무장주라는 것과 그가 어떻게든 경무장을 되찾으려 한다는 사실을 알고 난 후에는 생각을 약간 바꾸었다.

화무린의 목적은 육번주다.

그가 경무장 내에서 육번주 한 명만 콕 집어서 찾아내는 것도 어려운 일이지만, 그자에게 무쌍신과 육천군에 대해서 알아내자면 결국 그자와 싸울 수밖에 없을 터이다.

천외신계 서열 십일위라면 웬만큼 강한 게 아닐 것이다.

그러므로 화무린은 그자와 싸워서 반드시 이길 수 있다고 장담할 수 없었다.

그렇기 때문에 육번주와 조용하게 싸울 수 있는 상황이 아닐 것이다.

일단 싸움이 시끄러워지면 자연히 경무장에 있는 전체 투번고수들이 한꺼번에 몰려나올 것이 불을 보듯이 뻔했다.

그러느니 차라리 윤학의 도움을 받아서 투번고수들을 쥐도 새도 모르게 한 명씩 처치해 버린 다음 최후에 육번주를 상대하자는 계획을 세웠던 화무린이다.

화무린은 흐릿한 미소를 지었다. 지금 그는 윤학에게 기필

코 경무장을 찾아줘야겠다는 생각이 들었다.

"나도 내 실력을 잘 모르오. 그러나 죽지는 않을 테니 그리 염려하지 마시오."

"공자……."

윤학의 눈시울이 붉어졌고 목이 메었다.

그를 보는 화무린의 미소가 조금 더 짙어졌다.

"일단 공격을 시작하면, 소란스러워질 것이고 혹여 저들을 모두 죽이지 못하게 되는지도 모르오. 그러니 당신은 미리 대비를 하는 것이 좋겠소."

윤학은 화무린이 물러서지 않을 것임을 알았다.

"지금부터 일각 동안 기다렸다가 공격하겠소. 그동안 당신은 동료들에게 연락하여 만반의 준비를 갖추시오."

윤학은 눈물이 차올라 뿌연 눈으로 잠시 화무린을 응시하다가 조심스럽게 그 자리에 엎드려 큰절을 올렸다.

"부디 죽지 마십시오. 그러나 혹여 변을 당하신다면… 저 윤학도 공자의 뒤를 따르겠습니다."

뭉클!

사내의 강렬한 기개와 진심이 이번에는 화무린의 심장을 힘껏 움켜쥐었다가 놓았다.

그럴 일은 없겠지만, 화무린은 오늘 이 싸움에서 자신이 죽는다고 해도 결코 후회하지 않으리라고 생각했다.

대전에 있는 사람들은 모두 놀라고 있었다.

투번고수들은 자신들이 이처럼 맥없이 지리멸렬하고 있다는 사실에 놀랐다.

그리고 화무린은 자신이 상상했던 것보다 훨씬 더 강하다는 사실에 놀랐다.

조금 전, 그는 이곳 대전으로 쏘아들기 전에는 열두 명의 투번고수를 한꺼번에 상대한다는 사실 때문에 어느 정도 긴장하고 있었던 것이 사실이다.

그래서 공력을 극한으로 끌어올렸으며, 대전에 들이닥치면서 천지조화검의 이초식인 무무조화 중에서 적멸기류를 위맹하게 쏟아냈었다.

천지조화검 정도를 전개해야 투번고수 열두 명을 상대할 수 있을 것이라고 나름대로 계산했던 것이다.

그랬더니 그 일 초식에 투번고수가 한꺼번에 세 명이나 피를 뿌리면서 나뒹구는 것이 아닌가?

원래 그는 적멸기류를 연이어 전개할 생각이었기 때문에 투번고수 세 명이 쓰러지기도 전에 두 번째 적멸기류를 뽑어냈고, 그것으로 또다시 두 명의 투번고수가 검을 뽑지도 못하고 거꾸러졌다.

화무린은 순간적으로 자신이 상대를 너무 과대평가했다는 것과 자신의 실력이 생각했던 것보다 높다는 사실을 깨닫고 주춤했다.

열두 명 중 삽시간에 다섯 명이 죽었다.

더구나 그들은 하나같이 머리통이 박살나서 비명을 터뜨릴 사이도 없이 즉사했다.

그 바람에 바닥에는 머리통의 조각들과 누런 뇌수, 그리고 피가 흥건했으며 역겨운 냄새가 진동하고 있었다.

쏴아아!

화무린이 자신이 만들어놓은 결과 때문에 놀라서 주춤하는 사이에 정신을 수습한 투번고수들이 사방에서 일제히 덮쳐 왔으며 일사불란한 움직임이었다.

화무린은 방금의 이 초식으로 자신이 나룻배가 아닌 거대한 전선(戰船)이라는 사실을 알게 되었다.

전선에는 수백 명이 타도 끄떡없다.

최소한 투번고수들을 상대할 때만큼은 그는 막강한 전선인 것이다.

방금 전에 그는 처음에 세 줄기, 두 번째에는 두 줄기의 적멸기류, 즉 검기를 발출했었다.

그리고 정확하게 미간을 겨냥했다. 그런데 어이없게도 머리통이 박살나 버리고 말았다.

만약 그가 한 명만을 겨냥하여 적중시켰다면 미간에 포도알 크기의 구멍이 하나 뚫렸을 것이다. 물론 검기는 미간을 관통하여 뒤통수로 빠져나가야 한다.

그의 공력이 지금보다 더 증진된다면 적중 부위의 구멍이 더 작아질 테고, 절정에 이르러서는 아예 구멍 자체가 뚫리지 않고 아무런 흔적조차 남아 있지 않게 될 것이다.

그것은 예리한 칼일수록 흔적을 남기지 않고 베어지고 무딘 칼일수록 목표물을 으깨어 버리는 이치와 같다.

콰우웃!

화무린이 잠시 숨을 고르는 사이에 어느새 일곱 명의 투번 고수들은 지상과 허공의 일곱 방향에서 이미 일 장 거리까지 이르러 일제히 검을 휘두르는데 파공음이 고막을 파열시킬 듯이 크고 날카로웠다. 그들이 뿜어내는 공격 하나하나가 지독히도 잔혹했다.

문득, 화무린은 공격해 오는 투번고수들 너머에 한 인물이 우뚝 서 있는 모습을 발견했다.

그자는 공격을 하지 않고 그저 태연하게 팔짱을 낀 채 지켜보고 있었다.

그런데 그는 여태까지 봐왔던 투번고수나 번조장과는 다른 복장이었다.

투번고수는 흑의에 허리까지 오는 짧은 피풍의를 걸쳤는데, 이자는 회색 경장에 회색 피풍의, 그리고 철모의 정수리에는 반 뼘 길이의 뾰족한 침이 두 개 솟아 있었다.

화무린은 그를 발견한 순간 그가 번조장 바로 위 지위의 인물임을 한눈에 알아보았다.

번조장은 철모의 침이 하나뿐인데, 이자는 두 개이기 때문이었다.

원래 대전에는 모두 열세 명이 있었던 것이다. 화무린은 투번고수들의 숫자만 세다가 그들보다 더 강한 인물이 더욱 조용하게 있었다는 사실을 간과하는 실수를 범했다.

그자가 뭐든 간에, 그건 나중 일이었다. 화무린이 잠깐 회의인을 보는 사이에 일곱 명의 투번고수들은 이미 일곱 방향에서 반 장 거리까지 쇄도하고 있었다.

부뚜막의 소금도 넣어야 짠 법이다.

일신에 제아무리 경천동지할 절학을 지니고 있어도 사용하지 않는다면 절정고수라고 해도 필부가 휘두르는 칼에 죽을 수밖에 없는 것이다.

슉!

한순간 화무린은 번쩍 신형을 뽑아 올리면서 자신에게 가장 가깝게 쇄도한 허공의 한 방향 두 명의 투번고수를 향해 마주쳐 가며 파천혈인검법의 베기 참식을 번개같이 두 차례 전개했다.

번쩍! 하면서 은오검에서 두 개의 흐릿한 은린이 착각처럼 뿜어져 나갔다.

은린을 자세히 보면 은빛 까마귀 은오가 날개를 접은 채 빛처럼 쏘아가는 모습이었다.

이미 공격을 전개한 투번고수들보다 한 박자 늦게 반격을 했음에도 불구하고 그의 검기는 워낙 빨랐다.

꽉! 꽉!

마치 밤하늘에 떠 있는 가느다란 섬섬초월(纖纖初月)을 닮은 창백한 두 개의 구부러진 검기가 미약한 음향을 내며 목표로 했던 투번고수 두 명의 미간에 박혔다.

두 마리 은오가 가늘어져서 그들의 미간을 관통한 것이다.

그들 두 명은 움찔하며 허공중에서 정지하는 것 같더니 머리가 미간에서부터 쫙 쪼개지면서 뒤로 퉁겨져 날아가며 허공중에 진홍색의 피를 확 뿌렸다.

쉬리릿!

화무린은 허공에 몸이 떠 있는 상태에서 빙글 한 바퀴 회전하며 왼손을 슬쩍 흩뿌려 세 자루의 귀명비도를 발출하고, 연이어 아래에 있는 두 명을 향해 은오검을 찔러갔다.

파파파파팍!

아주 가벼운 다섯 마디의 격타음과 답답한 신음성이 동시에 터졌다.

그것으로 끝이었다.

세 자루의 귀명비도는 투번고수 세 명의 미간에 정확하게 꽂혔으며, 은오검이 파천혈인검법의 찌르기 자(刺)식으로 뽑어낸 두 개의 검기가 두 명의 정수리를 파고들었다. 아니, 두 마리 은오가 정수리를 쪼갠 것이다.

화무린이 급습을 시작하여 열두 명의 마지막 한 명의 숨통을 끊는 데까지 걸린 시간은 불과 다섯 호흡 정도밖에 걸리지 않았다.

슷!

호흡이 조금도 흐트러지지 않은 화무린은 한쪽에 서 있는 회의인 앞에 깃털처럼 표표히 내려섰다.

쿠쿠쿠쿵!

그제야 그의 뒤쪽에서 다섯 명의 투번고수들이 앞 다투어 쓰러졌다.

화무린은 담담히 회의인을 쳐다보았다.

회의인은 자신의 눈앞에서 열두 명의 수하들이 죽어갔는데도 외눈 하나 까딱하지 않는 모습이었다.

물론, 그 정도 인물이므로 화무린을 두려워하는 표정도 찾아볼 수 없었다.

아마도 인성이 말살될 정도로 지독하게 훈련을 받은 결과인 듯했다.

"너는 번조장 위의 지위인가?"

화무린이 회의인을 보며 조용히 물었다. 중요한 것이 아니라 그저 궁금했다.

"나는 백오십삼 번수장(幡守長)이다."

화무린은 가볍게 머리를 끄덕였다.

"천외신계 이십 계급 중 십팔위겠군."

백오십삼 번수장은 대답하지 않았지만 그의 침묵은 곧 긍정이었다.

"당신은 육번주의 수하인가?"

화무린의 입에서 천외신계에 이어서 육번주라는 말이 나왔는데도 번수장은 전혀 놀라는 기색이 아니었다.

"그렇다."

"육번주는 어디에 있지?"

쐐애액!

순간 번수장은 느닷없는 기습으로 대답을 대신했다.

그는 다른 투번고수들이 검을 사용하는 것과는 달리 칼집이 없는 기형도를 오른손에 쥐고 있었는데, 곧장 화무린에게 쏘아가면서 목을 베어갔다.

두 사람의 거리는 일 장 반. 그런데 번수장은 한차례 발을 구르는 동작으로 순식간에 일 장 거리를 좁혔으며, 새파랗게 날이 선 기형도는 화무린의 왼쪽 목 두 자에서 비스듬히 그어오고 있었다.

'빠르다!'

화무린은 급히 쓰러질 듯이 상체를 뒤로 젖혀서 피하며 가볍게 흠칫했다.

상대를 과소평가했던 것이다.

화무린에게 제압되어 고문을 당하다가 사지가 잘렸던 번조장은 사실 방심하다가 자신의 실력을 절반도 채 펼치지 못하고 제압되고 말았었다. 그래서 화무린은 번조장의 실력이 그 정도라고 과소평가할 수밖에 없었다.

원래 번조장은 일반 투번고수보다 절반 정도 강하고, 또 번수장은 번조장보다 절반이 강하다. 그러니까 번수장은 투번고수보다 두 배 강하다는 얘기다.

화무린이 투번고수를 일 초식에 죽였다고 해서, 번수장을 이 초식에 죽일 수 있다는 것은 셈법에서나 가능하지 무공은 전혀 다르다.

쐐액! 쐐액!

기선을 뺏긴 화무린은 급히 잠영보를 밟으면서 소나기처럼 몰아치는 번수장의 도를 어렵사리 피했다.

머리카락과 귓가를 스치는 파공음이 흡사 한밤중의 귀곡성처럼 섬뜩했다. 그는 상대를 얕보고 방심한 대가를 톡톡히 치르고 있었다.

열심히 잠영보를 펼쳐서 공격권 밖으로 벗어나려고 하는데도 번수장은 흡사 그림자처럼 바짝 따르면서 갈수록 위력적인 공격을 퍼부어댔다.

화무린은 무림에 나와서 투번고수와 최초로 싸웠으며, 그들 각자에게 일 초식 이상 사용해 본 적이 없었다.

구중천에서 금비라 은겸과 천지조화검을 배우는 과정에서 셀 수도 없을 만큼 비무를 했었지만, 그것은 말 그대로 비무였을 뿐 목숨을 건 실전이 아니었다.

잠시 방심을 한다든가, 실수, 혹은 상대를 얕볼라 치면 그 결과로 자신의 목숨을 내놓아야 하는 것이 바로 실전이다.

지금 이것이 바로 실전인 것이다. 그리고 화무린은 무림에 출도한 이후 목숨을 건 실전을 일 초식 이상 지속하는 게 이번이 처음이다.

서너 번 호흡할 짧은 시간 동안에 십여 초가 지났다.

십여 초면 잠자고 있던 화무린의 본능을 깨우는 데에는 충분했다.

그사이에 그는 빠르게 실전이라는 것을, 아니, 실전의 묘(妙)를 습득하고 있었다.

번수장에게 기습을 당해서 기선을 뺏겼었지만, 그 고비를 넘기고 이삼 초식이 지나자 번수장의 공격과 초식, 다음에는 어느 곳을 노리고 어떤 형태의 공격이 가해질 것이라고 정확하게 예측까지 할 수 있게 되었다.

그리고 다시 십여 초식이 지나자 이제는 번수장의 초식은 물론이거니와 변화 하나하나까지 일목요연하게 보였다.

그것은 마치 상대가 어떤 꿍꿍이를 품고 있는지, 다음에는 어떤 수를 둘지 미리 알고 두는 바둑 같은 것이었다.

화무린의 이목이 이처럼 훤하게 트인 것은 그의 천부적인 자질 덕분이기도 하지만, 거의 은겸 덕분이라고 할 수 있었다.

은겸은 지니고 있는 실력보다는 싸움의 경험이 더 풍부한 사람이었다.

그런 그와 사 년여 동안 눈만 뜨면 실전에 가까운 비무를 했고, 화무린이 실수를 할 때마다 호된 질책과 함께 실수에 대한 세밀한 분석을 했었기 때문에 지금과 같은 결과가 나오는 것이었다.

아마 앞으로도 은겸에게서 배운 싸움의 경험은 시일이 지나고 싸움이 거듭될수록 더욱 빛을 발하게 될 터이다.

화무린이 판단한 번수장은 투번고수보다 최소한 두 배 이상 강하다는 것이었고, 그것은 정확한 판단이었다.

하지만 화무린의 적수가 되기에는 턱없이 부족했다. 그는 이제 끝내야겠다고 생각했다.

번수장은 초조해지기 시작했다. 자신의 무차별적인 공격에 처음에는 화무린이 약간 당황한 것 같았으나, 십여 초가 지나자 소나기 같은 공격 속에서도 보법을 밟으면서 여유자적하고 있는 것을 발견한 것이다.

"……!"

순간 그는 자신이 지금 막 쏟아내고 있는 도의 소나기를 뚫고 너무도 선명한 두 마리 은빛 까마귀가 빛 같은 속도로 쏘아오는 것을 발견했다.

놀라움 때문에 눈을 부릅뜰 여유마저도 없었다.

파곽!

두 마리 은오는 각각 번수장의 미간과 목 한복판으로 파고들었다가 뒤통수와 목뒤로 빠져나간 후 흐릿해지더니 곧 허공중으로 사라졌다.

쿵!

화무린은 은오검을 어깨에 꽂으면서 번수장이 쓰러지는 것을 지켜보았다.

그때 문득 어떤 생각이 그의 뇌리를 스쳤다.

번수장은 번조장 바로 위의 지위라고 했다. 번조장은 자신을 포함한 다섯 명의 우두머리라고 했으니, 번수장은 투번고수를 최소한 열 명 이상 거느릴 것이다.

그리고 방금 죽은 자는 백오십삼 번수장이다. '백오십삼'이라는 숫자가 의미하는 것은, 설혹 그가 마지막 번수장이라고 해도 육번주 휘하에 최소한 천오백삼십 명의 투번고수들과 백오십삼 명의 번수장, 그리고 그보다 두 배 많은 번조장들이 있다는 뜻이다.

'그게 아니다.'

화무린은 다시 어떤 것에 생각이 미치자 적잖이 놀라는 표정을 지었다.

"맙소사……."

여간해서는 잘 놀라지 않는 그는 무언가를 계산하는 듯하더니 잠시 후에 어이없는 신음을 토해냈다.

얼마 전에 화무린에게 사지가 잘리면서 고문을 당했던 자가 팔백칠십구번조장이라고 했었다.

그 당시에는 그저 대수롭지 않게 지나쳤었는데 그게 지금 생각이 났다.

역시 그가 마지막 번조장이라고 해도, 그것은 팔백칠십구 명의 번조장이 있다는 뜻이다.

그들 각자가 자신을 포함하여 다섯 명의 투번고수를 거느리고 있으므로, 모두 합하면 무려 사천삼백구십오 명의 투번고수가 있다는 얘기다.

만약 팔백칠십구번조장이 끝이 아니고 그 뒤로 번조장이 백이든 이백이든 더 있다면, 투번고수의 수는 오백 명, 천 명씩 더 불어날 것이다.

"이것은 도대체……."

화무린은 또 다른 것을 계산해 보고는 아연실색하고 말았다.

팔백칠십구번조장이 마지막이라고 치자.

그런데 그는 분명히 자신이 육투번 휘하라고 말했었다. 그렇다면 육투번에만 사천삼백구십오 명의 투번고수가 있다는 뜻이고, '육투번'이라는 명칭은 그 앞에 다섯 개의 투번이 더 있다는 의미가 아니겠는가?

그렇다면 이번에도 역시 육투번이 마지막 투번이라고 해도, 천외무적군은 이만 육천 명이 넘는 투번고수를 거느리고 있다는 것이다.

말이 이만 육천이지, 화무린은 이날까지 한자리에 천 명이 모여 있는 것조차도 본 적이 없었다.

투번고수가 이만 육천 명이라면, 그중에 번조장이 오천이

백 명이고, 번수장이 이천육백 명.

더구나 그 위로 번주까지는 일곱 개의 지위가 더 있다. 그들도 많게는 천여 명에서 적게는 수백 혹은 수십 명까지 있을 터이다.

화무린이 판단하기에 방금 죽은 번수장은 투번고수보다 배 이상 고강했다.

대저 그것은 무엇을 뜻하는가?

지위가 두 단계 높아질 때마다 무공도 배 이상 고강할 것이라는 의미가 아니겠는가.

화무린은 문득 '천외신계가 중원을 제패할 야욕이 있다면 가능할 수도 있겠다' 라는 것에 생각이 미쳤다.

아무리 그의 목적이 무쌍신과 육천군만을 죽이고, 가문을 부흥시키는 것뿐이라고 해도, 그 역시 중원에서 태어나 이후 중원에서 살아가야 할 중원인임에는 틀림이 없었다.

천하의 흥망에는 한낱 필부에게도 책임이 있다[天下興亡匹夫有責]고 하지 않던가?

"빌어먹을……."

자신도 모르게 구중천에 들어가기 전 각박했던 시절에 입에 달고 살았던 상소리가 흘러나왔다.

그는 기분이 우울했다.

그러다가 곧 고개를 세차게 가로저었다.

"천하는 넓고, 무림에는 명문대파와 협객이 수두룩하니까 어떻게든 대처하겠지."

불쑥, 명문대파에 대한 좋지 않았던 감정이 솟구쳐 올라 이런 일은 그냥 무시해 버리라고 그를 부추겼다.

휘익!

"가자. 지금은 육번주를 족쳐야 할 때다."

그는 방금 자신이 잠시 동안 계산했던 결과들을 떨쳐 버리기라도 하려는 듯 일부러 차갑게 중얼거리며 대전 밖으로 바람처럼 쏘아나가며 호각을 길게 불었다.

악소는 운이 좋았다.

그녀가 경무장 뒷담을 넘어 잠입했을 때에는 화무린이 세 번째 전각에서 열두 명의 투번고수들을 막 공격하고 있는 중이었다.

그 싸움에서 터져 나온 파공성과 비명, 대전 바닥에 쓰러지는 소리 따위는 경무장 내에 있던 천외무적군 소속 고수들의 이목을 결코 벗어나지 못했다.

게다가 허공을 울리는 날카로운 호각 소리까지 들려왔다.

그 바람에 네 번째 전각, 즉 육번주가 머물고 있는 곳으로 추정되는 전각 안에 있던 투번고수들과 경무장 곳곳에 흩어져서 감시 활동을 하고 있던 투번고수들이 일제히 화무린이 있는 전각으로 달려갔다.

하지만 그들을 맞이한 것은 호각 소리 신호에 따라서 미리 무리를 지어서 대기하고 있던 경무장의 무사들이었다.

윤학의 지시를 일사불란하게 전달받은 경무장 무사들은 지하암로를 이용하여 장원 내 곳곳으로 신속하게 퍼져 나갔다.

그중 절반인 칠십여 명은 육번주가 머물고 있는 전각 주변의 전각에 대기하고 있다가 네 명의 투번고수가 달려나오자 순식간에 그들을 포위해 버렸다.

그리고 나머지 절반은 여러 전각에 이십여 명씩 분산하여 모습을 감춘 채 감시하는 나머지 투번고수들을 기다렸다.

감시자들은 하도 귀신같아서 경무장 무사들로서는 그들이 어디에 은둔해 있는지 모르기 때문이었다.

하지만 일단 은신처에서 튀어나온 감시자를 발견한 경무장 무사들이 요란하게 호각을 불어댔으며, 그 즉시 근처에 분산해 있던 경무장 무사들이 벌 떼처럼 몰려들었다.

감시자들은 모두 네 명이었으며 경무장의 요소요소에 뿔뿔이 흩어져 있었다.

경무장 무사들은 감시자 한 명에 거의 이십 명씩이나 달라붙어 합공을 퍼부었다.

투번고수가 아무리 강하다고 해도 혼자서 이십여 명 무사들의 합공을 감당하는 것은 힘에 부칠 수밖에 없다.

창창창창!

"으악!"

"크아악!"

육번주가 머무는 전각 앞은 생사를 도외시한 칠십여 명의 경무장 무사들과 네 명의 투번고수가 한데 뒤엉켜 치열한 혼전을 벌이고 있었다.

투번고수들은 강했지만 죽기를 각오하고 악착같이 공격하는 경무장 무사들도 결코 호락호락하지는 않았다.

악소는 뒷담을 넘은 후 조심스럽게 장원의 전각 사이를 누비면서 화무린을 찾아다녔다.

만약 경무장 곳곳을 감시하는 네 명의 투번고수들이 제자리에 있었더라면 그녀는 뒷담을 넘는 그 즉시 두어 걸음도 떼지 못하고 발각됐을 것이다.

악소는 전각 사이를 돌아다니다가 어디선가 갑자기 요란하게 무기 부딪치는 소리와 고함 소리가 터져 나오자 즉시 그곳으로 쏘아갔다.

그곳은 바로 육번주가 머무는 전각 앞인데, 바야흐로 치열한 격전이 벌어지고 있는 중이었다.

전각 모퉁이에 숨어 있던 악소는 그때 화무린이 바람처럼 그 전각 안으로 쏘아 들어가는 것을 목격하고는 즉시 뒤따라 들어갔다.

화무린은 대전 입구를 막 들어서다가 신형을 멈추었다.

전면에 한 인물이 그를 향해 우뚝 서 있었기 때문이다. 마치 기다리고 있었던 듯한 분위기였다.

그 인물은 투번고수도, 그렇다고 번조장이나 번수장의 복장도 아니었다.

우선 녹의단삼에 녹색 철모를 썼다. 철모에는 침이 없었으며 대신 녹색의 깃털 모양이 하나 솟아 있었다.

그리고 양쪽 어깨만 살짝 덮은 견폐(肩蔽)를 걸쳤으며, 어깨에는 한 자루 검을 메었다.

한마디로 온몸이 녹일색이었다. 마치 징그러운 녹색 도마뱀을 보는 듯한 느낌이었다.

더구나 길쭉하고 수염이 없는 얼굴에 가느다랗게 째진 눈을 지니고 있어서 더욱 섬뜩한 느낌이었다.

"귀하가 육번주인가?"

그렇게 내뱉는 화무린의 목소리는 자신도 모르게 싸늘하게 흘러나왔다.

"너 따위는 번주 각하를 직접 뵈올 자격이 없다."

녹의인의 목소리 역시 마른 나뭇가지 위를 기어가는 도마뱀이 내는 소리처럼 스산했다.

"후후! 귀하는 육번주가 아니라는 얘기로군? 그렇다면 귀하를 죽이고 나서 직접 찾아봐야겠군!"

슈웃!

화무린은 이미 공력을 극한으로 끌어올린 상태였으며 이십사 명의 투번고수와 번수장을 죽인 직후라서 살심이 크게 격앙됐기 때문에 지체없이 녹의인을 향해 덮쳐 갔다.

아니, 그의 말이 끝나는 것과 쏘아가면서 발검하는 것이 동시에 이루어졌다.

키이잇!

모골을 송연하게 만드는 기음이 흘러나왔다.

한시바삐 녹의인을 죽이고 육번주를 찾아야 한다는 생각 때문에 처음부터 팔성 공력으로 파천혈인검법의 소용돌이 와식(渦式)을 태풍처럼 뿜어냈다.

녹의인은 만반의 준비를 갖추고 있었기 때문에 화무린의 급습에 추호도 당황하지 않았다.

오히려 그는 검을 뽑으면서 화무린의 공격을 피하거나 막아내면서 역습을 가할 생각까지 하고 있었다.

하지만 그의 생각은 그저 생각으로 끝날 수밖에 없었다.

만반의 준비를 갖추고 있었지만, 화무린의 경공술이 이토록 빠를 줄은 몰랐다.

쿠오오!

게다가 저 한 자루 은검에서 뿜어져 나온 은빛의 거센 와류(渦流)는 그보다 더 빨랐으며, 돌풍처럼 거셌다.

녹의인은 지금껏 이처럼 거센 검기의 소용돌이를 본 적이 없었다.

그런데 소용돌이를 이루고 있는 것은 열 개의 주먹만 한 크기의 어떤 은빛 물체들이었다.

그것들이 소용돌이 안에서 무서운 속도로 회전하면서 쇄

도해 오고 있는 것이었다.

녹의인은 일순간 어떻게 대처해야 할지 갈피를 잡지 못했다. 자신이 생각해도 어이없는 일이었다.

그에게는 오랫동안 매우 낯설었던 '당황'이라는 것을 하고 있는 것이었다.

파아앗!

그 순간 갑자기 소용돌이가 뚝 멈추면서 열 개의 주먹만 한 은빛 물체들이 확산되며 녹의인의 상체 십여 곳 급소를 향해 폭발하듯이 쏟아져 왔다.

열 마리 은오가 날개를 접은 채 뾰족한 부리로 쪼아오고 있는 것이었다.

'까마귀!'

그는 자신의 급소를 향해 쏟아오고 있는 은빛 물체들이 은빛 까마귀라는 것을 발견하고는 상대가 사술을 쓰는 것이라고 생각했다.

째째째째쟁!

그는 태어나서 가장 빠른 동작으로 검을 휘두르며 은오들을 후려쳐 냈다.

퍼퍼퍽!

"끅!"

그러나 그는 절반만을 막아냈을 뿐 나머지 절반의 은오들이 미간과 목과 심장과 복부를 관통했다.

"사술이 아니었군……."

사술이라면 자신이 당했을 리가 없었다. 사술은 그저 하찮은 눈속임일 뿐이다.

게다가 그의 상체 십여 군데에서 분수처럼 뿜어지고 있는 핏물은 뭐란 말인가?

녹의인은 번수장보다 강했지만 화무린이 처음부터 강공을 전개했기 때문에 당해낼 재간이 없었다.

그가 천외무적군에서 서열 몇 위의 지위든 간에 화무린에겐 일초지적일 뿐이었다.

또한 화무린은 번조장이나 번수장은 물론이고 지금 이 녹의인에게도 전력을 다하지 않았다.

녹의인은 살아생전에는 가느다랬던 눈을 마지막 죽어가는 순간에 생전 처음 한껏 부릅뜬 채 쓰러져 있는데, 몸에서 흐른 피가 바닥을 흥건하게 적셨다.

'은오는 역시…….'

화무린은 수중의 은오검을 들어올려 검신에 새겨져 있는 은오를 보며 내심 중얼거렸다.

그의 입가에는 은오검이 자신의 기대 이상으로 부응해 준 것에 대한 흡족한 미소가 떠올라 있었다.

검기를 발출하지 않을 때에는 두 마리의 은오가 나타나고, 검기를 발출하면 그 이상이 나타나는데, 많고 적음과 쏘아내는 각도를 조절할 수 있다는 것을 화무린은 방금 일 초식에서 깨달았다.

은오검은 그에게 몇 가지 기대 어린 숙제를 남겨놓았다. 자신이 소유하고 있는 것 중에서 아직 미지의 세계가 남아 있다는 사실은 충분히 흥미로운 일이었다.

그는 은오검을 움켜쥔 채 대전 주위 몇 곳의 복도와 이층으로 오르는 계단 등을 빠르게 쓸어보았다. 육번주가 있을 만한 곳을 찾기 위해서였다.

그러다가 그는 대전 입구를 등지고 서 있는 악소를 발견하고 가볍게 눈살을 찌푸렸다.

악소의 얼굴은 온통 놀라움으로 물들어 있었다.

방금 화무린이 녹의인을 죽이는 장면을 생생하게 목격했기 때문이었다.

녹의인이 끔찍하게 죽어가는 모습도 놀라웠지만, 더욱 놀라운 일은 화무린이 펼친 상승의 검법이었다.

그녀는 화무린이 전개한 파천혈인검법을 지금껏 한 번도 본 적이 없었다.

그러나 너무나도 신기막측하고 위력적인 검법이라는 것을 한눈에 간파했다.

화무린은 그녀가 상상하고 있던 것보다 훨씬 고강한 고수였다. 악소는 아직 내공이 약해서 검기를 발출하지 못하는 수준이었다.

그런데 화무린은 검기를 자유자재로 사용할 뿐만 아니라,

옷차림만 보더라도 투번고수보다 높은 지위의 인물일 것 같은 녹의인을 단 일 초식에 즉사시켜 버렸으니, 그녀의 놀라움은 이만저만한 것이 아니었다.

그리고 그녀는 또 보았다. 화무린이 뿜어낸 은빛 소용돌이 속에서 십여 마리의 은빛 까마귀들이 튀어나가 녹의인의 상체를 벌집으로 만드는 광경을.

"여긴 무엇 때문에 들어왔느냐?"

마음이 급한 화무린이 냉랭하게 내뱉었다.

"소녀는… 당신을 찾으려고……."

"내게 볼일이 남았느냐?"

첫마디를 내뱉을 때는 눈발이 날리는 것처럼 차가웠는데, 두 번째는 아예 얼음가루가 펄펄 날리는 것 같았다.

화무린의 말은 악소의 귀에 '아직도 내 뺨을 더 때리고 싶으냐?'는 뜻으로 들려서 그녀를 더욱 부끄럽고 당황스럽게 만들었다.

그녀가 화무린에게 품고 있는 복잡한 감정을 어찌 간단하게 몇 마디 말로 설명할 수 있겠는가. 말로 한들 어찌 이해하겠는가.

"어서 여기서 나가라."

화무린은 툭 내뱉으며 몸을 돌려 안쪽으로 쏘아갔다.

그러다가 뚝 멈추고 악소를 돌아보았다.

그녀는 그 자리에 다소곳이 서서 복잡한 표정으로 화무린

을 바라보고 있었다. 어찌 보면 그 모습은 처연하기도, 고집
스럽기도 했다.

화무린은 가볍게 눈살을 찌푸렸다. 여기서 나가라고 말해
주었지만, 지금 저 모습을 보노라면 순순히 나갈 것 같지가
않았다.

그렇다고 이대로 내버려 두고 가자니 무슨 일을 당하면 어
쩌나 은근히 걱정도 됐다.

어쨌든 선친과 막역한 사이였던 사람의 딸이며, 한때나마
자신의 정혼녀였지 않은가.

또한 어린 시절에 둘이 집 안이 좁다 하고 즐거이 뛰놀던
추억이 아직도 생생했다.

악소가 변을 당한다는 것은, 선친에 대한 죄이며 추억에 대
한 기만이었다.

"이리 와라."

화무린이 여전히 냉랭하게 손짓을 했지만 악소는 다소곳
이 서 있을 뿐 꼼짝도 하지 않았다.

아니, 그녀는 이 순간 화무린의 얼굴에 시선을 뚫어지게 고
정시키고 있었다.

화무린의 얼굴이 낯이 익었기 때문이다.

어디에서 봤을까?

그녀는 화무린의 눈, 코, 입, 얼굴을 조목조목 뜯어보며 퇴
색해 버린 기억 속에서 그의 모습을 이끌어내려고 무진 애를

쓰는 중이었다.

'모르겠어. 어디에서 봤는지…….'

악소의 눈빛이 흔들리면서 흐려졌다.

도무지 기억이 떠올라 주지 않았다. 그도 그럴 것이, 화무린의 모습은 어릴 때와 영판 달랐다.

사람은 어렸을 때 모습을 크고 나서도 많이 지니고 있는가 하면, 전혀 다른 모습으로 변하기도 하는데, 화무린은 그 중간이었다.

어렸을 때 모습이 약간 남아 있기도 했고, 많이 변하기도 한 모습이었다. 그래서 악소가 긴가민가 갸웃거리고 있는 것이었다.

"꾸물거릴 여유가 없다."

덥석!

화무린은 악소의 손을 잡는 순간 대전 안쪽의 복도를 향해 신형을 날렸다.

그는 방금 전에 주위를 살피는 것과 동시에 공력을 끌어올려 청력을 돋우었는데, 지금 쏘아가고 있는 방향에서 어떤 소리를 감지했었다.

화무린이 얼마나 빠르게 쏘아가는지 손목이 잡힌 상태인 악소는 몸이 허공에 떠서 화무린 쪽으로 비스듬히 기울어진 자세였다.

第四十二章

육번주

구중천
九重天

화무린은 어느 방문 앞에 소리없이 멈춰 선 후 공력을 극한
으로 끌어올려 방 안의 기척을 살폈다.

순간 방 안으로부터 아주 흐릿한 기척을 감지했다. 아니,
그것은 그저 옅은 느낌이라고 하는 편이 옳았다.

하지만 화무린에게 손이 잡혀 있는 악소의 능력으로는 아
무것도 느낄 수가 없었다.

그녀는 그저 화무린에게 모든 것을 맡긴 채 그의 옆얼굴을
보면서 기억을 더듬는 일에만 전념했다.

화무린은 지금 방 안에서 감지되고 있는 종류의 느낌을 예
전에는 전혀 경험해 본 적이 없었다. 실전 경험이 거의 없으

니 당연했다.

이것은 뭐라고 설명하기 어려운, 아주 미약하면서도 묘한 느낌이라서 자칫하다가는 착각이라고 간과해 버릴 수도 있을 정도였다.

'살기!'

한순간 그는 흠칫 놀라면서 악소의 손을 잡은 채 다급하게 옆으로 신형을 날렸다.

휘익!

콰앙!

그가 몸을 날리는 것과 동시에 커다란 방문이 산산조각 박살나면서 안에서 무언가 굵고도 빛나는 검은 기류가 거센 폭풍처럼 뿜어져 나왔다.

쾅! 쾅! 쾅!

검은 기류는 방문을 박살 낸 것으로도 모자라서 맞은편의 복도 벽과 그 너머의 방과 또 전각의 벽까지 일직선으로 모조리 뚫어버렸다.

방문은 아예 흔적도 없이 사라져 버렸으며, 그 너머 벽에는 직경 두 자가량의 커다란 구멍이 생겨나 있었다.

'강적이다!'

화무린은 상대를 보지도 못한 상태였지만 그가 육번주일 것이고, 자신이 무림에 나온 이후 처음 만나게 되는 강적일 것이라고 단정했다.

은은한 긴장과 여린 흥분이 심장에서 시작되어 잔물결처럼 온몸으로 퍼져 나갔다.

이런 느낌 역시 처음 맛보는 것이었다.

하지만 몹시 친숙한 듯한 느낌이었으며, 이상하게도 가슴이 설레면서 기분이 좋았다.

이윽고 방에서 한 인물이 천천히 걸어나왔다.

일신에 황포를 입었으며 한 뼘 길이의 검은 수염을 기른 부리부리한 호랑이 눈과 두툼한 입술을 지닌, 용맹스러워 보이는 오십대의 초로인이었다.

그는 번조장이나 번수장, 녹의인과는 전혀 다른 복장이었으며, 얼핏 보기에는 그저 강호인 같았다.

무기를 지니고 있지 않은 것으로 미루어 방금 전의 검은 기류는 그의 손바닥에서 발출된 것 같았다.

황포인은 화무린을 보며 나직이 중얼거렸다.

"본 군의 투번수들과 번수장, 번당(幡黨)을 차례로 죽이고 여기까지 들어왔기에 한가락 하는 놈이라 여겼더니, 내 공격까지 피할 줄은 예상 못했군."

묵직하면서도 늪에 깔린 안개 같은 자욱한 목소리였다.

아마도 번당이란 화무린이 조금 전에 죽인 녹의인의 지위를 가리키는 것이고, 천외신계 내에서는 투번고수를 투번수라고 부르는 것 같았다.

더구나 황포인은 화무린이 투번고수들을 죽인 사실을 이

곳에 있으면서 훤히 알고 있었다.

"무쌍신과 육천군은 어디에 있지?"

화무린은 가타부타 용건부터 물었다.

황포인은 가볍게 의아한 표정을 지었다.

"왜 그분들을 찾느냐?"

"그들에게 볼일이 있으니까."

"너는 누구냐?"

"그것까진 알 것 없고, 그들이 어디에 있는지만 말해주면 조용히 물러가겠다."

화무린의 일축에도 황포인은 끄떡하지 않았다. 그는 이 난리를 친 장본인이 이제 겨우 소년에서 청년으로 넘어가는 약관의 잘생긴 청년인 것을 알고는 오히려 약간의 흥미마저 느끼고 있었다.

하지만 그는 곧 흥미를 지워 버렸다.

흥미를 갖기에는 화무린이 저지른 짓이 너무 컸으며, 또한 방금 그가 나온 실내에는 자신이 목숨을 걸고 지켜야 할 그 무엇이 있기 때문이었다.

"본 군의 지번영(支幡營)이 짓밟힌 것은 이번이 처음이다. 천중인계 놈들은 죄다 벌레 같은 줄만 알았는데 너처럼 뛰어난 놈이 있다는 사실이 의외로군."

지번영은 천외무적군 육투번이 경무장을 장악하여 이곳에 이룩한 거점을 가리키는 것 같았다.

어쨌든, 황포인이 중원인들을 업신여기는 비아냥거림에 화무린은 기분이 좀 뒤틀렸다.

"이봐! 우리 사문의 수백 제자 중에서 나는 겨우 끄트머리 수준일 뿐이야! 그런데 나 같은 놈 한 명에게도 지리멸렬하는 너희 천외신계의 지번영인지 뭔지를 좀 보라는 말이다! 너희 냄새나는 너구리 놈들은 우리 사문이 나서기만 하면 며칠 만에 모조리 소탕되고 말 것이다!"

화무린의 말에 황포인은 슬쩍 눈살을 찌푸렸다. 그가 보기에 화무린이 약간 허풍은 부릴지언정 거짓말을 하는 것 같지는 않았다.

"너의 사문이 어디냐?"

황포인은 자신도 모르게 그렇게 묻고 말았다. 방금 전에 화무린에게 누구냐고 물었다가 무시당했던 일을 깜빡 잊어버린 것이다.

그 부분은 악소도 무척 궁금하게 여기고 있던 터라 기대 어린 표정으로 화무린이 대답해 주기를 기다렸다.

"너부터 말해라. 무쌍신과 육천군은 어디에 있지?"

역시 화무린은 순순히 대답하지 않았다.

황포인이 생각하기에 방금 화무린이 한 말을 절반만 믿는다고 해도 그의 사문은 대단한 곳임이 분명했다.

천외신계 천외무적군이 보유하고 있는 가장 마지막 투번인 이십육투번은 다른 이십오 개 투번들이 숫자로 표기되는 것과는 달리 유일하게 '비찰신번(秘察神幡)'이라는 고유의 이름을 갖고 있으며, 그들의 임무는 싸움이 아니라 오로지 정보 수집과 분석이었다.

비찰신번은 오십여 년 전 마지막 삼천쟁이 한창이던 중에도, 그리고 삼천쟁이 천외신계의 패배로 막을 내린 후부터 지금에 이르기까지, 단 한순간도 쉬지 않고 천중인계와 천상성계, 심지어 자신들 천외신계 내부에 대한 감찰의 임무까지도 꾸준히 수집해 오고 있었다. 그리고 그것은 지금 이 순간에도 계속되고 있는 중이다.

그러므로 비찰신번이 수집한 정보의 방대함이란 실로 엄청났으며, 그 정확성은 혀를 내두를 지경일 수밖에 없었다.

무림에서 행세하는 인물들은 이류, 삼류를 막론하고 그 누구도 비찰신번의 이목과 촉수를 벗어나지 못했다.

또한 그들의 사문은 물론이고, 아주 하잘것없을 것 같은 가족 사항과 친구들, 은원 관계에 이르기까지 일목요연하게 꿰고 있었다.

그리고 그 정보들은 천외신계 상층부와 천외무적군 각 곳에 필요에 따라 여과없이 전해지고 공유된다.

황포인도 이번에 중원에 들어오기 전에 그런 정보들을 충분히 숙지했으며, 지금도 정기적으로 비찰신번의 수하들이 육투번을 방문하여 필요한 정보들을 보고하고 있는 실정이었다.

그런데 아무리 기억을 더듬어봐도 지금 화무린이 말하고 있는 엄청난 사문, 즉 문파에 대해서는 떠오르는 바가 전혀 없었다.

그가 보기에 화무린은 중도 아니고 도사도 아닌 듯했다. 그렇다면 소림사나 무당파, 화산파, 곤륜파 출신은 아니라는 뜻이다. 게다가 그런 문파들이라면 외눈도 까딱하지 않을 천외신계였다.

그렇다면 필경 두 가지 중에 하나일 것이다. 저 어린 놈이 거짓말을 하고 있는 것이거나, 비찰신번이 놓친 부분이 있다는 것이다.

그런데 화무린이 거짓말을 하는 것 같지도 않았지만, 비찰신번이 천중인계에 대해서 놓친 게 있다는 사실도 믿어지지가 않았다.

문득, 황포인은 번뜩 뇌리를 스치는 그 무엇이 있어서 진중히 물었다.

"혹시 너는 선천고수(選天高手)냐?"

화무린은 '선천고수'라는 말은 들어본 적이 없었다. 하지만 구중천의 팔대지옥에서 선택받은 자들을 '선천자'라고 한다는 말은 은겸에게 들었다.

그래서 황포인이 말하는 '선천고수'가 '선천자'들이 구중천에서 최종적으로 무공을 완성하고 나면 불리게 되는 이름일 것이라고 추측할 수 있었다.

화무린은 황포인이 구중천의 내부적인 사항까지 서슴없이 말하자 적잖이 놀랐으며, 과연 천외신계의 정보망이 대단하다는 사실을 알게 되었다.

"그게 뭐지?"

화무린은 시치미를 뚝 떼고 반문했다.

황포인은 화무린의 얼굴을 뚫어지게 주시하면서 그의 표정이 변하는지를 살폈지만 뜻을 이루지 못했다.

화무린은 황포인의 말에 아무런 표정의 변화를 일으키지 않았던 것이다.

사실, 화무린이 말한 자신의 사문은 구중천을 가리키는 것이었다.

그는 구중천에서 무공을 배웠으므로 어찌 보면 그곳이 사문이나 다름없었다.

하지만 그는 구중천을 사문이라고 생각하지는 않는다. 또한 구중천에 좋은 감정을 갖고 있지도 않았다.

다만 황포인이 중원인들을 벌레처럼 취급하는 것에 기분이 언짢아져서 자신도 모르게 발끈하여 약간 허풍을 쳤던 것뿐이었다.

그런데 뜻밖에도 황포인이 이처럼 민감하게 반응할 줄은 예상하지 못했다.

황포인은 화무린의 사문이 몹시 궁금했지만 알아낼 방도가 없었다.

또한 그는 화무린이 요구하고 있는 무쌍신과 육천군의 행방을 모르고 있다.

하지만 설사 알고 있더라도 그걸 가르쳐 주고 저 어린 놈의 사문에 대해서 알아내고 싶은 생각은 추호도 없었다.

만약 그런 사실이 드러나게 되면 자신의 목숨이 열 개라도 온전하지 못할 것이다.

'헛헛……'

문득 황포인은 속으로 어이없는 실소를 흘렸다. 어린 놈의 말장난에 농락당한 것 같은 기분이 든 것이다.

저 어린 놈이 투번고수 이십사 명과 번수장, 번당을 각 한 명씩 죽인 것은 과연 매우 놀라운 일이지만, 자신의 적수가 되긴 아직 멀었다는 것이 황포인의 짐작이었다.

번당은 십칠위, 황포인 자신은 그보다 네 단계나 높은 십삼위 번위막(幡衛幕)인 것이다.

"피해 있어라."

화무린은 황포인 번위막에게서 시선을 떼지 않은 채 악소의 손을 놓아주었다.

악소는 주춤주춤 뒤로 몇 걸음 물러났다.

"안 보이는 곳으로 멀리 피해라."

화무린이 다시 말했지만 악소는 그의 세 걸음 뒤에 서서 요지부동 움직이지 않았다.

고수들의 싸움은 워낙 행동반경이 넓어서 가까이 있다가

는 피해를 입기가 다반사다.

그것을 모를 리 없는 악소지만, 입술을 꼭 다문 다부진 표정으로 꼼짝도 하지 않았다.

이유는 한 가지. 만약 자신이 화무린을 도와야 할 상황이 벌어진다면 언제라도 신속하게 돕기 위해서였다.

화무린은 그녀에게 더 이상 신경을 쓸 여유가 없었다. 번위막이 공력을 끌어올리면서 천천히 쌍장을 들어올리고 있는 것을 발견했기 때문이다.

파라라락!

번위막의 옷자락이 찢어질 것처럼 심하게 펄럭였으며 머리카락과 수염이 빳빳하게 곤두섰고 두 눈에서는 불길이 뿜어지는 것 같았다.

그는 화무린이 비록 어리지만 결코 만만한 상대가 아니라는 사실을 짐작하고 있기에 전력을 다하려는 것이었다.

화무린 또한 번위막을 육번주라고 생각하기 때문에 결코 방심하지 못했다.

그는 백십 년 공력을 극한까지 끌어올려 천지조화검 삼초식 무상조화 중에서 검탄강(劍彈罡)의 구결대로 진기를 각 혈도에 운용하며 만반의 준비를 갖추었다.

악소는 화무린의 전신이 은은하게 금광으로 빛나는 것을 발견하고는 놀라서 다시 봤지만 분명히 착각은 아니었다.

그녀는 사람의 몸이 어떤 색이나 빛으로 물드는 것을 한 번도 본 적이 없었다.

화무린의 전신이 금광으로 물드는 것은 그가 연마한 조화무극심법 때문이었다.

문득, 번위막은 그런 화무린을 보면서 가볍게 얼굴빛이 변하는 듯싶더니 곧 묵직하고도 느릿하게 화무린을 향해 쌍장을 밀어냈다.

쿠우우—

맹호가 먹이를 향해 몸을 날리기 직전 같은 상황이었다.

두 사람은 이 장 정도의 거리를 유지하고 당당하게 마주 선 채 피하려고 하지 않았다.

이른바 정면 대결이었다. 정면 대결은 기술보다는 공력과 초식이 승패를 좌우한다.

콰우웃!

순간 번위막이 갑자기 쌍장을 힘껏 뻗어내자 장심에서 흑광이 번쩍하면서 시커먼 기류가 무시무시하게 일직선으로 뿜어졌다.

두 손을 둥글게 말아 쥐어서 맞댄 정도의 굵기로 원통형을 이룬 흑색 기류였다.

화무린 뒤에서 그것을 본 악소는 그제야 자신이 다른 곳으로 피하지 않은 것을 후회했다.

그녀가 보기에 번위막이 발출한 흑색 기류는 상상했던 것 이상으로 무시무시해 보였다.

그래서 화무린이 그녀 자신 때문에 피하지 못할 것이라는 생각이 들자 후회가 가중됐다.

번쩍!

그 순간 화무린에게서 한줄기 금광이 폭발하듯이 뿜어져 나갔다.

그가 은오검을 세로로 그어 발검한 것인데 워낙 빨라서 아무도 보지 못했다.

게다가 은오검은 은빛인데 그 검에서 금광이 뿜어졌다. 조화무극의 공력이 뿜어졌기 때문이다.

그것은 천지조화검 삼초식 무상조화의 검탄강이었으며, 검기가 아닌 검강이었다.

검기가 그저 단순하게 공력을 검을 통해서 발출하는 것이라면, 검강은 공력을 체내에서 특수한 구결에 의해 단단하게 응집시켜서 뿜어내는 것이다.

그러므로 검기를 무쇠라고 한다면 검강은 강철에 비유될 수 있을 것이다.

번위막은 금광이 마치 눈부신 햇빛을 거울로 반사시킨 것처럼 자신에게 쏘아오자 놀라움 때문에 움찔 가볍게 상체를 떨었다.

퍽!

다음 순간 금광과 흑색 기류가 정면으로 부딪쳤지만 가벼운 음향만 흘러나왔다. 금광이 흑색 기류 한복판을 뚫고 들어간 것이다.

스퍽!

흑색 기류를 거슬러 오른 금광이 번위막의 가슴 한복판을 뚫고 등 뒤로 빠져나갔다.

"......!"

같은 순간 화무린은 자신의 목전까지 쇄도한 흑색 기류를 보며 안색이 급변했다.

자신의 공격이 번위막을 적중시키면 흑색 기류가 사라질 것이라고 판단한 그였다.

물론 공력을 발출한 사람이 치명적인 상황이 되어 계속 공력을 발출할 수 없는 상황이 되면 그 공격은 자연히 소멸되는 것이 무공의 근본 이치다.

하지만 검탄강은 흑색 기류보다 찰나를 백으로 쪼갠 순간만큼이나 빨랐다.

그래서 번위막의 공력이 감소하기는 했지만 칠팔 할 정도는 고스란히 남아 있는 상태였다.

쩌러렁!

흑색 기류는 화무린의 상체 전면에 적중되며 굉렬한 쇳소리를 터뜨렸다.

아니, 몸에 직접 적중된 것이 아니라 그의 몸을 감싸고 있던 금막(金幕), 즉 호신강기에 적중되었다.

그가 공력을 끌어올리면 자연적으로 호신강기가 형성되기

때문이었다.

하지만 공력의 대부분이 검탄강으로 발출된 상태였기 때문에 완전한 호신강기가 아닌 상태였다.

흑색 기류는 호신강기를 부수면서 절반이 소멸됐고, 나머지 절반이 화무린의 왼쪽 어깨를 바윗덩이처럼 무지막지하게 두들겼다.

"크으……."

그는 입에서 피를 화살처럼 뿜어내며 묵직하게 뒤로 주르르 밀려갔다.

"상공!"

악소는 소스라치게 놀라서 두 손으로 급히 그의 등을 떠받치듯 붙잡았다.

그녀가 급히 보니 화무린의 입에서 피가 줄줄 흘렀고 안색은 해쓱했다.

'아아… 나 때문이야…….'

악소는 자책했지만 이미 늦은 후회였다.

탁!

화무린은 악소를 뿌리치고 비틀거리면서 자세를 바로잡으며 번위막을 쏘아보았다.

검탄강이 번위막에게 어떤 충격을 안겼는지 잘 모르기 때문에 그의 이차 공격에 대비하기 위해서였다.

그런데 번위막은 실로 처참한 몰골이었다. 가슴 한복판에 주먹만 한 구멍이 뻥 뚫렸는데 기이하게도 피는 한 방울도 흐르지 않고 있었다.

그것은 검탄강이 극양지공이라서 상처 부위를 아예 태워 버렸기 때문이었다.

"너… 설마 천지조화검을 전개할 줄이야……."

번위막은 경악으로 물든 얼굴로 화무린을 보며 겨우 중얼거렸다.

오십 년 전, 천상성계 성존에게 뼈아픈 패배를 당했던 천외신계의 천녀황은 모든 수하들에게 천지조화검에 대해서 자세히 알려주었었다. 오십 년 전의 전철을 다시 밟지 않겠다는 각오에서였다.

번위막은 조금 전 화무린의 전신이 은은한 금광으로 물들었을 때 혹시? 하는 마음이 들었었다.

직후 화무린이 금빛 광채를 뿜어내자 그제야 천지조화검을 알아보고 아차 싶었다. 그러나 그때는 이미 돌이킬 수 없는 상황이었다.

악소는 천지조화검이라는 검법을 처음 듣기 때문에 약간 의아한 표정을 지었다.

그녀가 방금 전에 목격한 화무린의 검법은 처음 보는 것이지만 가히 일절(一絶)이었다.

예전에 부친이 악가장의 성명검법인 낙성만뢰(落星萬雷)의 마지막 절초식을 전개하는 광경을 본 적이 있는 그녀는, 방금 화무린이 전개한 검법이 낙성만뢰의 절초식을 훨씬 능가한다고 생각했다.

그처럼 대단한 검법이라면 당연히 그녀가 알고 있어야 하거늘, 천지조화검이라는 이름은 생소했다.

번위막의 얼굴이 더욱 일그러졌다.

"과… 연 네 말은 일리가 있다……. 너희 일족(一族)만이 본계의 상대가 될… 수 있다……."

천지조화검은 천상성계의 절학이므로 번위막이 말하는 '일족'이란 당연히 천성족을 가리키는 것이었다.

화무린은 그의 상태가 위중한 것을 보고 마음이 급해져서 급히 다가가며 물었다.

"이봐! 무쌍신과 육천군은 어디에 있느냐?"

"나… 는 모른다……."

"번주가 그것도 모른다는 것인가?"

"나는 번… 주가… 아… 니……."

쿵!

그 말을 끝으로 그는 앞으로 쓰러지면서 얼굴을 바닥에 짓이겼다.

"번주가 아니라고?"

화무린은 번위막이 나온 방 안을 힐끗 쳐다보고는 비틀거리면서 안으로 들어갔다.

악소는 방금 번위막이 했던 말 때문에 조금 전보다 더 의아한 표정을 짓고 있었다.

'일족이라니, 게다가 그 일족만이 천외신계의 상대가 될 수 있다는 것은 설마……'

그녀의 머리를 번갯불처럼 스치는 것이 있었다.

'저 사람이 천성족이라는……?'

누천 년 무림사 중에서 천외신계는 중원을 여러 차례 침범했었으며, 그때마다 천상성계가 그들을 물리쳤었다는 사실은 천하에서 모르는 사람이 없었다.

그러므로 '너의 일족만이 천외신계의 상대가 될 수 있다'라는 말을 듣고 그 일족이 천상족이라고 떠올리는 것은 너무도 자연스러운 일이었다.

악소는 너무도 놀라서 그 자리에 망연자실 서 있다가 급히 화무린을 따라 방 안으로 들어갔다.

실내는 화무린이 여태까지 경무장 내에서 본 방 중에서 가장 넓고 화려했다.

안쪽의 박유(薄帷: 엷은 휘장)가 쳐진 침상 위에 한 사람이 잠자듯이 누워 있었다.

그리고 침상에서 약간 떨어진 옆쪽 자단목으로 만든 좌탁 위에 한 인물이 가부좌의 자세로 운공을 하고 있는 모습이 보였다. 실내에는 그들 둘뿐이었다.

화무린의 눈길이 좌탁 위의 인물에게 향했다.

그는 삼십오륙 세가량에 청삼을 입었고 수염을 기르지 않은 당당한 체구의 장한이었으며, 어깨에는 얼핏 보기에도 범상하지 않은 한 자루 보검을 메고 있었다.

지그시 눈을 감고 있는 모습에서는 범인과는 다른 어떤 패도 같은 것이 느껴졌다.

번위막이 육번주가 아니라면 실내에 있는 두 명 중 한 명이 육번주일 것이다.

화무린은 잠시 장한을 쳐다보다가 박유를 젖히고 안쪽의 침상으로 다가갔다.

그런데 뜻밖에도 침상에 누워 있는 것은 십오륙 세 정도로 보이는 한 명의 어린 소녀였다.

온몸에 피칠을 한 것 같은 새빨간 혈의경장을 입었으며, 윤기가 흐르는 검고 긴 머리카락과 그와는 대조적으로 핏기 하나 없이 투명하리만치 흰 얼굴을 지닌 소녀였다.

소녀는 지독하게 아름다웠다. 특히 콧날이 허공을 벨 듯이 날카롭게 오똑했으며, 붉어야 할 입술에는 핏기라고는 없어서 희다 못해서 푸르스름했다.

그러나 혈의소녀를 처음 보고 느끼는 일감은 아름다움보다는 차갑다는 사실이었다.

마치 한 덩이의 얼음이 침상에 눕혀져 있는 듯한 착각을 불러일으킬 정도였다.

그러나 화무린에겐 혈의소녀의 아름다움도 차가움도 눈에 들어오지 않았다.

그의 목적은 오직 누가 육번주냐는 것이고, 그에게서 무쌍신과 육천군의 행방을 알아내는 것뿐이었다.

그가 보기에 소녀는 육번주가 아닌 것 같아서 침상에서 나와 다시 청삼인에게 다가갔다. 그가 육번주일 가능성이 훨씬 더 컸다.

청삼인을 잠시 지켜보던 화무린은 그의 숨소리가 불규칙하고 기의 흐름이 원활하지 못한 것을 느끼고 그가 내상을 입은 상태에서 운공 중이라는 사실을 간파했다.

운공을 하는 중에 건드리면 주화입마에 들어서 죽거나 폐인이 되고 마는 것은 상식이다. 그렇게 되면 원하는 것을 알아내지 못할 것이다.

그래서 화무린은 청삼인 앞에 팔짱을 끼고 서서 그가 깨어나기를 묵묵히 지켜보았다.

악소는 내상을 입은 것 같은 화무린이 치료는커녕 입가의 피를 닦을 생각도 하지 않은 채 서 있자 걱정의 눈빛으로 그를 바라보았지만 그가 워낙 엄숙한 표정이어서 함부로 입을 열지 못했다.

잠시 시간이 흘렀지만 화무린은 눈도 깜빡이지 않은 채 청삼인에게서 시선을 떼지 않았다.

그때 침상 쪽에서 악소의 낮은 외침이 터져 나왔다.

"이 소녀, 죽어가고 있어요!"

화무린은 악소가 하도 놀라는 소리를 질러서 자신도 모르게 그쪽을 쳐다보았다.

"......!"

순간 화무린은 아차 싶었다.

악소 쪽을 쳐다보는 순간 자신이 지금껏 눈을 떼지 않고 있던 청삼인에게서 강렬한 기운이 폭사되는 것을 느꼈기 때문이었다.

그것은 조금 전에 죽인 번위막이 뿜어냈던 살기와 같은 느낌이었다.

청삼인은 방금 전에 운공에서 막 깨어났지만 실내에 있어야 할 자신의 심복수하인 번위막 대신 외부인 두 명이 있다는 사실을 감지하고는 가볍게 놀랐지만 발작하지 않고 잠자코 있으면서 기회를 엿보는 노련함을 발휘했다.

바로 그때 악소가 낮게 소리치자 화무린이 그녀를 쳐다보았다. 기다리던 기회가 즉시 찾아온 것이다.

순간 청삼인은 눈을 번쩍 뜨면서 방금 끝낸 운공으로 모아둔 공력을 모조리 쌍장에 실어 화무린을 향해 발출했다.

번위막이 선보였던 흑색 기류와는 달리 무형에 무음인 장력이었다.

원래 뜨거운 숭늉이 김이 나지 않는 법이다. 무공이 웬만한 경지에 이르면 장력이든 검법이든 음향이 작아지며 또 무형이 된다. 그러나 위력은 훨씬 더 강력하다.

화무린은 청삼인과 워낙 가까이에 있었다. 거리는 불과 반

장 남짓,

쳐다보고 난 후에 반응하는 것은 이미 늦었다.

쉬익!

그는 쓰러질 듯이 상체를 뒤로 젖히는 것과 동시에 발검하면서 맹렬하게 청삼인을 베어갔다.

공격에 대한 최선의 방어가 반격이라는 사실을 그는 이 순간에 깨달았다.

단지 피하기만 한다면 상대에게 제이, 제삼의 공격을 계속 허용할 것이 분명할 것이기 때문이다.

그런데 그가 발검하는 것보다 조금 더 빨리 그의 품속에서 흐릿하며 작은 백영 하나가 빛처럼 쏘아나갔다.

파아!

화무린의 왼쪽 어깨를 청삼인이 발출한 무형의 기운이 살짝 스치면서 피가 튀었다.

그는 조금 전에 번위막의 흑색 기류에 어깨를 적중당했었는데, 이번에는 어깨의 살점이 마치 예리한 칼에 베인 듯이 얇게 베어져 나갔다.

청삼인은 얼마 전의 싸움에서 가볍지 않은 내상을 입은 상태였다.

화무린이 경무장에 들어섰을 때 청삼인은 이미 운공을 하고 있던 중이었다.

그랬기에 화무린이 이십사 명의 투번고수들을 죽이는 것

을 까맣게 모른 채 운공으로 내상을 치유하는 일에만 전념했던 것이다.

그는 방금 전의 운공으로 본래 지니고 있는 공력의 칠 할 정도를 회복한 상태에서 전력 일장을 발출했는데 화무린을 제압하지 못했다.

세상사가 그렇듯이 언제나 기회 뒤에는 위기가 찾아오는 법이다.

기회가 흔하다면 그것은 기회가 아니다. 또한 기회를 적절하게 활용하지 못하면 기회는 곧바로 상대에게 넘어가 버리고 만다.

지금 천금 같은 기회는 화무린 손에 쥐어졌다.

뚝!

피하는 것과 동시에 발검했던 화무린의 은오검이 청삼인의 목 바로 두 치 앞에서 거짓말처럼 정지했다. 만약 멈추지 않았다면 청삼인의 목이 베어졌을 것이다.

"멈춰!"

화무린이 벼락같이 외쳤다.

그가 검을 휘두르는 것과 동시에 그의 품속에서 튀어나간 흐릿한 백영은 바로 아령이었다.

아령은 화무린이 검을 겨누고 있는 청삼인의 반대편 목에 달라붙어서 입을 쩍 벌리고 그의 목을 막 물어뜯으려는 찰나에 화무린의 외침에 뚝 멈췄다.

주먹만 한 크기와 고양이 새끼 같은 귀여운 모습과는 달리 벌린 입의 이빨은 길고도 날카로워서 거기에 물어뜯기면 뼈까지 잘라질 것 같았다.

"저리 가 있어라."

아령은 입을 다물고 말끄러미 화무린을 바라보다가 그가 악소를 가리키자 바람처럼 그녀에게 날아갔다.

"악!"

악소는 전에 자신이 소리를 지른 탓에 화무린이 급습을 당해서 놀랐고, 또 어디선가 나타난 고양이 같은 짐승 때문에 더욱 놀라고 있다가 돌연 그 짐승이 자신에게 쏘아오자 혼비백산해서 비명을 지르며 다급히 피했다.

하지만 아령이 더 빨랐다. 그놈은 악소의 가슴에 착 달라붙어 말끄러미 그녀를 올려다보았다.

"아아……."

악소는 진저리를 치면서도 아령이 무서워서 감히 만지지는 못하고 조심스럽게 상체를 흔들며 떨어뜨리려고 했지만 아령은 요지부동이었다.

"쓰다듬어 주면 물지 않는다."

"……."

화무린이 시선은 청삼인에게 고정시킨 채 실소를 흘리며 말하자 악소는 얼른 섬섬옥수를 들어 부지런히 아령을 쓰다듬기 시작했다. 물리지 않으려는 발악이었다.

아령은 이내 가릉가릉하는 기분 좋은 소리를 내며 악소의 풍만한 젖가슴을 푹신한 베개 삼아 눈을 감았다.

화무린은 무심한 표정으로 청삼인을 응시했다. 그가 보기에 청삼인이 육번주가 분명한 것 같았다.

청삼인은 자신의 급습이 실패로 끝났으며, 화무린의 예리한 검날이 자신의 목에 바짝 대어져 있는데도 표정 하나 변하지 않았다.

오히려 은은한 기도까지 흘러나오고 있었다. 그것은 많은 사람을 수하로 부리는 인물들만이 지니고 있는 위엄 같은 것이었다.

"나는 당신에게 한 가지 물어볼 것이 있다. 그것만 들으면 당신에게서 손을 떼겠다."

그러자 청삼인, 아니, 육번주의 눈빛이 가볍게 흔들렸다. 그는 제압됨으로서 최소한 자신의 목숨과 이곳 육번이 괴멸될 것이라고 자포자기하고 있었다.

그런데 뜻밖에도 한 가지만 대답해 주면 이 괴물 같은 어린놈이 자신에게서 손을 떼겠다는 것이 아닌가?

육번주는 깊숙하게 가라앉은 눈으로 화무린을 쳐다보았다.

사실 인간의 본성이란 모두가 거기서 거기다.

생사는 본질적인 문제다.

그리고 본질적인 문제에 직면하면 자연스럽게 본성이 드

러나는 법이다.

밑져야 본전이 아니겠는가? 그는 침묵하면서 말해보라는 뜻을 내비쳤다.

"무쌍신과 육천군은 어디에 있느냐?"

화무린은 육당주의 눈 깊숙한 곳에서 가벼운 흔들림이 일어나는 것을 발견했다.

그것은 무쌍신과 육천군의 행방을 모르고 있던 번조장이나 번수장 등의 눈빛과는 확연히 달랐다.

육번주는 그들의 행방을 알고 있는 것이 분명하다고 화무린은 판단했다. 이젠 고삐를 슬쩍 조여줄 때였다.

"나는 천외신계가 중원에서 무슨 짓을 하든 관심이 없다. 내 관심사는 오직 무쌍신과 육천군뿐이다."

악소는 적이 놀라는 표정으로 화무린을 바라보았다. 그녀는 조금 전 황포인 번위막의 말을 듣고 어쩌면 화무린이 천성족일지도 모른다고 생각했었다. 그런데 천성족이 이래도 되는 것인가? 라는 의문이 들었다.

"난 인내심이 없는 편이다. 말하든가, 이승을 떠나든가 둘 중 하나를 선택해라."

슥―

화무린은 검을 육번주의 목에 갖다 붙였다.

육번주는 칼날의 싸늘함을 목에서 느꼈다. 일개 투번고수도 죽음의 위협 앞에서 눈 하나 까딱하지 않는데, 번주 정도

되는 인물이라면 더할 것이다.

하지만 이왕이면 죽는 것보다 살아 있는 편이 훨씬 낫지 않겠는가?

자신이 속한 조직에 큰 죄를 짓지 않고도 살 기회가 주어진다면, 일부러 죽어야 할 필요까진 없는 것이다.

그는 태어나서 이날까지 부귀나 영화 같은 것은 꿈조차 꿔본 적이 없었다.

다만, 살아서 자신의 두 눈으로 천외신계가 중원을, 그리고 천상성계를 피바다로 만들고 삼천계를 일통하는 장엄한 광경을 꼭 보고 싶다는 것이 육번주의 유일한 소원이었다.

더구나 이 어린 놈은 중원인이면서도 천외신계가 무엇을 하든 관심이 없다고 말하지 않는가.

원래 '사실' 이란 것은 변함이 없는 법이지만, 상황에 따라서, 혹은 받아들이는 사람이 누구냐에 따라서 그 느낌이 조금씩 변하기 마련이다.

상황이 나쁠수록, 사람들은 '사실' 을 자기에게 유리한 쪽으로 변화시켜서 해석하는 습관이 있는 것이다.

그런 점에서는 육번주도 예외가 아니었다. 평소 같았으면 어림도 없을 일을 그는 화무린의 말을 곧이곧대로 받아들이려고 애썼다.

"그분들은 현재 개봉에 계신다."

게다가 사실대로 말해줄 필요가 있겠는가? 어떻게든 이 상황만 모면할 수 있다면 무슨 거짓말인들 못하랴.

"개봉 어디냐?"

또한 이 어린 놈은 경험이 부족해서 그런지 육번주 자신의 말을 조금도 의심하지 않는 표정이다.

"풍래장(風來莊)이라는 곳에 계신다."

"풍래장이라……."

화무린은 중얼거리면서 고개를 끄덕였다. 그럴 때 모습은 여태까지와는 달리 꼭 노련한 노인네 같았다.

"좋아. 일단 내가 그곳에 가서 확인하겠다. 당신에게서 손을 떼는 것은 그 후다."

"……."

육번주의 동공이 조금 전보다 약간 더 세차게 흔들렸다. 화무린이 자신의 말에 호락호락 속는 것 같아서 얕보는 마음이 들었는데 그게 아니었다.

"아, 아니다! 내가 착각했다! 그분들이 얼마 전에 안읍(安邑)의 풍래장으로 가셨다는 사실을 잠시 잊고 있었다!"

그는 자신도 모르게 급히 외치며 정정했다. 콧등에는 굵은 땀방울마저 맺혀졌다.

"호오! 개봉에도 풍래장이 있고 산서 안읍에도 풍래장이 있는 모양이로군? 풍래라는 이름이 원래 그렇게 유명한가?"

화무린은 짐짓 순진한 표정으로 낮은 탄성을 토해내며 고개를 끄덕였다.

"푸웃!"

지켜보던 악소는 육번주가 당황해서 황급히 말을 바꾸는 모습과 화무린이 짐짓 너스레를 떠는 모습에 손으로 입을 가리며 터지려는 웃음을 겨우 참았다.

육번주는 수치심으로 얼굴이 붉게 변했다. 그로서는 이런 수치심을 느껴보는 것이 난생처음이었다.

그래도 화무린이 손을 떼겠다고 한 말을 믿고 발작하지 않으려고 애쓰면서 꾹 참았다.

화무린은 육번주 목에 검을 겨눈 채 악소에게 말했다.

"이제부터는 네가 이자를 맡아라."

"제, 제가요?"

"약속이 다르지 않느냐?"

악소는 소스라치게 놀랐고, 육번주는 안색이 급변하여 버럭 소리를 질렀다.

화무린은 대수롭지 않게 대꾸했다.

"당신에게서 손을 뗀다고 말했었지? 그래서 그냥 손만 떼는 거야."

"이… 이놈!"

"대신 이제부터 이 아이가 당신의 목숨을 인수할 것이다."

육번주는 극도로 분노해서 몸을 부들부들 떨었다. 어린 놈에게 보기 좋게 당했다는 것도 그렇지만, 무려 오천여 명을 거느리는 막강한 번주인 자신이 위기를 모면하기 위해서 투번고수조차도 하지 않을 치졸한 짓을 서슴지 않았다는 사실에 스스로에게 더욱 분노했다.

그는 몸을 떠는 바람에 목에 대어 있던 은오검에 베어 피가 흘렀지만 개의치 않고 무시무시한 안광을 폭사시키며 부드득 이를 갈아붙였다.

"이놈! 네놈은 대체 누구냐?"

다른 때 같았으면 자신의 이름을 태연하게 밝혔겠지만 옆에 악소가 있기 때문에 화무린은 그냥 무시해 버렸다.

더구나 악소는 화무린의 이름을 물은 육번주보다 더 궁금한 표정과 초롱초롱한 눈망울로 화무린의 대답을 기다렸지만 끝내 아무 말도 듣지 못하고 실망하는 표정을 지었다.

악소는 방금 화무린이 자신을 '이 아이'라고 호칭한 것에 대해서 묘한 느낌을 떨쳐 버리지 못했다.

그 호칭은 마치 오빠가 누이동생을 친근하게 부르는 것 같았는데, 이상하게도 악소는 조금도 거부감을 느끼지 않았다. 아니, 오히려 기껍다는 생각마저 들었다.

"어… 떻게 하면 되죠?"

그녀는 화무린 옆에 바짝 붙어 서서 극도로 긴장된 표정으로 육번주를 보며 물었다. 그녀의 목소리는 자신도 모르게 가늘게 떨려 나왔다.

이곳으로 오는 도중에 당쾌에게 경무장이 천외신계 수중에 떨어진 사실과 저간의 사정들을 두루 들었던 그녀는 육번

주가 어느 정도 굉장한 인물인지 잘 알고 있기에 바짝 긴장할
수밖에 없었다.

"꼼짝 못하도록 혈도를 제압해야지. 너는 그런 것도 할 줄
모르느냐?"

"아… 알아요."

무림인이 점혈수법을 모른다는 것은 말이 안 된다. 더구나
악소는 오대세가 중 산동악가의 소가주가 아닌가?

그녀는 혈도를 제압하기 위해서 육번주에게 손을 뻗다가
움찔하며 움츠렸다.

육번주가 눈에서 불길을 뿜으면서 그녀를 쏘아보고 있었
기 때문이다.

그녀는 강호 경험이 거의 없었으며 성격마저도 유순했기
에 이런 상황에서는 그저 가슴만 콩알만 해져서 어찌해야 할
바를 몰랐다.

"저… 저는……."

그녀는 이마에 송알송알 땀을 흘리면서 화무린을 바라보
며 도움을 청했다.

"어느 날 너희 부친이 불의의 암습을 당해서 처참하게 돌
아가셨다."

"……!"

화무린의 느닷없는 말에 악소는 화들짝 놀라서 그를 바라
보았다.

"그런데 알고 보니 이자가 바로 흉수였다, 라고 생각해 봐라. 그래도 못하겠느냐?"

악소는 눈을 동그랗게 뜨고 화무린을 바라보다가 다시 육번주에게 시선을 던졌다.

육번주의 눈에서는 방금 전보다 더한 이글거리는 안광이 뿜어지고 있었다.

그 순간 전혀 예기치 않은 일이 벌어졌다. 악소의 주먹이 육번주의 턱에 쇠망치처럼 작렬한 것이다.

"뭘 봐? 눈 안 깔아?"

뿌악!

"으악!"

第四十三章

얼음소녀

九重天
구중천

"이 소녀의 내상이 너무 심해요. 속히 손을 쓰지 않으면 죽을 것 같아요."

악소가 혈의소녀를 굽어보며 안타깝게 입을 열었다.

조금 전에 악소는 혈의소녀를 살펴보다가 그녀의 상태가 너무 위중해서 다급히 소리를 질렀던 것이다.

"저자의 말에 의하면 이 소녀는 자기와 싸우다가 양패공상을 당했다는군요."

악소는 저만치 바닥에 혈도가 제압되어 보릿자루처럼 아무렇게나 구겨져 있는 육번주를 턱으로 가리켰다.

육번주와 싸워서 그에게 내상을 입힐 정도라면, 혈의소녀는 결코 평범한 신분이 아닐 것이다.

또한 육번주가 어째서 그녀와 싸웠는지도 궁금한 일이 아닐 수 없었다.

하지만 한 가지 사실은 짐작할 수가 있었다. 혈의소녀가 이곳에 아직 살아 있는 상태로 있는 것으로 미루어 아마도 육번주는 그녀를 납치할 목적이었던 것 같다.

하지만 그런 궁금증은 악소에게나 국한됐다. 화무린은 그런 것에는 조금도 관심이 없었다. 생각이 미치지 않는 게 아니라 신경조차 쓰고 싶지 않았다.

"어딜 가죠?"

악소가 슬그머니 박유를 걷고 나가려는 화무린의 상의 자락을 잡아당기는데 목소리에 날이 약간 서 있었다.

"어떻게 좀 해보세요. 안 그러면 이 소녀는 죽어요."

"날더러 어쩌라는 거냐?"

화무린은 귀찮다는 표정으로 어깨를 으쓱해 보였다.

지금의 악소는 처음처럼 화무린을 어려워하지는 않게 되었다. 경무장에 잠입한 이후 그와는 불과 반 시진 남짓 함께 행동했을 뿐이지만, 원래 지레짐작하고 있던 것처럼 그가 성질이 못되거나 난폭한 사람이 아니라는 사실을 깨닫기에는 충분한 시간이었다.

아니, 그녀는 이제 화무린을 무서워하기는커녕 그를 몰아세우기까지 할 정도가 됐다. 한마디로 간을 본 것이다.

"저의 내상을 치료해서 살려주었잖아요. 이 소녀에게도 그렇게 하면 될 거예요."

그렇게 말하는 악소의 얼굴이 능금처럼 붉어졌다. 불현듯 화무린이 자신을 발가벗긴 채 온몸을 주무르면서 치료했었던 기억이 떠오른 것이다.

"싫다."

화무린은 일언지하에 거절했다.

악소는 그의 거절에 왠지 흐뭇한 기분이 들었다. 그는 악소 자신의 나신을 봤을 뿐만 아니라 구석구석 은밀한 부위까지 주무른(?) 최초의 남자였다. 즉 그녀에게 있어서 화무린은 특별한 의미의 남자인 것이다.

그런 그가 혈의소녀를 치료하라는 악소 자신의 말에 선뜻 그러겠다고 했다면 왠지 기분이 좋지 않았을 것이다.

그것은 자신만이 그에게 주무름을 당한 유일한 여자이고 싶다는 이상하고도 묘한 심리 때문일 것이다.

어쩌면 이때부터 악소는 화무린을 한 명의 남자로 느끼기 시작했는지도 모른다.

그녀는 흐뭇한 기분을 좀 더 오래 만끽하고 싶었지만 혈의소녀의 목숨이 경각에 처해 있어서 그럴 여유가 없었다.

평범한 아녀자들 같았으면 이런 상황에서 남이야 죽건 말건 내 남자만 챙기기에 급급하겠지만, 악소는 명문대파의 후계자로서 철이 들기도 전부터 협의와 인의, 도리에 대해서 신물이 날 정도로 교육받았었다.

그러므로 위기에 처한 사람을 모른 체하면 큰일이 나는 줄 알고 있었다.

"제가 의술을 어느 정도 알고 있으니까, 제가 시키는 대로만 해주면 돼요."

그녀는 진심 어린 표정으로 부탁했다.

"그럼 네가 직접 하면 되겠군."

화무린의 목소리가 퉁명스러워졌다.

"그랬으면 좋겠지만 저는 공력이 약해서 안 돼요."

악소는 정말 능력만 있다면 자신이 직접 치료하고 싶었다. 하지만 조금 전에 혈의소녀를 자세히 살펴본 결과 심후한 공력을 지닌 사람이 추궁과혈의 수법으로 상처 부위의 응혈을 풀어줘야 한다는 결론을 내렸기 때문에 일 갑자 공력의 그녀로선 불가능했다.

"왜 그렇게 못 살려서 안달이냐? 아는 사람이냐?"

"아니에요."

"그럼 내버려 둬라."

화무린의 음성은 딱딱하다 못해서 매몰찼다.

"부탁해요. 당신이 조금만 애를 쓰면 죽어가는 한 생명을 구할 수 있잖아요?"

악소의 표정과 음성은 어느덧 간절하게 변해 있었다. 방금 전에 화무린이 거절했기 때문에 흐뭇했던 기분은 어느샌가 깡그리 사라진 상태였다.

"저를 보세요."

자신의 호소에도 화무린이 여전히 냉담하자 악소는 어디에서 그런 용기가 생겼는지 두 손을 뻗어 그의 얼굴을 거머잡고 자신 쪽으로 향하게 하면서 똑바로 쳐다보았다.

"당신에게도 부모님과 형제가 있을 거예요! 만약 당신 누이동생이 어디에선가 저런 상황에 처해 죽어가고 있는데, 그녀 곁에 그녀를 충분히 살릴 수 있는 능력을 지닌 사람이 버젓이 있음에도 그가 나 몰라라 한다면, 그래서 당신 누이동생이 안타깝게 죽는다면, 그 사실을 알게 된 당신의 심정이 대체 어떻겠어요?"

그녀는 조금 전에 화무린이 사용했던 방법을 그대로 답습하고 있었다.

문득 화무린은 반사적으로 자신이 일곱 살 때 납치당했던 십칠 세 누나가 떠올랐다.

그때 누군가 힘있는 인물이 누나를 구했더라면, 아니, 부친을 도와 무쌍신과 육천군이라는 원수들을 물리쳤더라면 부모님은 죽지 않았을 것이고 누나는 납치당하지 않았을 것이며, 자신은 천애 고아가 되어 온갖 고생을 하면서 떠돌지 않았을 것이다.

그런 생각이 들자 화무린의 얼굴이 은은한 분노로 일그러졌다. 그 당시 어리고 힘이 없는 자신은 석등 속에 숨어 있었으며, 자신의 가문을 도운 인물이 아무도 없었다는 것에 대한 자책이며 분노였다.

"건방진… 비켓!"

확!

"앗!"

순간 그가 거칠게 밀치자 악소는 가랑잎처럼 날아가 구석에 나뒹굴었다.

대저 화무린의 부친이 누군가?

대성학이라 불리며 천하제일의 학자였던 부친이 자식의 교육에 소홀했을 리가 없다.

화무린 역시 일곱 살 때까지 악소가 그랬던 것처럼, 아니, 더욱 엄격하게 생명의 존엄성에 대해서 부친에게 교육받고 자랐었다.

그러나 천화장이 멸문하던 날 부친의 그런 가르침도 그곳에 묻혀 버렸었다.

도덕도, 윤리도, 인성까지도 파묻어 버렸다. 최소한 화무린은 이 순간까지 그렇게 생각해 왔다.

'누군가의 외면 때문에 누님이 죽을 수도 있다.'

악소를 밀쳐 내고 나서 의자에 앉은 이후부터 화무린의 머릿속을 떠나지 않고 맴도는 생각이 있었다.

'누님은…….'

아무리 좋게 생각해 봐도 그의 누나 화여옥은 살아 있을 가능성이 거의 없었다.

부모님을 죽인 잔인무도한 원수들이 누나를 살려두었을 리가 만무했다.

나중에 커서 생각해 보니 놈들은 미색이 고운 누나를 능욕하려고 데려간 것이 분명했다.

그리고 욕심을 채우고 나서는 가차없이 누나를 죽였을 것이다. 악독하기 짝이 없는 놈들이니까.

화무린에게 있어서 원수들, 즉 무쌍신과 육천군은 악마나 마귀였다.

악소는 화무린이 혈의소녀를 치료하지 않을 것이라고 여기고 비틀거리면서 일어나 혈의소녀에게 다가가 그녀의 옷을 벗기기 시작했다.

비록 자신이 공력이 약하지만 하는 데까지 최선을 다하리라 각오했다.

"아아……."

악소는 혈의소녀의 몸을 보면서 안타까운 한숨을 내쉬었다. 그녀의 한숨 소리가 화무린에게까지 들려왔다.

혈의소녀는 상체가 벌거벗겨진 상태였는데, 봉긋한 두 개의 젖가슴 한복판 약간 아래에 새빨간 손바닥 자국이 뚜렷하게 새겨져 있었다.

그리고 그곳을 중심으로 십여 개의 굵은 혈선이 구불구불하게 젖가슴을 타고 넘어 목 쪽으로, 그리고 배와 옆구리를 거쳐 하체와 등 쪽으로 뻗어나갔으며, 그것들은 다시 더 많은 가느다란 줄기로 나누어지며 갈라져서 온몸 구석구석을 거미줄처럼 휘감았다.

그 광경은 마치 수십 마리의 굵고 가는 붉은 지렁이들이 온몸을 칭칭 감싸고 있는 것처럼 징그러웠다.

혈의소녀의 상체 알몸은 백옥 같은 얼굴보다 더 희어서 차라리 투명하다는 표현이 더 적절했다.

거기에 찍혀 있는 새빨간 흔적은 마치 괴물이 그녀의 가슴 속에 틀어박혀 있는 듯한 느낌을 주었다.

육번주의 독문장법에 적중당한 장흔이었다. 얼마 전에 악소가 투번고수에게 당했던 것과 같은 장법인데, 그것과는 비교도 할 수 없을 정도로 지독한 상태였다.

그럴 수밖에 없는 것이, 악소는 투번고수에게 당했지만 혈의소녀는 육번주에게 당했기 때문이다.

다만 혈의소녀가 악소보다 훨씬 강하기 때문에 여태껏 목숨을 부지할 수 있었다.

"아… 내 능력으로는 도저히 안 되겠어."

악소는 장흔을 굽어보며 난색을 표했다. 두 손에 전 공력을 쏟아 부어 사력을 다했지만 역시 역부족이었다.

그녀는 의술에 조예가 깊었지만 오백 년 전에 의선으로 불

렸던 명천선옹의 명천신기서를 완전히 섭렵한 화무린에 비할
바는 아니었다.

그녀는 착잡하게 혈의소녀의 맥을 잡아보았다. 실낱같은
맥이 간신히 느껴졌다.

악소는 자신의 눈앞에서 살릴 수도 있는 사람이 죽어가고
있는 모습을 보면서 태어나서 처음 너무도 비감한 심정에 사
로잡혔다.

"어떻게 하면 되지?"

"아!"

그때 자신의 뒤에서 화무린의 나직한 목소리가 들려오자
그녀는 화들짝 놀랐다.

그녀가 벌떡 일어나서 돌아보니 화무린이 가라앉은 얼굴
로 석상처럼 서 있었다.

그녀는 더할 수 없이 기뻤지만 기쁨을 표현하지도, 왜 마음
이 변했느냐고 묻지도 않았다.

그런 섣부른 행동이 화무린의 마음을 바꿀지도 모른다고
염려했기 때문이다.

"우선 이 장흔에 손바닥을 밀착시키고 장독(掌毒)을 분산
시키세요."

그녀는 급히 옆으로 비켜나서 혈의소녀의 장흔을 가리키
며 설명했다.

장력에 독이 있는 것이 아니라, 장력에 의해서 응혈된 것을

장독이라고 한다.

화무린은 묵묵히 혈의소녀의 상체를 굽어보며 상세를 살피다가 고개를 가로저으며 중얼거렸다.

"그렇게 해서는 힘은 배로 들면서도 효과는 절반밖에 볼 수 없다."

"무슨 얘기죠?"

산동악가의 의술은 무림에서도 알아준다. 그런데 가문의 의술을 고스란히 물려받은 악소의 의견을 '힘은 배로 들고 효과는 절반밖에 볼 수 없다'고 일축하는 사람이 있을 줄이야.

악소는 어쩌는가 보자는 심산으로 팔짱을 끼고 화무린의 다음 말을 기다렸다.

"난 의술은 잘 모르지만 이것만은 알겠다."

"어째서 그렇죠?"

"다른 것은 몰라도, 이 여자 아이가 당한 장력이 네가 당했던 것과 같다는 사실이다."

"아!"

악소는 나직한 탄성을 터뜨리고는 새삼스러운 표정으로 혈의소녀의 젖가슴 사이에 난 작인을 자세히 살펴보았다.

"다만, 이 여자 아이는 너보다 더 지독한 상태라는 것이 좀 다를 뿐이지."

악소는 입을 다물 수밖에 없었다.

화무린은 악소를 살려냈다. 당쾌의 말에 의하면 그 당시의 그녀는 시체나 다름이 없는 상태라고 했었다. 그러니 더 이상 무슨 말이 필요하겠는가. 악소를 살려낸 방법을 혈의소녀에게 시술하면 될 일이었다.

"그전에 너는 두 가지 약속을 해줘야겠다."

화무린은 혈의소녀의 장혼을 굽어보며 중얼거렸다.

사람을 살리는데 무슨 약속을 두 가지씩이나 한다는 말인가? 악소는 의문이 생겼지만 잠자코 있었다.

"첫째. 만약 내가 이 아이를 살려내면, 내가 이 아이에게 따귀를 맞지 않도록 해다오."

"……."

악소는 눈을 동그랗게 떴다가 얼굴이 빨개지면서 고개를 숙였다.

"둘째. 날 쫓아다니면서 귀찮게 굴지 않도록 해다오."

"……."

악소는 입이 백 개라도 할 말이 없었다. 그녀는 고개를 더 숙였으며 목덜미까지 새빨갛게 물들었다. 그 말이 자신에게 들으라고 하는 것 같았다.

"이제 이 아이의 옷을 다 벗겨라."

악소는 고개를 숙인 채 순순히 그의 말에 따랐다. 평소 같았으면 깜짝 놀라며 몹시 망설였을 테지만, 지금은 너무 부끄러워 자신이 무엇을 하는지도 모르는 상태로 혈의소녀의 하의까지 남김없이 벗겼다.

'남김없이'라는 것은 벗기지 않아도 될 고의마저도 제정신이 아닌 상태에서 벗겨 버렸다는 뜻이었다.

그녀가 한참이나 고개를 숙이고 있다가 정신을 수습했을 때에는 화무린이 한창 추궁과혈을 전개하고 있었다.

어느덧 혈의소녀의 젖가슴 바로 아래 부위의 새빨간 응혈 덩어리는 사라지고 없었다.

그런데 지금 화무린의 손가락이 열심히 주무르며 누르고 있는 부위를 무심코 바라보던 악소는 너무 놀라서 하마터면 소리를 지를 뻔했다.

그의 두 손이 혈의소녀의 양쪽 허벅지를 힘있게 주무르고 있는 중이지 않은가?

악소의 두 눈은 더 이상 커질 수 없을 만큼 커졌고, 시선은 화무린의 손끝에 고정되어 움직일 줄 몰랐다.

잠시가 지나자 비로소 그녀는 어떻게 된 상황인지는 짐작할 수 있을 것 같았다.

조금 전에 자신이 혈의소녀의 옷을 벗겼던 기억이 되살아난 것이었다.

'맙소사……!'

급기야 그녀의 목구멍 속에서 비명성이 터졌다. 혈의소녀는 속곳이 벗겨진 채 허벅지 가장 깊숙한 곳의 신비지림이 고스란히 드러난 상태였다.

그리고 아슴아슴 기억이 났다. 자신이 혈의소녀의 속곳마저도 벗겨냈던 것이.

그때 화무린이 혈의소녀의 두 다리를 활짝 벌렸다.

'악!'

악소의 목구멍 속에서 찢어지는 듯한 비명이 터졌지만 입 밖으로 나오지는 않았다.

이어서 화무린의 손이 혈의소녀의 신비지림으로 향했다.

악소는 반사적으로 화무린의 얼굴을 쳐다보았다.

그러나 그의 얼굴은 온통 땀투성이였다. 굵은 땀이 비 오듯이 뚝뚝 떨어졌다.

또한 두 눈을 잔뜩 부릅떴으며 어금니를 악다문 채 치료에만 몰두해 있는 표정이었다.

악소는 그의 얼굴에서 터럭만큼도 치료 이외의 사심을 찾아낼 수 없었다.

그래서 그녀는 혈의소녀의 음부를 만지려고 하는 화무린이 과연 어떤 표정을 짓고 있을까라고 순간적으로나마 궁금하게 여겼던 자신이 오히려 부끄러워졌다.

문득 악소의 시선이 화무린의 머리로 향했다. 그의 머리에서는 김이 무럭무럭 피어오르고 있었다. 아니, 머리만은 못하지만 몸 전체에서 김이 피어올랐다. 마치 뜨거운 목욕통 속에서 방금 나온 듯한 모습이었다.

악소는 혈의소녀 체내의 극양지기가 화무린의 두 손으로

흡수되었다가 수증기가 되어 허공으로 흩어진다는 사실을 깨달았다.

이런 경우에 그녀가 알고 있는 치료법은 혈의소녀 체내의 응혈과 극양지기를 몸의 여러 곳으로 몰았다가 그곳을 침으로 찔러 밖으로 배출시키는 것이었다.

그런데 지금 화무린이 시술하고 있는 방법은 생전 본 적도 들은 적도 없는 방법이었다.

그의 방법이 악소 자신의 방법보다 훨씬 고명하다는 것은 두말할 나위도 없었다.

그가 조금 전에 말했던 '힘은 배로 들고 효과는 절반밖에 못 본다' 라는 말뜻을 악소는 비로소 실감할 수 있었다.

'이제 보니 이 사람은 무공만 고강한 게 아니라 놀라운 의술마저 겸비하고 있었어!'

화무린을 보면서 느껴지는 경탄은 그녀가 이날까지 십팔 년을 살아오면서 감탄했던 것들을 모두 합친 것보다 백배나 더 컸다.

그녀가 보기에 화무린은 못하는 것이 없고 모르는 것이 없는 사람 같았다. 아마도 '완벽' 이라는 말은 이런 사람을 일컫는 것 같았다.

그녀가 화무린을 만난 후 지금까지 겪은 일들이 그 사실을 뒷받침해 주고 있었다.

그녀는 태어나서 한 번도 지어본 적이 없는 경탄의 표정으로 화무린을 바라보았다.

하지만 그녀는 자신이 지금 화무린에게 느끼는 경탄 속에 그를 한 남자로서 사랑하기 시작한 감정이 상당 부분 차지하고 있다는 사실을 미처 자각하지는 못했다.

잠시가 지났을 때 그녀는 문득 한 가지 사실을 깨닫고 또 다른 복잡한 심정이 되고 말았다.

화무린이 혈의소녀의 온몸을 심지어 은밀한 부위까지도 거침없이 주무르고 있는 것을 지켜보다가, 얼마 전에 그가 자신을 치료하면서도 저렇게 했을 것이라는 데에 생각이 미쳤기 때문이었다.

다른 것이 있다면 혈의소녀는 속곳조차 걸치지 않았다는 것이고, 악소는 그나마 속곳만 겨우 입었었다는 사실인데, 그것은 소나기를 맨몸으로 맞은 것과 손바닥만 한 나뭇잎을 머리 위에 썼다는 차이에 불과할 뿐이었다.

하지만 기이하게도 그 당시와는 달리 지금의 그녀는 그다지 수치심을 느끼지는 않았다.

그것은 매우 중요한 사실이었지만 그녀는 너무 복잡한 감정 상태라서 그마저도 깨닫지 못하고 있었다.

"이상하군?"

화무린의 중얼거림에 악소는 퍼뜩 정신을 차렸다. 그녀가 바라보자 그는 치료를 끝내고 혈의소녀를 굽어보며 연신 고개를 갸웃거리고 있었다.

"양혈람이 깨끗이 제거됐고 흡양주음법이 제대로 끝났는데도 왜 깨어나지 않는 거지?"

'흡양주음법!'

악소는 소스라치게 놀랐다.

그녀의 부친은 무림의 전대 고사와 비사에 대해서 명문대파의 가주다운 박식함을 지니고 있었다.

그는 자신의 뒤를 이어 산동악가의 가주가 될 딸에게 무공과 학문만 가르친 것이 아니었다.

무림인이 되기 위해서는, 특히 명문대파의 가주라는 막중한 신분을 이어받으려면, 사람들이 별로 관심을 갖지 않는 전대의 시시콜콜한 고사나 비사까지도 총망라해서 알고 있어야만 한다.

그러므로 악소가 오백 년 전에 의선이라는 빛나는 칭호를 갖고 있던 명천선옹에 대해서 모를 리가 없었다.

또한 명천선옹을 안다면 그의 여러 유명한 의법의 하나인 흡양주음법을 알고 있는 것은 당연했다.

그런데 눈앞에 있는 화무린이 조금 전에 흡양주음법을 전개했다고 하니 어찌 놀라지 않겠는가.

악소가 경이로운 표정으로 바라보고 있는 중에 화무린은 손을 뻗어 혈의소녀의 온몸을 다시 한 번 샅샅이 더듬기 시작했다. 뭐가 잘못됐는지 점검하는 것이었다.

그의 손길이 능숙하고도 빠르게 혈의소녀의 얼굴과 젖가

슴, 발끝, 허벅지를 누볐다.

"……!"

그때 악소는 보았다. 혈의소녀의 꼭 감은 두 눈에서 길게 뻗은 속눈썹이 가늘게 떨리고 있는 것을.

악소는 문득 지금의 상황과는 관계없이 그녀의 속눈썹이 매우 우아하다고 느꼈다.

그녀는 이미 깨어 있는 것이 분명했다. 이상한 표현이지만, 깨어 있었기 때문에 깨어나지 않았던 것이다.

아니, 깨어날 수 없었을 것이다.

물론 이 경우의 '깨어난다' 라는 두 가지 의미는 각각 다르겠지만 말이다.

그녀가 대체 언제 정신을 차렸는지는 모르지만 한 가지만은 분명했다.

자신의 옷이 벗겨지고 온몸이 주물러진 사실을 이미 알고 있으며, 그래서 수치스러워하거나 아니면 부끄러워한다는 사실이었다.

아마도 그녀는 그 이유 때문에 깨어났어도 깨어나지 못했을 터이다.

악소 역시 그런 전철을 밟았으므로 혈의소녀의 지금 심정을 충분히 이해할 수 있었다.

화무린은 혈의소녀의 온몸을 살피고 나서도 별다른 이상을 찾지 못했으며, 그때까지도 그녀가 깨어나지 않자 이해할 수 없다는 듯 고개를 저으면서 침상 밖으로 나갔다.

악소는 화무린이 저만치 떨어진 의자에 앉는 것을 보고 혈의소녀에게 옷을 입혀주기 시작했다. 그러면서 슬쩍 전음으로 일러주는 것을 잊지 않았다.

"아매(阿妹)는 몹시 위중한 상태여서 그대로 두면 죽을 수밖에 없었어요. 그래서 저 사람이 아매를 살리기 위해서 어쩔 수 없이 옷을 벗기고 치료를 한 것이니 너무 부끄러워하지 말아요."

그녀가 친절하게 그렇게 말할 때 혈의소녀의 속눈썹이 더욱 떨리고 입술까지 파르르 떨렸지만 그래도 끝내 눈을 뜨지는 않았다.

악소는 혈의소녀가 자신보다 두세 살 아래인 것 같아서 친숙한 의미의 '아매'라는 호칭까지 썼으나 별다른 반응을 이끌어내지 못하자 가볍게 한숨을 토해내며 침상에서 나와 화무린에게 다가갔다.

그녀가 이 현실을 받아들이는 데에는 혼자 있는 것이 도움이 될 것이라는 판단에서였다.

슥!

그러자 화무린이 일어나 말없이 방 밖으로 나갔다.

"어디 가죠?"

악소가 뒤따라 나가면서 물었으나 그는 대꾸 없이 대전으로 뻗은 복도를 빠른 걸음으로 걸어갔다.

그녀는 실내에 두고 나온 혈의소녀가 걱정돼서 더 이상 따라가지 못하고 다시 방 안으로 몸을 돌렸다.

육번주를 제압해 두긴 했지만 워낙 알 수 없는 인물이라서 제압을 풀고 혈의소녀에게 무슨 해코지를 할 것만 같았기 때문이다.

"무린!"

화무린이 대전으로 나왔을 때 막 대전 입구 안으로 쏘아 들어오던 당쾌가 그를 발견하고 반갑게 외쳤다.

"다음에 보자."

화무린은 멈추지 않고 바삐 그를 스쳐 지나갔다.

"무린······."

당쾌는 적이 놀라서 우두커니 서서 화무린이 사라지는 것을 지켜보았다.

그는 개방 고안현 분타에 한달음에 달려가서 개방 제자들을 있는 대로 모두 이끌고 돌아와 보니 골목 어귀에 악소가 보이지 않았다.

아차 싶은 마음에 앞뒤 가릴 것 없이 경무장에 들이닥쳤는데 이미 상황은 끝나 있었다.

그리고 윤학을 만나 화무린이 이곳에 있다는 말을 듣고 달려오는 길이었다.

"앗!"

바로 그때 복도 안쪽에서 뾰족한 비명 소리가 터져 나왔다.

악소가 분명했다.

당쾌는 안색이 변해 쏜살같이 복도로 쏘아갔다.

악소는 만면에 경악지색을 떠올린 채 한 구의 처참한 시체 앞에 서 있었다.

시체가 입고 있는 옷으로 미루어 제압되어 있던 육번주가 분명했는데, 그는 있어야 할 머리가 완전히 박살난 채 바닥에 엎어져 있었다.

머리가 없으니 죽은 것은 당연했다.

악소는 너무도 끔찍한 광경에 진저리를 치며 급히 침상으로 가보았으나 혈의소녀는 없었다.

실내에는 혈의소녀와 육번주 두 명뿐이었다. 그렇다면 그녀가 육번주를 죽이고 사라졌다는 뜻이다.

육번주가 그녀에게 중상을 입혔으니 아마도 복수를 한 것 같았다.

복수는 이해할 수 있지만, 그녀가 말없이 사라진 사실은 납득하기가 어려웠다.

아무리 어려서 철이 없기로서니 죽어가는 것을 구해주었으면 고맙다는 말이라도 해야 도리가 아니겠는가.

게다가 싫다는 화무린을 악소가 애원하다시피 하여 겨우 살려놓은 것이다.

그녀는 창문이 열려 있는 것을 바라보면서 쓸쓸한 기분을 떨쳐 버릴 수가 없었다.

그러다가 자신이 화무린에 의해서 목숨을 건졌을 때 깨어나자마자 그의 뺨을 때리고 욕을 퍼부었던 사실을 기억해 내고 씁쓸한 표정을 지었다.

그랬던 자신에 비해서 그냥 말없이 사라져 버린 혈의소녀는 오히려 양반이라는 생각이 든 것이다.

"악 소저!"

그때 당쾌가 다급히 들이닥치며 비명처럼 외쳤다. 그는 악소가 무사한 것을 보고는 긴 한숨을 토해내며 이마의 땀을 닦았다.

"그는 어디에 있죠?"

악소는 화무린의 행방부터 물었다.

"떠났소."

"아……."

악소는 딛고 선 바닥이 갑자기 푹 꺼지는 절망감을 느꼈다.

하지만 그녀의 절망은 그리 길지 않았다.

第四十四章

오룡무검(烏龍舞劍)

그렇지만 화무린은 멀리 가지 못했다.

아니, 경무장을 벗어나지도 못한 채 넓은 마당 한복판에 우두커니 서 있었다.

그가 전각에서 나오자마자 기다리고 있던 윤학 이하 경무장의 모든 무사들이 그를 향해 일제히 땅바닥에 엎드려 부복했기 때문이었다.

그들의 주변과 경무장 곳곳에는 수십 구의 처참한 시체들이 어지럽게 흩어져 있었으며 그들이 흘린 피가 여러 개의 작은 내를 이루며 흐르고 있었다.

밖에 있던 여덟 명의 투번고수들은 모조리 죽음을 당했다.

하지만 그러기 위해서 경무장 무사들은 오십삼 명을 희생시 켜야만 했다.

그리고 남아 있는 백여 명 중에도 절반 이상이 중경상을 입 은 상태였다.

윤학과 경무장 무사들이 화무린에게 일제히 부복한 이유 가 단지 경무장을 되찾아준 것에 대해서 감사하는 것뿐이라 면, 화무린은 훌훌 떨쳐 버리고 떠났을 것이다. 그러나 현실 은 그게 아니었다.

이윽고 윤학이 고개를 들어 화무린을 우러러보며 간곡히 애원했다.

"은공께 이러는 것이 도리가 아니며 오히려 억지인 줄은 압니다만, 저희들로서는 이럴 수밖에 없음을 부디 이해해 주 십시오!"

그의 말인즉 이랬다.

화무린이 아니었다면 경무장을 되찾고 부친과 죽은 동료 들의 복수를 하는 것은 언감생심 꿈도 꾸지 못할 일이었다.

아니, 복수는커녕 외려 천외신계가 중원을 짓밟는 일에 경 무장이 장소를 제공하고 또 억지춘향으로 하수인 노릇만 해 주다가 종국에는 경무장의 모든 무사들이 허무하게 죽음을 당하고 말았을 것이다.

이제 화무린의 절대적인 도움으로 경무장을 겨우 되찾았 다고는 하지만 원래 이백여 명이던 무사들은 절반으로 줄었으며, 이 지역의 지도자로 군림하던 경무장주와 가장 뛰어난 일급무사들이 모두 죽고 말았다.

그러므로 경무장을 다시 부흥시키는 일은 윤학 자신의 살아생전에는 요원한 일이 된 것이다.

그러니 생존한 백여 명은 뿔뿔이 흩어져 제 갈 길을 갈 수밖에 없는 상황에 처했다.

그렇게 되면 화무린에게 하늘보다 더 큰 은혜를 입었음에도 터럭만큼이라도 갚을 길이 없어지는 것이다.

그래서 자신들을 종이든 수하든 그 무엇으로라도 거두어주기만 하면, 평생 화무린의 수족과 견마(犬馬)가 되어 은혜를 백분의 일이라도 갚고 싶다는 것이었다.

윤학과 경무장 무사들 입장에서는 충분히 일리가 있는 데다 또한 그렇게밖에 할 수 없는 절박한 상황이었다.

억지스럽기는 하지만, 그런 방법이라도 아니면 그들은 평생 자신들을 은혜도 갚지 못한 짐승만도 못한 존재라고 자책하면서 살아가야만 한다.

무림인, 특히 정파인은 은원(恩怨)에 대해서만큼은 지나칠 정도로 확고부동하다.

화무린은 최대한의 인내를 갖고 윤학의 말을 끝까지 다 들어주었다.

그리고는 가볍게 고개를 끄덕였다.

"당신들의 마음은 잘 알겠소. 그러나 나는 당신들에게 은혜를 베푼 적이 없소. 그저 내가 할 일을 하다 보니까 이렇게 된 것뿐이오."

좌중은 쥐 죽은 듯이 조용했다.

"그러니까 이 순간부터 은혜 따위는 깡그리 잊으시오. 나는 조금도 마음에 두고 있지 않소."

화무린은 윤학과 경무장 무사들 얼굴에 극도의 절망이 떠오르는 것을 발견했지만 무시해 버렸다.

휙!

그는 말을 끝내고 몸을 돌렸다. 그러자 자신의 앞에는 악소와 당쾌가 나란히 서 있는 것이 보였다.

그때 화무린은 악소와 당쾌가 자신의 뒤쪽을 보면서 얼굴빛이 크게 흔들리는 것을 발견했다.

차차차창!

그 다음 순간에 그의 등 뒤에서 분분히 무기를 뽑는 요란한 소리가 들려왔다.

"……!"

화무린은 급히 뒤돌아보다가 안색이 급변했다. 윤학 이하 모든 경무장 무사들이 한결같이 무기를 들어올려 자신들의 목을 베기 직전인 것을 발견했기 때문이었다.

"멈추시오!"

앞뒤 잴 것도, 무엇을 따질 상황도 아니었다. 화무린의 우렁찬 외침이 쩌렁쩌렁하게 울려 퍼지자 전각의 기와가 들썩

거리며 흙먼지가 흩날렸다.

윤학 이하 경무장 무사들의 동작이 뚝 멈췄다. 그들의 시선은 일제히 화무린의 얼굴에 집중됐다.

화무린은 그들의 행동이 단지 자신에 대한 위협이라고는 생각하지 않았다.

만약 그렇다고 한다면 그들의 얼굴 얼굴마다 가득 떠올라 있는 더 이상 단호할 수 없는 저 의지의 표정은 무엇으로 설명하겠는가?

화무린이 그들의 충심을 받아들이지 않는다면 그들은 모두 자결할 것이다.

그리고도 남을 기세였다.

그것은, 낮에는 해가 뜨고 밤에는 달이 뜨는 것처럼 명백했다. 화무린은 그것을 직감할 수 있었다.

그러나 그로서는 그들이 죽건 말건 그냥 훌쩍 떠나 버릴 수도 있는 일이었다.

하지만 화무린의 천성은 그런 것을 용납하거나 견뎌낼 만큼 강퍅하지 못했다.

그의 시선이 윤학에 이어서 백여 명 경무장 무사들을 한 명씩 일일이 훑었다.

그리고는 그들의 얼굴에서 무언가를 발견해 냈다. 그것은 구중천에서 결의형제를 맺은 단궁천의 얼굴에 떠올라 있던 결연한 표정과도 몹시 흡사했다.

화무린의 심장이 손으로 힘주어 움켜쥔 것처럼 뭉클했다.

이윽고 그는 씁쓸하게 중얼거렸다.

"당신들은 참 단순하고도 무지막지하군. 나 같은 자에게 자신들의 귀한 목숨을 맡기려 들다니……."

순간 화무린을 주시하던 윤학 이하 경무장 무사들의 만면에 조심스러운 기쁜 기색이 물결처럼 번져 갔다.

윤학이 기회를 놓치지 않고 즉시 이마를 땅바닥에 짓찧으면서 우렁차게 외쳤다.

"이 순간부터 주인님으로 모시겠습니다!"

경무장 무사들도 질세라 일제히 따라했다.

"주인님으로 모시겠습니다!"

그러자 화무린은 안색이 급변하여 황급히 두 손을 내저었다.

"주인이라니 무슨 소리요? 절대 그럴 수는 없소!"

"주인님!"

윤학이 안타깝게 그를 쳐다보았다.

화무린은 단호하게 못을 박았다.

"주인과 종이라니! 그럴 바에는 차라리 당신들과 내가 이 자리에서 모두 자결해 버립시다!"

"……."

윤학 이하 경무장 무사들은 망연자실한 표정으로 화무린을 주시하다가 그가 너무도 단호한 표정이라서 꺾을 수 없다는 것을 알게 되었다.

"인형(仁兄), 그럼 이러는 게 어떻겠소?"

그때 당쾌가 일촉즉발의 상황을 중재하고 나섰다.

그는 이런 상황에서는 화무린에게 '하오'라는 말투를 써야 한다는 것을 경험으로 알고 있었다. 또한 악소 때문에 그의 이름을 직접 부르지는 않고 단지 벗을 높여 부르는 '인형'이라는 말을 썼다.

그는 영특한 눈빛으로 화무린과 윤학을 번갈아 보면서 혀로 입술을 핥은 후 말을 이었다.

"화 형이 새로운 경무장주가 되는 것이오."

화무린과 악소, 윤학, 경무장 무사들의 표정이 급변했다.

당쾌는 평소와는 달리 점잖게 설명했다.

"그렇게 하면 경무장을 봉문하지 않아도 되고, 또 화 형과 저 사람들이 주종(主從)의 관계가 아니라 장주와 수하의 관계가 될 테니, 이것이야말로 도랑 치고 가재를 잡는 일석이조가 아니겠소?"

화무린은 난색을 표했다.

경무장주라니, 자신은 해야 할 일이 있어서 일파의 지존이 된다는 것은 꿈에서조차 상상해 본 적이 없었다. 어쩌면 그것은 자신의 발목을 잡는 일일 수도 있었다. 아니, 분명히 그럴 것이다.

그러나 윤학은 반색하며 기뻐했다. 그로서는 불감청이언

정 고소원인 바람이지만 만약 그렇게만 된다면 당장 죽어도 여한이 없을 듯했다.

자신들이 화무린을 주인으로 섬기며 따르게 되거나, 만약 그럴 기회가 생겨서 경무장을 다시 일으킨다고 해도 그 일은 버겁기 짝이 없는 일이었다.

하지만 화무린이 이끌어준다면 빠른 시일 안에 충분히 가능할 것이라는 생각이 들었다.

자신들이라면 몇십 년 걸릴 것을, 화무린이라면 몇 년 안에 부흥시킬 수 있을 것이다. 윤학은 그 정도로 화무린의 능력을 높게 평가하고 있었다.

그러나 그 모든 것들보다 더 큰 이유는, 윤학이 화무린이라는 사내에게 흠뻑 빠져 버렸다는 사실이었다. 그래서 무슨 일이 있어도 자신과 화무린을 연결한 이 끈을 놓치고 싶지 않은 것이다.

그때 화무린으로서는 도저히 빼지도 박지도 못할 사태가 벌어졌다.

윤학 이하 경무장의 전 무사들이 무기를 자신들의 목에 대며 악을 쓰듯이 외치고 있었다.

"이것마저도 안 된다면 차라리 우리 모두 자결합시다!"

그것은 방금 전에 화무린이 했던 행동이었다.

슥!

"이것입니다."

윤학이 공손히 한 권의 책자를 화무린이 앉아 있는 탁자 위에 내려놓았다.

책자의 겉 표지에는 세로로 '항룡유운검보(亢龍流雲劍譜)'라고 날아갈 듯한 필체로 적혀 있었다.

그것은 바로 경무장주의 성명검법인 '항룡유운검'의 구결이 담겨 있는 검보로서 경무장이 개파한 이래 오직 경무장주한 사람에게만 일인전승됐었다.

윤학은 정중히 허리를 굽혔다.

"이제 장주가 되셨으니 항룡유운검을 익히시는 것은 당연한 일입니다."

그는 화무린이 책자를 앞장에서부터 차례로 넘기면서 생각에 잠겨 있는 것을 보며 조심스럽게 말을 이었다.

"물론 장주께서 일신에 지니고 계신 절학에 비하면 항룡유운검이 월광과 반딧불의 차이가 있겠지만, 이것을 익히셔야비로소 정식 경무장주가 되시는 것입니다."

이윽고 화무린은 책자를 덮고 나서 입을 열었다.

"당신은 이것을 익혔소?"

윤학은 깜짝 놀라더니 황망히 허리를 깊숙이 굽혔다.

"말씀을 낮추십시오, 장주! 당신이라는 말씀은 속하로서는감당하기 어렵습니다!"

장주가 수하에게 말을 높이는 경우는 없다.

화무린은 자신은 경무장에서만큼은 만인지상의 신분이므로 그에 걸맞은 언행을 해야 한다고 생각했다.

"경무장에서 장주 다음의 지위는 무엇인가?"

"총관입니다. 그 다음이 당주, 향주 순입니다."

"윤학, 자네를 본 장의 총관으로 임명하겠다."

윤학은 눈을 크게 뜨며 해연히 놀라더니 곧 공손히 허리를 굽혔다.

"명을 받들겠습니다."

천외무적군 육번이 경무장을 강탈하지 않았더라면 그는 장차 경무장주가 될 사람이었다.

"항룡유운검은 장주 한 분만 익힐 수 있습니다. 그러니 속하는 당연히 배우지 못했습니다."

"그럼 자네와 본 장 소속 수하들은 무엇을 배웠지?"

"어느 누구라도 본 장에 처음 입문하고 나면 팔승검법(八昇劍法) 삼 초식을 배워야 하고, 그것을 완전히 터득하면 선유검법(仙遊劍法) 사 초식을 배웁니다. 이 두 가지 역시 본 장의 독문검법입니다."

"만약 항룡유운검법을 백으로 친다면, 그 두 검법은 어느 정도 수준인가?"

윤학은 난감한 표정을 지었다.

"그것은… 비교하는 것 자체가 어렵습니다. 그래도 굳이 숫자상으로 비교하자면 선유검법은 삼십, 팔승검법은 이십 정도 수준쯤 될 것입니다."

윤학은 자신도 배우지 못한 항룡유운검법에 대한 자부심이 자못 강한 듯했다.

어쩌면 그것이 지금 그가 내세울 수 있는 유일한 긍지일는지도 몰랐다.

"내 생각은 이렇다네."

화무린은 슬쩍 운을 띄운 후 자신이 잠시 동안 궁리한 바를 조용히 얘기했다.

"경무장이 고안현 백여 리 일대의 맹주로 군림하고 있으며 전대 장주께서는 많은 사람들의 존경을 한 몸에 받으셨다고 당 형에게 들었네."

당 형이란 당쾌를 가리키는 것이다.

화무린은 경무장주가 되겠다고 수락한 이후 당쾌에게 무림에서 경무장이 차지하고 있는 위치와 외부적인 평가 등에 대해서 자세히 들었다.

경무장주의 아들인 윤학에게 듣는 것보다는 객관적인 냉정한 평가가 필요했던 것이다.

윤학은 '백여 리 일대의 맹주'라는 말에 어깨가 으쓱해졌지만 겸손하게 고개를 숙였다.

"다 선친의 공입니다."

그러나 화무린이 그의 의기양양함의 날개를 가차없이 분질러 버렸다.

"강한 사람은 전대 장주 혼자뿐이었지 경무장 전체가 아니었네. 그래서 사람들은 경무장을 존경했던 것이 아니라 전대 장주를 존경했던 것이지."

"그렇지요……."

윤학은 조금 씁쓸하게 대답했지만 틀린 말이 아니었다.

"나는 우선 가장 시급한 일부터 실행하겠네."

"무… 엇입니까?"

"본 장의 전 수하들에게 팔승검법과 선유검법, 그리고 항룡유운검법을 각자의 능력에 따라 고르게 가르칠 생각이네."

"그것은……."

파격도 이런 파격이 없었다. 윤학은 너무 놀라서 입을 쩍 벌린 채 할 말을 잊고 말았다.

"항룡유운검법이 백이라면, 선유검법과 팔승검법은 각각 삼십과 이십 정도 수준에 불과하다고 했네. 그것은 전대 장주의 실력을 백이라고 볼 때 일급무사가 겨우 삼십, 이급무사가 이십 혹은 그 이하라는 뜻이 아니겠는가?"

"그렇겠지요."

윤학의 목소리가 어눌해졌다.

"만약 경무장에 전대 장주 정도의 고수가 여러 명이고 팔십, 구십, 심지어 백에 해당하는 무사들이 우글거렸더라면, 경무장이 천외신계의 육투번에 그처럼 쉽사리 무너졌겠는가?"

"……."

윤학은 대답하지 못했다. 그리고 가슴속에서 무언가 묵직한 것이 치밀어 올랐다.

"장주 혼자에게만 일인전승되는 검법도 문파가 존재하고 있을 때만 그 의미가 있는 것일세. 문파 내에 우수한 수하들이 있음에도 불구하고 그들을 방치하는 것은 문파를 개파한 책임에 정면으로 위배되는 것일세. 그것은 개파를 하지 않은 것만 못하다는 뜻이지."

그의 말은 전대 경무장주, 즉 윤학의 부친이 실수를 했다는 것이었다.

그렇지만 너무나도 정곡을 찌르는 지적이어서 윤학으로서는 대꾸할 말이 없었다.

아니, 그 순간 윤학은 두 눈을 커다랗게 뜨고 입까지 벌렸다. 너무도 큰 깨우침이 그의 머릿속에서 굉렬한 소리를 내며 폭발하고 있었다.

그가 지금 깨우치고 있는 것은 아주 간단한 것 같으면서도 너무 크고 단단한 껍데기 속에 꼭꼭 담겨 있었다.

그 껍데기에는 관습과 전통이라는 세속적인 이름이 붙여져 있었다.

"지금 이런 상황에서 만약 자네가 장주라면 어떻게 하겠나?"

윤학은 열뜬 어조로 외쳤다.

"장주의 말씀이 우매한 속하를 깨우쳐 주셨습니다! 물론 저라면 모든 무공을 자파 내의 전 수하와 공유하겠습니다! 그래서 강건한 경무장을 만들겠습니다!"

만약, 지금 남아 있는 백여 명의 수하들 전원이 전대 장주처럼 '백'의 능력을 지니게 된다면, 경무장은 더 이상 호락호락한 지방의 소문파가 아니게 된다.

윤학의 가슴은 터질 듯이 팽창됐다.

허공을 응시하는 그의 눈에는 구파일방, 오대세가와 어깨를 나란히 한 채 무림을 질타하는 경무장의 모습이 어렴풋이 보이는 듯했다.

그때 화무린의 다음 말이 윤학의 불붙는 희망에 기름을 끼얹었다.

"본 장의 모든 수하들을 이 시간부터 제자로 거두겠네."

"아……!"

윤학은 너무도 놀라고 감탄해서 경탄성을 터뜨릴 뿐 말을 잇지 못했다.

수하와 제자는 실로 큰 차이가 있다. 수하는 말 그대로 밑에 거느리는 부하다.

그들은 오직 명령에 따라 움직이기 때문에 문파에 대한 소속감이나 충성심이 크게 떨어질 수밖에 없다. 그러므로 수틀리거나 마음에 맞지 않으면 언제든지 문파를 떠날 수도 있는 것이다.

그러나 제자는 다르다. 우선 수상수하의 관계가 아니라 사제지간(師弟之間)이다. 즉, 스승과 제자인 것이다.

또한 향주, 당주, 장주의 상하 관계가 아니라 사형, 사숙, 사부라는 가족 관계가 된다.

그렇게 되면 명령으로 움직이기보다는 대화로 움직이게 되고, 수하였을 때보다는 비교할 수 없는 결속감과 충성심을 갖게 된다.

그리고 강호에 나가서도 어느 방, 문파의 수하가 아니라 제자라고 떳떳하게 말할 수도 있다.

무엇보다 중요한 것은 수하 체계일 때에는 방, 문파의 모든 것이 장주나 그 일족이 독점하지만, 사제지간일 경우에는 공유하게 되는 것이다.

재산도, 무공도, 명성과 세력까지 모든 제자들이 공유하게 되니 그 자부심이야말로 대단하지 않겠는가?

'과연… 과연……'

윤학은 자신보다 많이 어린 화무린을 보면서 속으로 그 말만 되풀이할 뿐이었다.

그는 한시바삐 이 소식을 모든 수하들, 아니, 모든 제자들에게 알리고 싶어서 안달이 났다.

그런데 그게 끝이 아니었다. 화무린은 타오르는 불에 기름을 아예 들어부었다.

"자네를 포함해서 자질이 우수한 사람들을 선발하게. 자네들에게 파천혈인강을 전수해 주겠네."

"파천혈인강!"

윤학은 목젖이 입 밖으로 튀어나올 만큼 놀랐다. 그는 자신이 지금 꿈을 꾸고 있는 것이라고 여겼다.

대저 파천혈인강이 무엇인가!

그것은 모든 무림인들이 꿈에서라도 배우고 싶어하는 전설의 절학이 아닌가?

윤학은 자신이 꿈을 꾸고 있는 것이라도 좋았다. 이 꿈이 영원할 수만 있다면 말이다.

"쌍쾌, 부탁할 게 하나 있다."

화무린의 말에 당쾌는 두 손을 저으면서 수선을 피웠다.

"부탁이라니! 네 말이라면 무슨 명령을 내려도 무릎이 닳도록 따르마! 뭔데?"

"산서 안읍에 있는 풍래장을 감시해 줄 수 있겠어?"

"거긴 왜?"

당쾌는 의아한 얼굴로 묻다가 화무린의 대답을 듣기도 전에 퍼뜩 뇌리를 스치는 것이 있었다.

화무린이 찾는 사람은 무쌍신과 육천군이다. 그는 결국 육번주에게서 그들이 있는 곳을 알아낸 것이다.

그래서 당쾌는 그 장소가 바로 산서 안읍의 풍래장일 것이라고 날카롭게 추측했다.

"그곳에 그자들이 있는 거로군?"

"응."

화무린은 부인하지 않았다.

당쾌의 표정이 몹시 심각하게 변했으며, 온몸은 물론 손가락 한 마디까지 뻣뻣하게 경직됐다.

얼마 전에 화무린이 고문했던 번조장은 무쌍신과 육천군이 천녀황을 호위하고 있다고 했었다. 그러므로 그들이 있는 곳에 천녀황도 있을 것이다.

천외신계는 또다시 중원을 제패하려는 야욕을 드러내며 속속 중원으로 몰려들어 와 무언가를 꾸미면서 준동을 하고 있는 중이다.

중원무림은 그런 사실을 추호도 모르고 있다가 얼마 전 구중천에서 온 신비인의 입을 통해서 비로소 구파일방 장문인과 오대세가 가주들에게 전해졌었다.

겉으로는 더없이 평온한 것 같은 당금 무림의 모습은, 실상 폭풍 전야인 것이었다.

그 폭풍은 얼마나 거대하며 위력적인지 알 수 없었다.

천녀황은 천외신계의 여황, 즉 구심점이다. 구파일방과 오대세가가 그녀의 행방을 알게 된다는 것은 엄청난 수확이 아닐 수 없다.

그렇게 되면 구파일방과 오대세가의 정예 고수들이 면밀한 계획을 짜서 천녀황을 급습할 수도 있으며, 그래서 심각한 타격을 입힐 수도 있을 것이다.

"이럴 게 아니라 이 사실을 즉시 사부님께 알려서 전체적인 차원에서 움직이도록 해야겠어!"

당쾌는 의자에서 퉁기듯이 일어나더니 당장이라도 달려나갈 기세로 빠르게 말했다.

"그건 안 돼!"

화무린이 일어서며 급히 제지했다. 그러자 악소도 따라서 일어났다.

"무쌍신과 육천군은 내 손에 죽어야 한다! 그전에는 어느 누구도 개입해서는 안 된다!"

화무린은 부러지듯이 강경하게 말했다.

"너……."

"쌍쾌, 당분간 이 사실을 비밀로 해다오."

당쾌는 쉽게 결정을 내리지 못하고 복잡한 표정으로 화무린을 쳐다보더니 고개를 숙이고 생각에 잠겼다.

악소는 화무린과 당쾌를 번갈아 보았다.

그녀는 화무린이 어째서 무쌍신과 육천군이라는 자를 죽이려는 것인지 모른다.

하지만 여러 정황으로 미루어 그에게는 매우 절박하며 중요한 일일 것이라고 짐작할 수 있었다.

"이렇게 하는 것은 어떨까요?"

잠시 후 그녀는 영특하게 눈을 빛내며 침묵을 깼다.

"우리는 악가장이 중심이 되어 산동 지역 다섯 개 방, 문파를 소연맹으로 선발하여 묶었는데 개방은 하북 지역에 몇 개를 묶었나요?"

그녀의 물음에 당쾌는 즉시 대답했다.

"일곱 개요."

"거기에 경무장도 포함이 됐나요?"

당쾌는 고개를 끄덕였다.

"경무장은 규모는 작지만 고안현 일대의 명문이오. 그러니 경무장도 당연히 포함되었소. 일전에 본 방에서는 경무장에 회합에 참가하라고 서찰을 보냈었는데 경무장에서는 아무도 보내지 않았었소. 그런데 이 지경이 돼있을 줄이야."

그 서찰은 아마도 육번주가 읽었을 것이다. 그렇다면 천외신계는 이번 회합에 대해서 훤히 알고 있다는 뜻이었다.

악소의 말이 이어졌다.

"그렇다면 상공은 경무장주의 자격으로 소연맹의 회합에 참가하는 게 좋겠어요. 그래서 모두에게 이 사실을 밝힌 후에 구파일방과 오대세가, 그리고 그들이 선발한 방, 문파들을 포함한 총연맹이 어떤 행동을 취하게 될 때 상공도 거기에 동참하는 거예요."

"그 다음에는?"

화무린이 마뜩찮은 얼굴로 툭 던지듯이 물었다.

"상공의 목표는 무쌍신과 육천군이에요. 그리고 총연맹의 목적은 천녀황이에요. 큰 목적은 같지만 구체적인 목표는 다르다는 거예요. 무쌍신과 육천군이라는 인물들이 얼마나 강한지는 모르지만, 상공 혼자보다는 총연맹과 합작하는 것이 더 유리하지 않겠어요?'

과연 그녀의 말은 일리가 있었다. 또한 악소의 말대로만 된다면 화무린으로서도 나쁠 것이 없었다.

"총연맹이 순순히 그렇게 해줄까?"

악소의 총명함이 또 발휘됐다.

"천녀황이 어디에 있는지 아는 것은 우리 세 사람뿐이에요. 우리가 입만 다물면 자연히 칼자루는 상공이 쥐게 되겠지요. 그러니까 상공은 유리한 입장에서 총연맹에 조건을 제시할 수 있는 거예요. 즉, 상공의 요구가 관철되어야만 장소를 밝히겠다는 것이지요. 물론 관철되지 않으면 그때는 상공 뜻대로 하면 되죠."

이것은 악소의 제안이기 때문에 그녀 자신은 당연히 천녀황이 있는 장소에 대해서 함구하겠다는 뜻이기도 했다. 그녀가 산동악가의 후계자라는 사실을 감안한다면 실로 대단한 결단이었다.

화무린과 악소의 시선이 동시에 당쾌에게 향했다. 그도 이 의견에 동참해 주기를 원하는 것이다.

당쾌는 복잡한 표정을 지었다. 이것은 결코 사사로운 일이 아니었다.

어쩌면 이 일로 인해서 중원의 운명이 좌우될지도 모르는 중대사인 것이다.

그는 구파일방 중 하나인 개방 방주의 하나뿐인 제자라는 막중한 신분이다. 그러므로 신분에 걸맞는 선택과 행동을 해야만 한다.

"음! 어차피 이것은 너 혼자서 알아낸 사실이다. 그러니까 우선적으로 너에게 권리가 있지."

그는 한참 만에야 무거운 신음을 흘리며 우정 어린 눈빛으로 화무린을 쳐다보았다. 그는 장고(長考) 끝에 결국 우정과 신의를 선택했다.

"나는 네가 먼저 입을 열기 전에는 이 사실을 무덤 속까지 갖고 가겠다."

화무린은 가볍게 일렁이는 눈빛으로 당쾌를 응시하다가 그의 손을 굳게 잡았다.

"고맙다, 쌍쾌!"

그는 부드러운 눈빛으로 악소를 바라보았다.

"너도 고맙구나."

그 한마디에 악소는 머리 꼭대기부터 발끝까지 찌르르 하는 행복감을 느꼈다.

문득, 악소는 화무린의 그런 눈빛이 매우 눈에 익다는 생각을 했다.

경무장에서의 사흘이 눈 깜짝할 사이에 지나갔다.

그 사흘 동안 화무린은 잠은커녕 눈 한 번 제대로 붙일 사이도 없이 실로 많은 일들을 처리했다.

가장 중요한 일은 역시 부상당한 오십여 명의 수하들, 아니, 제자들을 치료하고 돌보는 일이었다.

그 다음이 전체 백여 명의 제자들을 일일이 만나서 그들의 성품이나 무공 수준, 자질 등을 세세히 알아내는 것이었다.

그중에서 연륜이 있으며, 실력이 출중한 데다 용맹하고 지혜롭거나 혹은 지도력이 있는 사람들을 순서대로 골라서 제자들의 서열을 정해주었다.

또한 백여 명의 자질을 선별하여 각자에게 적합한 무공을 지정해 주었다.

물론 장차 그들 모두의 무공 진척도를 면밀하게 분석하여 항룡유운검법을 체계적으로 가르치게 될 것이다.

그의 일 처리는 일사불란했고 또 빈틈없이 산무유책(算無遺策)해서 윤학과 경무장 모든 제자들은 '과연!'을 연발하며 화무린을 더욱 존경하게 되었다.

화무린은 비록 열아홉 살의 어린 나이지만 경무장 제자들은 그를 하늘처럼 떠받들었다. 그리고 화무린에겐 그럴 만한 충분한 자격이 있었다.

예전 같았으면 경무장주는 그저 장주였지만, 지금은 경무장 모든 제자들의 사부였다.

그리고 화무린은 모든 제자들의 기대에 오히려 넘치는 언행을 보여주었다.

화무린은 잠시의 틈을 내어 경무장주의 거처 지하에 있는 연공실에서 항룡유운검법을 연마해 보기도 했었다.

파천혈인강에서 파생된 파천혈인검법이 간단명료하면서도 살상을 목적으로 하는 패도적인 검법이고, 천지조화검이 검법의 극치를 조화시킨 지상 최고의 검법이라면, 항룡유운검법은 변화무쌍하기 이를 데 없는 검법이었다.

화무린은 하루 종일 항룡유운검법 총 팔 초식을 처음부터 끝까지 차근차근 전개해 보고는, 이 검법이 지니고 있는 무궁무진한 변화에 적잖이 놀랐으며 또 매료되고 말았다.

은오검으로 항룡유운검법을 전개하자 검에서 은빛 까마귀와 은빛의 용, 즉 은룡(銀龍)이 튀어나가 허공에서 어우러지며 춤을 추었다.

또한 팔십 년의 공력으로 전개하자 은빛 까마귀 네 마리와 은룡 네 마리 도합 여덟 마리가 허공에서 뒤엉켜 오룡무(烏龍舞)를 추어대는 한 폭의 그림 같은 광경이 벌어졌다. 그 광경은 실로 장관이었다.

그 광경이 마치 까마귀들과 용들이 높은 하늘의 구름 사이에서 서로 어우러지며 노니는 것 같아서 화무린은 잠시 넋을 뺏긴 채 쳐다보기까지 했다.

그래서 그는 이 검법의 이름을 오룡무검(烏龍舞劍)이라고 혼자서만 개명을 했다.

검법을 전개하면 은빛 까마귀들과 은빛 용들이 구름 속에서 춤을 추니 항룡유운검법보다는 오룡무검이 더 어울리는 이름이었다.

오룡무검은 반드시 은오검으로 펼쳐야만 진가가 발휘된다. 그는 그렇게 짓고 나서는 흡족한 마음에 미소를 지었다.

第四十五章

나는 당신의 그림자야

구중천
九重天

　사흘 만에 화무린은 비로소 잠자리에 들 수 있었으며, 뒷머리를 베개에 대자마자 깊은 잠에 빠져들었다.

　사흘 동안 틈틈이 운공을 하여 피로를 덜기는 했지만 어찌 잠을 자는 것만 하겠는가.

　그리고는 얼마나 시간이 흘렀을까?

　문득 그는 이상한 느낌을 받고 설핏 잠에서 깼다.

　다음 순간 그는 침상에 누워 있는 자신의 옷을 누군가 거침 없이 벗기고 있다는 사실을 깨닫고 크게 놀랐다.

　'누구냐?'

　그는 벼락같이 외치면서 몸을 일으키는 것과 동시에 양손을 휘둘러 괴한을 공격해 갔다.

하지만 그의 행동은 실제로는 아무것도 행해지지 않았다. 외침은 목구멍 속에서만 맴돌았으며, 양손이 휘둘러지기는커녕 몸이 일으켜지지도 않았다.

순간 그는 자신이 지금 옷을 벗기고 있는 자에 의해서 혈도가 제압된 상태라는 것을 깨달았다.

'도대체 누가……'

그는 즉시 공력을 끌어올려 보았다. 다행히 마혈과 아혈만 제압된 상태여서 공력이 모아졌다.

칠흑 같은 어둠이었지만 부지런히 자신의 옷을 벗기고 있는 괴한의 모습이 뚜렷이 보였다.

'뭐야?'

화무린의 얼굴에 어이없는 기색이 가득 떠올랐다.

'이 계집애가……'

괴한은 다름 아닌 화무린이 치료를 해서 겨우 살려낸 혈의 소녀였다.

화무린은 그녀가 육번주를 무참하게 죽이고 사라진 사실을 나중에 악소에게 들어서 알고 있었다.

'갔으면 그만이지, 이 계집애가 지금 대체 내게 무슨 짓을 하고 있는 거야?'

아무리 생각해 봐도 그녀가 왜 다시 돌아와서 자신의 옷을 벗기고 있는 것인지 도저히 이해가 되지 않았다.

더구나 옷을 벗기는 것도 서툴기 짝이 없었다.

사실 그녀는 평소 자신이 옷을 입고 벗는 것조차도 전적으로 하녀의 손을 빌렸던 터라서 다른 사람 더구나 남자의 옷을 벗겨본 적은 생전 한 번도 없었다. 그러니 마음만 급할 뿐 허둥댈 수밖에 없는 것이다.

찌이익!

그녀는 옷의 매듭이 잘 풀리지 않자 급한 성질을 이기지 못하고 급기야 찢기 시작했다.

'이… 이런!'

화무린은 크게 당황했지만 꼼짝할 수 없는 상태라 어떻게 해볼 도리가 없었다.

그가 깨어났다는 사실을 알리기 위해서 눈을 부릅떴고, 혈의소녀도 그것을 발견했지만 아랑곳하지 않았다.

혈의소녀의 얼굴은 온통 분노로 물들어 있었다. 게다가 쌕쌕거리면서 콧김을 뿜어내기까지 했다.

그런 표정과 행동은 결코 좋은 감정을 품고 있는 사람의 것이라고는 할 수 없었다.

쩔그렁! 쨍! 쨍!

화무린 허리에 차고 있던 도곤이 벗겨지면서 귀명비도들이 와르르 쏟아졌고 품속에 간직하고 있던 벽월도도 바닥에 떨어져 뒹굴었다.

그러나 혈의소녀는 그런 것들에는 관심도 없는 듯 눈길 한 번 주지도 않았다.

잠시 후 우여곡절 끝에 화무린은 실오라기 한 올 걸치지 않은 알몸이 되었다.

그로서는 남에게 옷이 벗겨져서 알몸이 된 것은 난생처음 있는 일이었다.

곤하게 자고 있다가 이유도 모른 채 발가벗겨졌으니 참으로 황당하기 짝이 없는 상황이었다.

화무린은 말 그대로 실오라기 한 올 걸치지 않은 태어날 때의 모습이 되고 말았다.

그때 혈의소녀가 두 손을 잘록한 허리에 얹은 채 차가운 표정으로 화무린을 쏘아보며 그보다 더 차가운 음성으로 입을 열었다.

"당신이 죽어가는 나를 살렸다는 것을 알고 있어. 또한 날 살리기 위해서는 그런… 방법을 사용할 수밖에 없었다는 것도 알아. 그렇지만……."

그녀가 말한 '그런 방법'이란 화무린이 그녀에게 시술했던 흡양주음법과 추궁과혈 수법을 가리키는 것 같았다. 아니, 그녀의 관점에서 본다면 화무린이 알몸의 그녀를 온몸 구석구석 주무른 일이라고 하는 편이 옳았다.

문득 화무린은 알 수 없는 불길한 예감에 휩싸였다.

그녀가 힘주어 입술을 잘근 깨무는 게 보였다.

"이유야 어찌 됐건 당신이 내 몸을 그렇게 마구 주물렀다는 사실을 도저히 그냥 넘길 수가 없어."

혈의소녀는 그것 때문에 되돌아왔던 것이다. 살려줘서 고맙다는 말은 잊을지언정, 살리기 위해서 어쩔 수 없이 알몸을 만지고 주무른 사실은 용서할 수 없다는 것이다.

악소하고는 전혀 다른 상식을 갖고 있는 소녀였다.

화무린은 가슴이 철렁 내려앉았다.

자신에게 아무리 파천혈인강이며 천지조화검이 있어도 지금처럼 이렇게 옴짝달싹하지 못하는 상황에서는 상대의 손가락 하나에도 허무하게 죽을 수밖에 없는 일이다.

더구나 혈의소녀는 육번주와 싸워서 양패공상을 했을 정도의 절정고수다.

또한 깊은 잠에 빠져 있었다고는 하지만 백십 년 공력을 지닌 화무린의 이목을 감쪽같이 속이고 지척까지 접근하여 제압을 했을 정도니 그녀의 실력이 어떨지는 가히 짐작하고도 남지 않겠는가.

그녀가 화무린을 죽이려는 마음만 먹는다면 정말 손가락 하나로도 충분할 것이다.

사실 화무린은 혈의소녀와 육번주를 과소평가했었다. 만약 육번주가 혈의소녀와 싸우다가 양패공상을 당하여 운공으로 내상을 치료하는 중이 아니었더라면, 화무린은 쉽사리 그를 제압하지 못하고 애를 먹었을 것이다.

그래도 그는 천외신계 서열 십일위의 고수가 아닌가. 화무린으로서는 운이 좋았다고 할 수 있었다.

물론 화무린이 그 정도 인물에게 패할 리야 없겠지만 말이다.

화무린은 자신이 지나치게 안이한 마음으로 경계심도 없이 잠에 취했던 것을 뼈저리게 후회했지만 이미 때는 늦어버린 후였다.

그때 혈의소녀의 더없이 한 서린 중얼거림이 화무린의 고막을 두드렸다.

"이에는 이, 눈에는 눈이야."

그녀의 음성은 나직했지만 화무린의 귀에는 뇌성벽력보다 크게 들렸다.

그는 자꾸만 엄습하는 불길한 예감 때문에 끝없는 나락으로 떨어지는 기분이었다.

이렇게 끝나고 마는 것인가.

복수를 위해서 한 마리 벌레처럼 밑바닥을 기면서 살아왔건만, 그 치열했던 과정에 비해서 결말은 웃음이 나올 만큼 너무도 허무했다.

끌려가면서 처절하게 울부짖던 누나 화여옥의 모습과 비장한 표정의 아버지, 흉수에 의해서 쓰러지던 어머니, 이별이 아쉬워 눈물을 흘리던 소군, 수줍게 얼굴을 붉히는 주자운, 술이 취해서 눈물짓던 상명, 다시 꼭 만나자던 의형 단궁천. 은겸, 현조 등의 얼굴이 주마등처럼 스쳐 지나갔다.

평소라면 그 많은 얼굴들을 하나씩 떠올리는 데에만 많은 시간이 걸렸을 텐데, 신기하게도 지금은 촌각을 백으로 쪼갠 찰나간에 차례대로 떠올랐다가 사라져 갔다.

화무린은 혈의소녀가 자신을 죽일 것이라고 직감했다. 그녀의 한 서린 표정과 말이 그것을 시사하고 있었다.

말이라도 할 수 있으면 어떻게든 설득을 하거나 항변을 해보겠건만, 이런 상태에서는 그저 요령부득이었다.

마침내 혈의소녀가 천천히 두 손을 들어올렸다. 그리고 여태까지보다 더욱 싸늘하게 내뱉었다.

"기대해도 좋아. 당신이 내게 했던 것만큼, 나도 당신을 실컷 주무를 거야."

그러더니 그녀는 두 손으로 화무린의 알몸을 미친 듯이 주물러 대기 시작했다.

"……."

자신이 필경 죽을 것이라고 예상하고 있던 화무린은 갑자기 머릿속이 텅 비어버리는 것 같은 느낌이었다.

혈의소녀의 복수라는 것은 똑같은 방법을 화무린에게 행하는 것이었다.

그는 너무 어이가 없어서 입가에 실소가 떠올랐다. 방금 전까지만 해도 자신이 죽음을 당할 것이라고 생각하여 절망에 빠졌던 생각을 하자 헛웃음밖에 나오지 않았다. 하지만 그 실소도 그리 오래가지 못했다.

시간이 지나자 화무린은 절망도 실소도 까맣게 잊고 말았다. 지금 그를 지배하는 것은 한 번도 경험해 본 적이 없는 당혹감이었다.

혈의소녀의 두 손은 그의 몸에서 미치지 않는 곳이 없었다. 얼굴과 가슴, 다리, 심지어 음경까지도 제 몸인 양 거리낌없이 마구 주물러 댔다.

꼼짝없이 당하면서 화무린은 어떤 사실을 깨달을 수 있었다. 혈의소녀가 세상 물정을 전혀 모르는 데다 상식하고는 거리가 멀다는 사실이었다.

그렇기 때문에 남녀가 유별한데도 거침없이 사내의 알몸을 주무르면서 그것이 복수라고 떠드는 게 아니겠는가.

그런데 사람의 몸이란 참으로 정직하다. 날카로운 것으로 찌르면 고통을 느끼고, 먹지 않으면 허기를 느끼는 것처럼, 아리따운 소녀가 온몸을 만지고 주무르자 그것에 상응하는 정직한 반응을 일으키기 시작한 것이다.

신체 건강하고 혈기 넘치는 육신을 지닌 남자가 알몸으로 손가락 하나 움직이지 못하는 상태로 누워 있으며, 빙자옥질의 어여쁜 소녀가 그 알몸 구석구석을 땀을 뻘뻘 흘리면서 주무르고 있다면, 과연 어떤 현상이 벌어지겠는가.

지금 혈의소녀의 손은 화무린의 음경을 열심히 만지고 있는 중이었다. 어찌 보면 정성을 다한다는 말이 적당할 정도였다.

그러면서 그녀는 그가 자신의 옥문을 만졌던 일만을 생각하고 있었다.

그녀 딴에는 아무 생각도 하지 않고 오직 복수를 하고 있을 뿐이었다.

그러나 복수를 당하고 있는 화무린, 특히 그의 음경은 난데없는 봉변에 즉각적인 반응을 보였다.

혈의소녀는 갑자기 커다랗게 부풀어 오른 음경을 보고 화닥닥 놀랐지만 곧 입술을 깨물면서 극복해 냈다. 놀라움보다는 복수심이 더 컸던 것이다.

화무린으로서는 곤욕도 이런 곤욕이 없었다.

아마도 그는 죽을 때까지 이 사실을 절대 남에게 말하지 못할 것이고, 이런 봉변을 당하지 않을 것이다.

마침내 혈의소녀가 손을 멈추었다. 자신만의 복수가 끝난 것이다.

해괴한 복수를 끝낸 그녀의 얼굴은 잘 익은 능금처럼 빨갛게 상기되었으며 땀이 송알송알 맺혀 있었다.

그리고 그녀는 화무린으로서는 조금도 예상하지 못했던 말을 선포하듯이 터뜨렸다.

"태어나서 내 알몸을 본 사람도, 그리고 만진 사람도 당신이 처음이야. 그러니까 당신은 숨이 끊어지는 순간까지 날 책임져야만 해. 나도 당신의 알몸을 보고 만졌으니까 당신을 책임지겠어."

"……."

해괴망측한 행동에 이어서 이것은 또 무슨 요상한 소리라는 말인가?

"지금 이 순간부터 죽을 때까지 나한테 남자는 당신 한 사람뿐이야. 하지만 예로부터 영웅호색(英雄好色)이라고 했으니까 당신은 여러 여자를 거느려도 상관없어. 우리 할아버지도 그랬으니까."

쓱!

혈의소녀는 하나의 수파(首帕:목걸이)를 화무린의 목에 걸어주었다.

"이것은 돌아가신 엄마가 아빠를 처음 만났을 때 정표로 주었던 것인데, 이제 내 정표로 당신에게 주겠어. 그런데 당신은 내게 무얼 줄 거지?"

그녀는 주위를 둘러보다가 바닥에서 하나의 물건을 집어 들어 살펴보면서 눈을 빛냈다. 그것은 벽월도였다.

"예쁜데? 그럼 난 이것으로 하겠어."

화무린은 너무 놀라서 눈을 부릅떴다. 벽월도는 부친이 남긴 단 하나의 유품이었다.

또한 부친은 죽는 순간까지 그것을 한시도 몸에서 떼어놓지 말라고 당부했었다.

혈의소녀는 여태껏 분노에 떨던 것과는 달리 차분한 표정을 지으면서 흑백이 또렷하며 크고 서글서글한 눈으로 화무린의 얼굴을 굽어보았다.

"며칠 전에 나는 집을 몰래 빠져나와서 혼자 거리를 구경하고 있었는데, 이상한 놈이 갑자기 덤벼들어서 한바탕 싸움을 벌였어. 그때 내가 만약 방심만 하지 않았더라면 그따위 놈에게 제압돼서 여기까지 끌려오지는 않았을 거야."

아마도 '이상한 놈'이란 육번주일 것이다. 혈의소녀는 그 당시 급습을 당했으면서도 워낙 자신의 실력에 대해서 자신하고 있었기 때문에 방심을 했던 것이 사실이었다.

그러지 않았다면 근소한 차이로 오히려 그녀가 육번주를 죽일 수 있었을 것이다.

"할아버지와 가족들이 걱정하고 있을 것이기 때문에 지금은 집으로 돌아가 봐야 하지만 조만간 반드시 당신 곁으로 돌아오겠어. 그때가 되면 나는 당신의 그림자가 될 거야."

문득, 그녀의 시선이 아직도 꼿꼿하게 수직을 이루고 있는 화무린의 음경으로 향했다.

그녀는 손을 뻗어 음경을 움켜잡고는 꾸욱 힘을 주면서 경고하는 것을 잊지 않았다.

"영웅호색이라고는 하지만 너무 남발하지는 마."

'으악!'

뿌리가 뽑히는 것처럼 너무 아파서 눈물을 찔끔거리는 화무린을 굽어보며 그녀는 방긋 미소 지었다.

이럴 때의 그녀는 순진하고는 거리가 먼 산전수전 두루 겪은 여자 같았다.

"나는 열다섯 살이고 이름은 홍예(紅霓)야. 성은 담(潭)씨고, 당신 아혈을 풀어줄 테니 이름만 말해줘. 알았지?"

그러더니 그녀의 손이 번개같이 화무린의 목덜미를 스치며 아혈을 풀어주었다.

"너!"

"쉿! 이름만."

화무린이 인상을 쓰면서 소리치려고 하자 그녀는 검지 손가락 하나를 그의 입술에 대며 다시 한 번 강조했다.

"화무린……."

"훗! 내가 상상했던 것보다 훨씬 멋진 이름이야."

그녀는 만족한 미소를 짓더니 허리를 굽혀 쪽! 소리를 내며 화무린의 입에 입을 맞추었다.

방금 손가락을 입술에 대었을 때는 얼음 조각처럼 싸늘하더니, 입술은 빙정(氷晶)처럼 차가웠다.

등골을 저미는 듯한 냉기가 입술에서부터 비롯되어 화무린의 전신으로 밀물처럼 퍼져 나갔다.

하지만 그녀의 입술은 부드러웠고 입속에서는 달콤한 젖내가 풍겨 나왔다.

조금 전까지만 해도 한 서린 표정에 기세등등하더니, 지금은 언제 그랬느냐는 듯이 사근사근한 그녀였다.

그로 미루어 그녀의 성격이 매우 다혈질이거나 순진무구하다는 사실을 알 수 있었다.

그녀는 입술을 떼면서 다시 화무린의 아혈을 제압했고, 잠시 그윽한 눈빛으로 그를 굽어보더니 몸을 돌려 그 자리에서 유령처럼 사라져 버렸다.

화무린은 그야말로 한바탕 꿈을 꾼 것처럼 어수선하고 헝클어진 기분이었다.

하지만 그의 목에 걸려 있는 수파와 주인의 황당한 심정은 아랑곳하지도 않은 채 아직도 꼿꼿하게 강직되어 있는 음경이 방금 전에 벌어진 일이 절대로 꿈이 아니었음을 증명하고 있었다.

'담홍예… 대체 누굴까?

화무린은 골똘히 생각에 잠겼지만 한참이 지나도록 별다른 소득을 얻지 못했다.

그로부터 정확하게 반 시진 후에 제압됐던 혈도는 저절로 풀렸고 잠시 후에 동이 터왔다.

＊　　　＊　　　＊

하늘 아래 가장 거대하고 강성한 제국 명(明)나라의 실권을 왼손에 틀어쥐고 있는 동창제독 사마공은 요즘 늘그막에 갖은 노고 끝에 첩으로 맞이한 희대의 미녀 난지(蘭芝)에게 빠져서 세월이 가는 줄 모르고 있었다.

대명의 실권을 오른손에 틀어쥐고 있는 자는 물론 태감 진고였다.

대명의 황제는 홍치제지만 실권은 진고와 사마공 두 사람이 나누어 가지고 있었다.

그러니 황궁의 사람들은 공석에서조차 이 두 사람에게 그들의 성을 앞에 붙여서 진황제니 사마황제니 입에 침을 튀기면서 아부하는 것을 서슴지 않을 정도였다.

엄밀히 따지자면 동창제독 사마공보다는 태감 진고의 권세가 훨씬 더 강했다.

사마공은 동창과 서창의 제독으로서 황궁 내부만을 장악하고 있었다.

그에 반해서 진고는 만조백관과 대명제국의 팔십만 황군의 생살여탈권까지 장악하고 있었다.

그러나 사마공은 진고의 권력을 넘보지 않았다. 아니, 진고는 사마공이 넘볼 수 있을 정도로 호락호락하지 않았다.

그리고 사마공은 언제든 다른 세력에 의해서 무너져 내려 일패도지할 수 있는 위치의 일인자보다는 일인자의 바람막이 안에 편안하게 안주하는 이인자의 자리가 더 좋았다.

게다가 그는 고자인 진고가 없는 것을 갖고 있었다. 바로 사내의 상징인 음경이었다.

천하에서 성교를 하지 않는 사람은 출가한 불가인이나 도인들뿐일 것이다.

제아무리 성인군자라고 해도 성교는 한다. 성교는 밥을 먹거나 숨을 쉬는 것처럼 자연스러운 일상사 중에 하나다.

또한 성교를 해본 사람은 특별한 결격사유가 없는 한 그것이 지상에서 가장 아름답고 또 쾌락적이라는 사실에 별다른 의문을 품지 않는다.

사람에 따라서 다르겠지만, 사람의 일생에 성교가 차지하는 비중은 매우 크다.

그런데 환관의 우두머리인 진고는 음경 자체가 없기 때문에 한 번도 여자와 교접을 해본 적이 없었으며, 그래서 많은 사람들이 혀가 닳도록 칭송하는 운우지락의 묘를 실제로 경험한 적이 없었다.

그래서 사마공은 자신이 진고보다 더 많은 것을 갖고 있다고 자부하고 있는 것이다.

사마공은 원래 자타가 인정하는 호색한이며 정력가였다. 그런 그가 늘그막 나이 육십 하나에 얻은 경국지색의 미녀이며 색녀인 난지의 치마폭에 빠져서 헤어나지 못하는 것은 당연한 일이었다.

오늘 밤에도 그는 더 이상 화려할 수 없을 정도로 잘 꾸며져 있는 애첩 난지의 방 침상에서 그녀의 알몸을 지겹도록 탐닉하고 있는 중이었다.

"허억! 헉헉… 난지야… 네 몸뚱이는 정말 기가 막히구나……!"

사마공은 무릎을 꿇고 비대한 몸을 잔뜩 구부린 자세에서

규칙적으로 허리를 움직이며 헐떡거렸다. 그의 목소리에서는 희열과 기쁨이 넘쳐흘렀다.

그의 몸은 너무도 비반(肥胖)하여 움직일 때마다 엉덩이와 허벅지, 옆구리의 살들이 파도처럼 출렁거렸으며 온몸에서는 비지땀이 비 오듯이 흘러내렸다.

아래에 깔려 있는 난지의 몸은 자신보다 세 배 이상 더 큰 사마공의 몸뚱이에 가려서 아예 보이지 않았고, 단지 양쪽으로 벌려진 희멀겋게 가는 두 다리만 보일 뿐이었다.

사마공은 나이와 체구에 비해서 정력만큼은 최상급이어서 색녀인 난지와 찰떡궁합이었다.

"아아… 나으리……."

난지는 두 팔과 두 다리로 어떻게든 사마공의 몸뚱이를 안으려고 안타깝게 버둥거리면서 고개를 이리저리 꼬며 교성을 지르는데 두 눈에는 흰자위만 보였다. 바야흐로 절정의 순간이었다.

그 순간 난지의 동작이 뚝 멈추는 것과 동시에 눈동자가 커다랗게 확대되었다.

그녀의 시선은 사마공의 비대한 몸뚱이 뒤쪽에 고정되어 있었으며 얼굴에는 귀신을 본 것 같은 경악이 가득 떠올라 있었다.

"아… 나으리……."

절정으로 치닫던 쾌락은 깡그리 사라져 버렸으며 떨리는

목소리에는 공포가 진득하게 배어 있었다.

하지만 역시 절정을 향해서 안간힘을 쓰며 오르고 있는 사마공은 그 소리를 교성으로 착각했다.

"흐으으… 난지야……."

온몸을 쥐어짜서 사정을 하기 직전의 그는 신음을 흘리면서 난지를 부둥켜안았다.

"사마공."

그때 등 뒤에서 나직한 음성이 들려왔다. 그러나 그는 듣지 못했다.

아니, 듣긴 했지만 잘못 들었을 것이라고 넘겨 버렸다. 그것보다는 폭발하는 것이 우선이었다.

그리고 그의 몸 한복판에서 쾌락의 결정체인 몇 방울의 정액이 난지의 몸속으로 힘차게 분출되었다.

하지만 그는 그것이 자신이 생전에 뿜어내는 마지막 정액이라는 사실을 그 순간까지도 모르고 있었다.

그의 뒤에서 나직하게 사마공을 불렀던 인물은 그의 마지막 방사를 친절하게 기다려 주었다.

사마공은 후드득 몸을 떨더니 난지의 풍만한 젖가슴에 얼굴을 묻으며 축 늘어졌다.

그러다가 그는 난지의 땀에 젖은 육체가 가늘게 떨고 있는 것을 느꼈다.

그녀의 땀에 젖은 풍만한 몸뚱이는 갓 잡아 올린 물고기처럼 파들파들 떨고 있었다.

"난지야……."

사마공은 고개를 들고 난지를 내려다보았다.

그녀의 얼굴은 공포로 물들어 있었으며 시선은 사마공 뒤쪽에 고정되어 있었다.

문득 사마공은 조금 전에 누군가 자신의 이름을 불렀던 것을 그제야 기억해 냈다.

"대체 누가… 허억!"

그는 거구를 일으키면서 뒤돌아보다가 혀가 목구멍 속으로 말려 들어가는 소리를 내며 혼비백산했다.

침상 위에 무릎을 꿇은 엉거주춤한 자세의 그는 침상 아래에 장승처럼 우뚝 서 있는 한 남자를 쳐다보며 놀라면서도 어리둥절한 표정을 지었다.

"너… 는 누구냐?"

그러나 그는 잠시 후 그 남자의 얼굴이 약간 낯이 익다고 생각했다.

그의 커다란 머릿속의 뇌가 빠르게 기억을 더듬기 시작했다. 그리고는 마침내 그 남자가 누군지 기억해 냈다.

"너는?"

그의 기억이 틀림없다면, 그 남자는 사 년여 전의 어느 날인가 갑자기 흔적없이 사라져 버린 세라공주 주자운의 호위무사가 분명했다.

"당장 일어나서 옷을 입고 예를 갖추어라."

혹의단삼을 입고 어깨에는 한 자루 도를 메고 있는 늠름한 모습의 사내 마빈이 무표정하게 나직이 중얼거렸다.

"예를……?"

사마공은 입속으로 중얼거렸다. 그 말은 얼굴만 조금 익었을 뿐 이름조차 모르는 사내의 갑작스런 출현으로 인한 의아함을 밀어내기에 충분했다.

본디 예라는 것은 아랫사람이 윗사람에게 갖추는 것이 상식이다.

그러나 단언하건대 천하에 사마공이 예를 갖추어야 할 사람은 한 명도 없다.

진고의 권력이 사마공보다 조금 더 강하기는 하지만 윗사람이라고 할 수는 없었다. 굳이 표현하자면 '동반자' 정도가 어울릴 것이다.

그때 사마공의 뇌리를 번쩍 스치는 것이 있었다. 지금 생각해 보니까 눈앞의 이놈은 사 년여 전에 세라공주가 사라졌을 즈음부터 눈에 띄지 않았었다.

이놈은 세라공주의 호위무사였으니 그녀와 함께 사라졌던 것인지도 모른다.

그런데 이놈이 사 년 만에 느닷없이 이곳에 나타났다.

그렇다면 세라공주도 함께 나타났다는 것인가?

그러니까 예를 갖추라는 것은 혹시 세라공주에 대한 예를 뜻하는 것이 아니겠는가?

사마공은 원래 비상한 두뇌의 소유자다. 그랬기에 지금의 부귀와 권세를 누릴 수가 있었다.

'설마… 공주가……'

그는 뭔가 심상치 않음을 느끼면서 속으로 중얼거리며 어두컴컴한 실내를 황망히 두리번거렸다.

그러다가 마빈의 뒤쪽 멀지 않은 곳에 서 있는 한 명의 아담한 체구의 흑의인을 발견했다.

어두운 곳에 홀로 서 있는 흑의인은 흡사 환영이나 유령처럼 보였다.

어두워서 얼굴은 보이지 않았지만 세라공주가 틀림없다고 사마공은 생각했다.

그 순간 알 수 없는 두려움이 온몸을 훑으며 지나갔고 소름이 쫙 끼쳤다.

'이것들이 여기까지 잠입할 줄이야……'

이곳 제독관저는 동창고수 백여 명이 물샐틈없이 삼엄하게 지키고 있다.

동창고수 평균은 강호의 일류고수 수준이며 훨씬 고강한 고수들도 즐비하다.

그래서 평소 제독관저는 자금성을 제외한 또 하나의 철옹성이라고 불릴 정도였다.

그런데 세라공주라고 짐작되는 사람과 마빈이 그것을 뚫

고 제독 사마공의 아방궁까지 잠입한 것이었다.

그의 간교한 두뇌는 지금 놀라고 있을 때가 아니라 어서 이 난관을 타개하라고 외쳐 댔다.

사마공은 허둥지둥 옷을 입고 침상에서 내려왔다. 그러면서 어떻게 해야 좋을지 머리가 터지도록 궁리했다.

고함을 치면 삽시간에 모든 동창고수들이 벌 떼처럼 몰려올 것이 분명하지만, 그전에 사마공 자신은 마빈의 칼에 죽고 말 것이다.

사마공은 동창제독이지만 불행히도 무공은커녕 살찐 손에 칼을 잡아본 일조차 없었다.

그러니 그는 어린아이나 힘없는 아낙네가 휘두르는 칼에도 죽을 수 있는 살덩어리에 불과했다.

칼은 무식한 자들이나 휘두르는 것이고, 상전은 머리만 잘 굴리면 된다는 것이 평소 그의 지론이었다.

옷을 입고 침상에서 내려오는 짧은 시간에 머리에서 쥐가 나도록 쥐어짜 봤지만 이 위기를 벗어날 수 있는 이렇다 할 방도가 떠오르지 않았다.

"헛!"

사마공이 마빈 앞에 서서 쳐다보자 마빈 옆에는 어느새 주자운이 우뚝 서 있었다.

그녀가 마빈과 함께 처음 이 방에 들어왔을 때에는 사마공이 애첩 난지와 한창 운우지락의 삼매경에 빠져 있었다.

그래서 그녀는 차마 그 광경을 눈 뜨고 볼 수가 없어서 멀찍이에서 돌아서 있다가 사마공이 옷을 입은 후에 모습을 드러낸 것이다.

그녀는 일신에 비단으로 만든 먹처럼 검은 흑의를 입었는데 오른쪽 어깨에는 한 자루의 새카만 흑검을 메고 있었다.

그녀는 원래 흰색을 좋아해서 백의를 즐겨 입었는데, 이곳에 잠입하느라 흑의를 입은 것이다.

'검을?'

사 년여 만에 보는데도 사마공의 시선은 주자운의 얼굴보다는 그녀가 메고 있는 흑검으로 먼저 향했다.

그가 알고 있는 주자운은 무술이라곤 전혀 할 줄 모르는 사람이었다.

마빈은 과거 황궁에서 지원을 아끼지 않았던 구파일방 중 화산파에서 보내준 공주의 호위무사였지만 동창의 일급고수 한 명과 비슷하거나 조금 센 정도에 불과했었다.

사마공은 이들이 무슨 방법으로 동창고수 백 명의 삼엄한 포위망을 뚫고 들어왔는지 알 수가 없었다.

세라공주와 마빈이 사라진 기간은 사 년여 동안이었다. 세라공주가 검을 메고 있는 것으로 봐서 그동안 무공을 배운 듯한데, 기껏 사 년 동안 배우면 얼마나 배웠겠는가, 라는 것이 사마공의 생각이었다.

하지만 상황은 냉엄했다. 이들이 어떤 방법을 썼든 지금 사마공의 눈앞에 서서 자신의 목줄을 죄고 있는 것만은 분명한 현실이었다.

교활하면서도 냉철한 두뇌의 소유자인 사마공은 이 순간 자신이 취해야 할 행동을 결정했다.

흠신(欠身)이었다.

"소신 사마공, 공주마마를 뵈옵니다."

그는 세라공주 앞에 무릎을 꿇고 비대한 몸을 최대한 굽히면서 공손히 입을 열었다.

세라공주 주자운은 묵묵히 사마공의 뒤통수를 굽어보았다.

그녀의 눈빛이 심하게 흔들렸다. 분노와 격동이 뒤섞인 복잡한 눈빛이었다.

사마공은 과거 십여 년 동안 세라공주에게 예를 갖춰본 적이 없었다.

명나라의 황제이며 주자운의 부친인 홍치제를 능멸, 조롱하고, 황궁과 조정을 손아귀에 틀어쥔 채 온 나라를 제 것인 양 쥐락펴락 악정(惡政)을 일삼았던 두 명의 패악한 원수 중한 명이 지금 주자운의 발아래 무릎을 꿇고 있으니, 그녀의 심정이 얼마나 복잡할는지는 미루어 짐작할 수 있었다.

주자운은 당장 검을 뽑아 사마공의 살찐 몸뚱이를 천참만류 갈가리 찢어발기고 싶었지만 입술을 깨물며 인내했다.

사마공보다 백배, 천배 더 교활한 태감 진고를 죽이려면 사마공이 필요하기 때문이었다.

원래 자질이 뛰어난 주자운은 구중천에서 천황무록에 수록된 개세의 절학 중에서 검법과 장법, 지법, 경공, 보법 등 십여 가지를 거의 완벽하게 터득했으며, 천황신공(天皇神功)을 연성하여 현재 팔십 년의 공력을 지니고 있었다.

천황신공은 오백여 년 전에 백 명의 최고수들이 자신들의 신공에서 장점만을 발췌하여 집대성했기 때문에 타의 추종을 불허하는 가공한 위력을 지니고 있었다.

더구나 천황신공의 요결을 제대로 이해한다면 여타 신공에 비해서 서너 배 이상 빠르게 속성시킬 수 있는 장점도 지니고 있었다.

주자운은 구중천에 들어가기 전에는 천황무록을 절반 정도 이해하는 것에 그쳤으므로 천황신공의 요결을 해석하지 못했었다.

그러나 구중천에 올라 심혈을 기울인 끝에 천황신공의 요결을 완전히 깨우쳤으며, 그 결과 불과 사 년여라는 짧은 기간에 팔십 년의 공력을 지닐 수 있었던 것이다.

그녀가 구중천에 올라 무공을 연마한 과정은 하루하루가 험로요, 사로의 연속이었다.

얼마나 혹독하게 자신을 다루고 채찍질을 했었는지 오죽하면 옆에서 지켜보는 마빈이 제발 그만 하라는 말을 입에 달고 살았을 지경이었다.

그리고 그녀는 실제로 지독한 무공연마 과정에서 몇 차례나 죽을 고비를 맞이했었다.

그때마다 그녀를 죽지 못하게 일으켜 세운 힘은 복수심이 아니었다.

그것은 놀랍게도 화무린이었다.

이대로 죽어버리면 그를 다시는 만날 수 없다는 절박한 심정이 기적 같은 힘과 능력을 불어넣어 여러 차례나 죽음의 낭떠러지로 떨어지려는 그녀에게 한 줄의 밧줄 역할을 해주었던 것이다.

"사마공, 너에게 오늘 같은 날이 오리라고 생각해 본 적이 있었느냐?"

원래 새빨갛던 주자운의 입술은 이 순간 파리하게 변해 있었다. 입술을 힘주어 깨물고 있는 탓이었다.

사마공은 감히 고개조차 들지 못했다.

"소신이 어찌 그런 생각을 하지 않았겠습니까? 소신은 역적 진고의 강압에 못 이겨서 그의 수족 노릇을 하면서도 황제 폐하와 공주마마에 대한 충성심만은 가슴속에 깊이 간직하고 있었습니다……!"

슬픈 목소리로 그렇게 말하면서 사마공은 눈물을 쥐어짜려고 무진 애를 썼다.

그리고 자신이 이대로 죽을지도 모른다는 절망적인 생각을 하자 곧 눈물이 흘러나왔다.

그는 고개를 들고 주자운을 우러러보면서 닭똥 같은 눈물을 뚝뚝 흘리며 구슬프게 말을 이었다.

"크으윽! 진고 그 역적 놈이 자신의 말을 듣지 않으면 소신을 죽인다고 해서 어쩔 수 없이… 그러나 소신은 언제나 호시탐탐 진고를 죽일 수 있는 기회만을 노려왔습니다! 소신의 소원은 역적 진고를 죽이고 땅에 떨어진 황제 폐하와 황궁의 권위를 되찾는 것이었습니다!"

주자운의 하얀 이가 입술 속으로 더 파고들어 금방이라도 입술을 터뜨릴 것 같다는 사실을 사마공은 알아차리지 못하고 간교한 거짓말을 계속 늘어놓았다.

"그런데 이렇게 공주마마께서 돌아오셨으니 기쁘기 한량없습니다! 이제부터라도 소신이 미력이나마 공주마마를 힘껏 도울 테니 부디 진고를 죽이시고 기울어진 황궁의 권위를 바로잡으십시오!"

사마공은 자신의 거짓말에 깊이 심취하여 정말 주자운을 도와 진고를 죽여야 할 것 같은 심정이 되었다.

주자운은 사마공의 말을 더 듣고 싶지 않았다. 더 듣다가는 그나마 한가닥 인내심마저도 끊어져서 당장 그를 죽일 것만 같았다.

"속죄의 마음이 있다면 네가 나를 도와줘야겠다."

사마공은 반색을 하며 고개를 들고 주자운을 올려다보았다.

"무엇입니까? 무슨 일이든 시켜만 주시면 신명을 다 바치겠습니다!"

아직도 침상 위에 있는 난지는 이불로 알몸을 가린 채 이 광경을 지켜보고 있었다.

그녀는 만인지상의 신분인 사마공이 이처럼 비굴한 행동을 하는 것을 처음 보았다. 마치 또 다른 사마공을 보는 듯한 느낌이었다.

그때 마빈이 손을 뻗어 사마공의 목덜미와 어깨, 등, 옆구리의 일곱 군데 혈도를 번개같이 그러나 정확하게 찍었다.

"윽!"

사마공은 낮은 신음을 터뜨린 후에 멀뚱한 얼굴로 마빈을 쳐다보았다.

그가 자신에게 무슨 짓을 하긴 한 것 같은데 그게 뭔지 알 수가 없었다.

더구나 그는 무공에 대해서는 아주 젬병이라 혈도라는 것도 몰랐다.

"숨을 크게 들이쉬어 보아라."

마빈이 나직이 중얼거렸다. 그의 목소리에는 사마공에 대한 살기가 풀풀 흩날렸다.

사마공은 가만히 있다가 잠시 후에야 마빈의 말뜻을 알아차리고 그가 시키는 대로 해보았다.

"헉!"

그는 숨을 깊이 들이쉬다가 갑자기 왼쪽 가슴을 부여잡으며 고통스러운 신음을 터뜨렸다. 심장이 찢어지는 듯한 극심한 통증을 느꼈기 때문이다.

"내, 내게 무슨 짓을 한 것이냐?"

그는 벌떡 일어나서 마빈을 잡아먹을 듯이 쏘아보며 호통을 쳤다.

방금 전까지만 해도 자신의 쓸개라도 빼줄 것 같던 시늉은 깡그리 사라져 버렸다.

마빈은 경멸의 표정을 감추지 않은 채 싸늘히 중얼거렸다.

"너에게 특수한 점혈수법으로 금제를 가해두었다. 금제를 풀 수 있는 사람은 천하에 오직 나 하나뿐이다. 만약 네가 금제를 풀려고 서툰 짓을 한다면 그 즉시 심장이 터져서 죽게 될 것이고, 내가 풀어주지 않는다면 그 역시 심장이 터져서 죽게 될 것이다."

사마공의 안색이 해쓱해졌다.

"우린 네놈이 거짓 맹세 따윌 늘어놓는 것에 흥미가 없다. 그저 행동으로 보여주면 된다."

사마공은 겁에 질린 얼굴로 조심스럽게 다시 한 번 깊이 숨을 들이쉬어 보았다.

"컥!"

그러자 또다시 심장이 갈가리 찢어지는 것처럼 아팠다. 방금 전보다 더한 고통처럼 느껴졌다.

그는 거의 울 것 같은 표정으로 마빈에게 읊조렸다.

"시키는 대로만 하면 목숨은 살려주는 것입니까……?"

第四十六章

자금성에 부는 혈풍

구중천(九重天)

　자금성(紫禁城).

　영락제(英樂帝)가 황도를 남경에서 북경으로 천도하면서 건립한 황궁으로, 밤하늘 북두성(北斗星)의 가장 북쪽에 위치한 자금(紫禁)의 이름을 땄다.

　성내의 외조(外朝)에 있는 건청궁(乾淸宮)은 황제가 거처하는 곳이다.

　건청궁 외곽에는 백여 명의 동창, 서창의 최고수들이 물샐틈없이 지키고 있으며, 궁내 곳곳에는 무당파의 일급검수들과 안휘성가의 일류고수들 오십여 명이 삼엄하게 지키고 있었다.

그믐밤.

건청군에서 그리 멀지 않은 어느 전각의 어두운 모퉁이에 서 있는 주자운은 건청궁을 싸늘한 시선으로 쏘아보고 있었다.

그녀는 황제가 거처해야 할 건청궁에 황제 대신 진고가 제 집인 양 살고 있다는 사실을 사마공에게 듣고서 억장이 무너지는 분노와 슬픔을 맛보았다.

그녀의 부친 홍치제는 사 년여 전에는 허울뿐인 황제였었는데, 주자운이 없는 동안 자신의 거처마저 진고에게 뺏기는 신세가 되고 만 것이다.

원래 진고는 황제를 능가하는 권력을 움켜쥐고 난 후 자신의 거처를 보화전(保和殿)으로 정하고 그곳을 건청궁보다 더 웅장하고 화려하게 재건했었다.

그랬었던 그가 이제는 아예 건청궁마저 강탈하여 들어앉아 있었다.

그의 그런 행동에는 상징적인 커다란 의미가 있었다. 바야흐로 명나라의 황제는 홍치제가 아닌 자신 진고라는 무력시위였다. 명나라는 더 이상 주씨의 나라가 아닌 진씨의 나라라는 것이다.

건청궁을 쏘아보는 주자운이 자신도 모르게 한 걸음 앞으로 내디뎠다.

당장이라도 건청궁으로 쳐들어가서 진고를 죽이고 싶은

마음을 감당하기가 어려웠다.

그때 뒤에 서 있던 마빈이 움찔 놀라며 주자운의 옷자락을 슬며시 잡아당겼다.

만약 그러지 않았으면 주자운은 건청궁으로 달려갔을지도 모른다.

주자운은 천황무록의 절학을 구성 이상, 마빈은 육성 정도에 화산파의 최고절학인 정격도(霆擊刀)를 팔성까지 터득했으며 공력이 구십 년에 이르는 절정고수가 됐다.

하지만 건청궁에 잠입을 하거나 무작정 쳐들어가는 것은 무리였다.

굳이 사마공의 설명이 아니더라도, 주자운은 자신의 팔십 년 공력을 극한으로 일으켜서 건청궁 안에 오십여 명의 일류고수들이 요소요소에 지키고 있는 것을 감지했다.

건청궁 내부가 아무리 넓다고 해도 오십여 명의 숫자라면 기껏 두세 걸음에 한 명씩 지키고 있을 것이 뻔했다.

그러므로 쥐도 새도 모르게 잠입을 한다는 것은 애당초 불가능했다.

주자운과 마빈이 사마공의 제독관저에 잠입할 수 있었던 것은 동창, 서창의 고수들이 제독관저 밖에만 겹겹이 경계하고 있었기 때문이다.

만약 제독관저 안에도 건청궁처럼 고수들이 득실거렸다면 잠입이 불가능했을 것이다.

더구나 건청궁 안에 있는 오십여 명의 무당검수와 안휘성 가의 고수들은 동창, 서창의 고수와는 질적으로 다른 진짜 무림의 일류고수들이었다.

그들 오십여 명은 동창, 서창의 고수 백여 명 이상의 실력을 지니고 있었다.

그렇다고 주자운과 마빈이 무작정 쳐들어가는 것은 건청궁을 지키는 백오십여 명의 일류고수들을 상대로 사생결단을 해야 한다는 것이다.

주자운과 마빈 단둘이서 백오십여 명의 일류고수를 상대하는 것은 버거운 일이다.

요행히 둘이서 천신만고 끝에 백오십여 명을 모조리 죽인다고 해도 그것이 끝이 아니다.

싸움이 벌어지면 불과 일각 안에 자금성에 주둔하고 있는 모든 동창, 서창고수들, 그리고 황군(黃軍)이 쏟아져 나올 것이다.

그렇게 되면 자금성, 아니, 명나라 전체를 상대로 싸움을 벌여야만 한다.

그래서 사마공이 필요했다. 사마공이라면 주자운과 마빈을 안전하게 진고 근처로 인도할 수 있을 것이다.

독사를 죽일 때 머리만 짓밟아 버리면 되는 것처럼 진고와 사마공, 그리고 그들의 심복들만 죽여 버리면 끝나는 일이다.

그때 마빈이 주자운의 옷자락을 다시 한 번 슬쩍 잡아당졌다.

그만 물러가자는 뜻이었다.

주자운은 건청궁에서 시선을 거두어 북쪽 멀리 자금성의 가장 구석에 있는 하나의 작은 전각을 바라보았다.

사마공의 말에 의하면 그녀의 부친 홍치제는 그 전각에 기거한다는 것이다.

그 전각은 자금성에서도 가장 허름한 곳으로 내시들이 사용하고 있었다.

홍치제는 그곳의 방 두 칸에서 황후와 시녀 한 명을 데리고 살고 있다고 했다.

주자운은 자신의 친부모가 그곳에서 어떻게 살고 있을까를 상상하다가 왈칵 눈물이 솟구쳤다.

빠드득!

주자운의 입에서 이빨 가는 소리가 흘러나왔다. 극심한 슬픔은 곧 극심한 분노로 바뀌었다.

'아바마마, 어마마마. 하루만… 하루만 견디세요……!'

그녀는 흐르는 눈물을 닦을 생각도 하지 않고 심중으로 다짐하고 또 다짐했다.

저벅저벅—

사마공이 비대한 몸을 뒤뚱거리면서 건청궁 안으로 들어서고 있었다.

진고를 만나러 가는 길이었다. 진고는 특별한 일이 아니고는 건청궁을 벗어나는 일이 거의 없었다.

그는 자신이 정말 황제라도 된 양 건청궁을 몹시 마음에 들어해서 거의 모든 대소사를 건청궁 내에서 처리했다.

물론 홍치제가 지니고 있어야 할 옥새(玉璽)마저도 진고가 갖고 황제의 권위를 제멋대로 휘둘렀다.

오늘 사마공이 진고를 만나려는 것은 원래 계획에 있던 일이었다.

북경에 남아 있는 마지막 황족인 미륭왕(彌隆王)을 변방으로 쫓아버리기 위해서 수작을 부리자는 것이었다.

진고와 사마공은 수년에 걸쳐서 그런 방법을 이용하여 북경에 있는 황족들 수십 명을 변방으로 쫓아냈었다.

원래 북경은 황족들, 그중에서도 황제의 형제들이 전부 모여 살고 있었다.

진고는 그들이 한곳에 모여 있으면 무슨 일을 꾸밀 것이라고 생각한 것이다.

사마공의 뒤에는 두 명의 고수가 따르고 있었다.

한 명은 키가 크고 당당한 체구에 어깨에 도를 멨고, 다른 한 명은 호리호리하며 아담한 체구였는데 어깨에 한 자루 흑검을 멨다.

바로 주자운과 마빈이었다. 두 사람은 개방의 도움으로 전혀 다른 얼굴로 변장을 한 상태였다.

얼마나 감쪽같았으면 사마공도 아침에 제독관저에 나타난 두 사람을 알아보지 못했을 정도였다.

사마공은 언제나 동창고수들을 호위무사로 대동하고 다녔기 때문에 주자운과 마빈도 동창고수의 복장을 했으며 건청궁까지 오는 동안에는 누구의 의심도 받지 않았다.

진고와 동악상조(同惡相助)하면서 무소불위의 권력을 휘두르는 사마공은 건청궁에도 아무런 제지를 받지 않고 출입할 수 있는 유일한 인물이었다.

넓은 대전의 용상에는 진고가 떡하니 버티고 앉았으며 양쪽의 벽을 등지고 진고의 수족이라고 할 수 있는 이십여 명의 신하와 장군들이 도열해 있었다.

대전 입구와 신하들의 양쪽, 그리고 용상의 좌우에 서서 눈을 번뜩이고 있는 자들은 무당검수들과 안휘성가의 고수들 십여 명이었다.

보이지 않는 사십여 명은 건청궁 내 곳곳에 은둔해 있는 상태였다.

그리고 용상 앞쪽 단하에는 한 명의 금포중년인이 우뚝 서 있었다.

그는 홍치제의 막내 동생인 미륭왕으로, 각진 윤곽에 짧고 검은 수염을 길렀으며, 부리부리한 호목(虎目)에 우뚝한 코, 두툼한 입술을 지닌 용맹해 보이는 용모였다.

올해 삼십팔 세인 그는 홍치제의 오 형제 중에서 가장 강골이었다.

그러므로 진고와 사마공 때문에 맏형 홍치제가 죽지 못해서 사는 처지가 된 것이나 명나라 황궁과 국운이 기운 것에 대해서 가장 울분을 참지 못했다.

"미륭왕이 아무리 황제의 친동생이라고 해도 대역죄가 백일하에 드러난 이상 능지처참해야 마땅합니다!"

잘 짜여진 각본에 따라서 진고의 심복 중 한 명의 신하가 미륭왕을 주시하며 웅혼한 어조로 질책하듯이 입을 열었다.

일개 신하가 황제의 친제인 왕을 공박하는 것은 진고와 사마공이 득세하지 않았더라면 감히 꿈도 꾸지 못할 일이었다.

그러자 모든 신하와 장군들이 기다렸다는 듯이 그래야 한다고 떠들어댔다.

그 모습은 마치 한 마리 개가 짖자 모든 개들이 이유도 모르는 채 따라서 짖는 것 같았다[一犬吠形百犬吠聲].

미륭왕은 표정의 변화도 없이 철탑처럼 우뚝 서서 그들의 하는 꼴을 지켜보았다.

물론 미륭왕은 지금 거론되고 있는 대역죄 따위에는 추호의 관련이 없었다.

진고의 명령에 의해 빠져나갈 구멍 없이 만들어진 대역죄였다. 그것을 미륭왕은 잘 알고 있었다.

이제 진고가 나설 차례다. 미륭왕을 죽이라고 아귀처럼 떠들어대는 신하와 장군들을 다독이면서 한가닥의 자비를 베푸는 것이다.

"미륭왕은 황제의 친제(親弟)외다. 황제 폐하를 봐서라도 친제를 처형하는 것은 온당치 못하오."

미륭왕의 편을 들어주는 체하는 그의 목소리는 따스하기까지 했다.

저벅저벅—

사마공이 두 명의 호위무사를 거느리고 대전으로 들어선 것은 바로 그때였다.

그는 대전 한복판을 당당하게 가로질러 미륭왕의 옆을 스쳐 지나갔다.

변장한 주자운은 미륭왕의 뒷모습만 보고도 그가 자신을 가장 귀여워해 주었던 막내 숙부라는 것을 알아봤다.

하지만 그녀는 미륭왕의 곁을 스쳐 지나면서도 그를 쳐다보지 않았다.

그의 얼굴을 보는 순간 자신의 눈빛이 변하게 될 것을 염려했기 때문이다.

전면의 진고 좌우에 서 있는 두 명의 고수는 건청궁 안에 있는 고수들 중에서 제일 고강할 것이 분명했다.

그런 그들이 주자운의 눈빛이 흔들리는 것을 발견하지 못할 리가 없었다.

"마침 잘 오셨소. 사마 제독께선 미륭왕의 역모 사건에 대해서 알고 계시지요?"

진고는 거침없이 단상으로 올라오는 사마공에게 은근한 목소리로 넌지시 물었다.

이 누명 사건은 사마공의 머리에서 나온 것이므로 그가 모를 리가 없었다.

사마공은 진고 앞에 멈춰 섰지만 대답을 하지 않았다. 밤새 뜬눈으로 고민하고 고민하던 것을 지금 이 순간에 최종적으로 결론을 내려야만 하기 때문이다.

이 자리에서 주자운과 마빈의 정체를 폭로하느냐, 아니면 그들의 말에 순순히 따르느냐 하는 것이었다.

만약 폭로를 했다가 마빈이 가해놓은 금제를 끝까지 풀어주지 않는다면 사마공은 죽을 수밖에 없다.

그렇다고 주자운에게 동조하다가 그들이 진고를 죽이지 못할 때에는 사마공도 결코 무사하지는 못할 것이다.

그러나 이제 더 이상 고민할 여유가 없었다. 지금 결정을 내리지 못하면 죽도 밥도 안 된다.

결국 사마공은 주자운을 돕는 쪽으로 결론을 내렸다. 모든 상황이 주자운에게 유리하기 때문이다.

사마공은 진고의 바로 옆 왼쪽의 비어 있는 자리에 앉게 된다. 그 자리는 비록 용상은 아니지만 용상만큼 크고 화려하게 만들어졌다.

사마공이 자리에 앉으면 자연히 주자운과 마빈은 그의 뒤에 서게 될 것이다.

진고 뒤에 두 명의 호위무사가 있다고는 하지만 주자운과 마빈에게서 진고까지의 거리는 불과 반 장 남짓이다.

검을 뽑아 뻗기만 하면 진고의 몸 어디라도 찌를 수 있는 거리였다.

아마도 상황은 순식간에 끝날 것이다.

그런데 사마공은 자리에 앉으면서 기발한 생각 하나를 떠올렸다.

주자운과 마빈이 진고를 성공적으로 죽이고 나면 건청궁에 있는 오십여 명의 무당검수와 안휘성가의 고수들이 벌 떼처럼 두 사람을 공격할 것이다.

주자운과 마빈 단 두 명이 엄선된 오십여 명의 일류고수들을 이기지는 못할 터.

그 둘이 죽고 나면 황궁 어의를 불러와서 마빈이 사마공 자신의 몸에 가한 금제를 풀라고 하면 된다.

황궁 어의는 화타나 편작에 이를 만큼 의술이 탁월하니까 그까짓 금제 따위를 푸는 것쯤은 간단할 터이다.

일이 제대로만 진행되면 사마공은 명나라의 제일인자가 되는 것이다.

원래는 일인자보다 이인자가 더 낫다고 스스로 만족했었지만, 그것은 일인자가 될 수 없는 자신을 위로하기 위한 자위책에 불과했었다.

명(明)이라는 국호도 바꿔야겠다고 생각했다. 자신의 성을 따서 사마국(司馬國)이라 짓자고 결정했다.

막상 일인자가 된다고 생각하자 사마공은 입가에 떠오르는 미소를 지우지 못했다.

진흙탕처럼 복잡하던 머리는 한순간에 깨끗하게 맑아졌다.

"알고 있소이다."

사마공은 진고의 질문에 뒤늦게 대답하며 고개를 끄덕였다.

"사마 제독께서는 이 일을 어떻게 처리했으면 좋겠소?"

진고를 죽이고 사마공 자신이 일인자가 되려는 작심을 하고 나자 주자운과 마빈이 진고를 더 수월하게 죽일 수 있도록 기회를 만들어줘야겠다는 생각마저 들었다.

"태감, 긴한 얘기가 있으니 잠시 귀 좀 빌립시다."

사마공은 자신은 가만히 있으면서 진고에게 다가오라는 손짓을 해 보였다.

주자운은 사마공의 뒤 오른쪽에 서 있었다. 한 걸음 내디디면서 손만 뻗으면 진고의 상체에 닿을 수 있을 정도로 가까운 거리였다.

그녀는 팔십 년 공력을 극한으로 끌어올려 온몸으로 일주천시킨 후에 오른팔에 모아둔 상태에서 기회를 엿보고 있는 중이었다.

그런데 진고가 사마공 쪽으로 상체를 기울이며 귀를 갖다

대는 것이 아닌가?

진고 뒤에 있는 두 명의 고수는 동창고수의 복장을 한 주자운과 마빈을 추호도 의심하지 않고 있었다.

주자운은 홍분 때문에 호흡이 가빠지는 것을 간신히 참고 있었다.

진고가 상체를 기울여 오는데도 사마공은 오히려 상체를 약간 더 멀리 떨어뜨려서 진고가 상체를 조금 더 기울이게 만들었다.

주자운이 진고를 더 완벽하게 죽일 수 있도록 배려를 하는 것이었고, 진고를 죽일 때 자신에게 피해가 미치는 것을 방지하려는 의도였다.

그 순간 주자운의 아름다운 두 눈에서 번쩍 기광이 뿜어졌다.

살기였다.

진고 뒤에 있는 두 명의 고수는 주자운에게서 뿜어지는 살기를 감지하고 움찔했지만 반응하기에는 늦었다.

슉!

주자운의 오른손이 번개같이 진고의 머리를 향해 뻗어나갔다.

콱!

"억!"

다음 순간 그녀의 활짝 펼쳐진 손바닥이 진고의 머리를 덮

듯이 움켜잡았다.

차창!

진고를 지키는 두 명의 고수는 그제야 벼락같이 검을 뽑았지만 진고를 구하기에는 한걸음 늦고 말았다.

주자운은 오른손에 슬쩍 힘을 주어 진고를 지푸라기처럼 가볍게 끌어당겼다.

우지끈!

진고는 용상의 손잡이를 제 몸으로 부수면서 주자운에게 끌려왔다.

그는 누운 자세에서 발뒤꿈치는 바닥에 닿아 있고 머리는 주자운에게 잡혀 있었는데, 주자운은 마치 낙엽 하나를 쥐고 있는 듯 조금도 힘들지 않은 표정이었다.

졸지에 대전이 발칵 뒤집혔다.

차차차창!

오십여 고수들이 일제히 검을 뽑으면서 주자운과 마빈에게 몰려들었다.

고수들은 한마디도 하지 않았지만, 이십여 명의 신하와 장군들은 시장바닥의 장사꾼들처럼 악을 쓰며 소리쳤다.

"웬 놈들이냐?"

"이노옴! 당장 태감을 놓아드리지 못하겠느냐?"

"다, 당장 저놈을 죽여라!"

목소리도, 고함의 내용도 가지각색이었다.

사마공은 슬슬 물러날 준비를 했다. 그는 슬그머니 자리에서 일어났다. 이 자리만 벗어나면 그는 잠시 후에 일인자가 되는 것이다. 최소한 그의 계산은 그랬다.

차앙!

그때 주자운이 왼손으로 어깨의 흑검을 뽑았다. 아니, 뽑는 것과 동시에 그대로 사마공을 베어갔다.

사마공은 일어서려다 말고 엉거주춤한 자세에서 경악하며 두 눈을 휘둥그렇게 떴다.

삭!

먹처럼 검디검은 주자운의 흑검이 사마공의 몇 겹으로 접힌 두툼한 목을 아주 간단하게 베어버렸다.

사마공은 비명조차 지르지 못했다.

"이러면 약속이……."

그는 항의하는 듯한 표정으로 주자운을 보며 말하다가 말을 잇지 못했다.

그의 살찐 목에 가로로 그어져 있던 가느다란 혈선(血線)이 쩌억 벌어지는가 싶더니 목 위에 있는 머리통이 툭 아래로 떨어졌기 때문이다.

퉁! 데구루루…….

보통 사람들보다 배 이상 큰 사마공의 머리는 홍옥으로 가꾸어진 바닥에 떨어져 데굴데굴 구르다가 멈췄다.

그런데 희한하게도 잘려진 목 부분이 바닥에 붙은 것처럼 똑바로 선 형상이었다.

사마공의 머리는 두꺼비 같은 눈을 끔뻑거리면서 무언가 말을 하고 싶은 듯 입술이 옴찔거리더니 곧 모든 움직임을 멈추어 버렸다.

꿍!

뒤늦게 육중한 사마공의 머리 잃은 고깃덩이가 바닥에 쓰러졌다.

파아―

이어서 잘려진 그의 목에서 폭포처럼 핏줄기가 뿜어졌다.

일인자가 되려던 그의 꿈은 채 반 각도 지나지 못해서 물거품이 되고 만 것이다.

그즈음 오십여 명의 고수들이 주자운과 마빈을 겹겹이 포위한 상태였다.

신하들과 장군들은 포위망 밖에서 여전히 큰 소리로 떠들어대고 있었다.

그러나 미륭왕은 원래의 자리에서 한 걸음도 움직이지 않았기 때문에 포위망 안에 갇혀 버린 신세가 되고 말았다.

그 역시 누구보다도 경악하고 있었다.

십 년이 넘도록 황제와 황족들을 기름 짜듯이 괴롭혔던 진고가 자신의 눈앞에서 제압됐고, 사마공이 죽어버렸다.

그토록 염원했던 일이 너무도 순식간에, 그리고 간단하게 벌어진 것이다.

미륭왕은 얼굴 가득 불신의 표정을 떠올린 채 진고를 제압하고 있는 주자운을 뚫어지게 주시했다.

"꼼짝 마라!"

주자운이 포위망을 좁혀오는 고수들을 둘러보며 낭랑하게 외쳤다.

"한 걸음이라도 다가오면 이자의 머리통을 부숴 버리겠다!"

그녀의 협박에 조금씩 다가오던 고수들이 일제히 걸음을 멈추었다.

'자운아!'

순간 미륭왕은 속으로 부르짖었다. 주자운의 목소리를 단번에 간파했기 때문이다. 그녀는 자신의 질녀 주자운이 분명했다.

누구라는 것이 밝혀졌지만 의문은 더욱 증폭됐다. 약하기만 했던 주자운이 어떻게 이처럼 강해졌느냐는 것이었다.

찌익!

주자운은 왼손의 검을 검집에 꽂고 나서 얼굴에 쓰고 있던 면구를 찢어냈다.

그러자 화용월태(花容月態) 같은 절색의 미모가 드러났다.

"세라공주!"

"공주다!"

순간 신하들과 장군들이 일제히 경악의 탄성을 터뜨렸다.

그들은 진고를 제압하고 사마공을 죽인 사람이 주자운일 줄은 꿈에도 예상하지 못했었다.

사 년여 전에 주자운이 감쪽같이 사라졌을 때 구구한 억측들이 난무했었다.

그중에서도 가장 설득력있는 소문은 그녀가 황궁의 비참함을 혼자서 몹시 괴로워하다가 스스로 목숨을 끊었을 것이라는 것이었다.

그리고 일 년, 이 년 세월이 흐르는 동안에도 그녀가 끝내 나타나지 않자 어느덧 그 소문은 기정사실로 자리 잡았었다.

그런 그녀가 느닷없이 나타나 진고를 제압하고 사마공을 단칼에 죽였으니 놀라도 이만저만 놀라운 일이 아니었다.

주자운 오른쪽에 우뚝 서 있는 마빈도 면구를 찢어내어 진면목을 드러냈다.

진고는 주자운에게 머리가 잡혀서 그녀를 볼 수 없는 상태지만 사람들의 외침과 그녀의 목소리를 들었기 때문에 세라 공주라는 사실을 알아차렸다.

"고… 공주마마……! 살아계셨군요……! 소신이 얼마나 공주마마를 기다렸는지 아십니까?"

진고는 눈알을 최대한 주자운 쪽으로 굴리며 간곡한 어조로 외쳤다.

황제를 능멸하고 스스로 황제 노릇을 하던 자가 과거의 신분인 내시로 돌아간 것이다.

그러나 주자운은 그를 무시하고 천천히 좌중을 둘러보며 냉엄한 표정으로 말문을 열었다.

"진고가 죽으면 모든 것이 끝난다! 그래도 덤비겠느냐?"

주자운은 몇 마디 말로 오십여 고수들을 움직일 수 없다는 사실을 알고 있었다.

진고의 양아들은 안휘성가 가주의 장자다. 즉 소가주이며 다음 대 가주 될 인물이다.

게다가 당금 무당파 장문인 옥현 진인의 기명제자라는 지고한 신분이다.

그래서 무당파 검수들과 안휘성가의 고수들을 양부 진고의 호위무사로 보낼 수 있었던 것이다.

이들 오십여 명은 자파 장문인과 가주로부터 진고를 호위하라는 지엄한 명령을 받았으므로 설사 당장 죽는 한이 있더라도 주자운에게 항복하지는 않을 터이다.

주자운은 몇 마디 말로는 이들을 설득할 수 없음을 깨달았다.

이제는 행동으로 보여줄 때다.

그녀는 슬쩍 손목을 비틀어서 진고의 얼굴이 자신 쪽으로 오게 돌렸다.

우두둑!

"끄으으……."

진고는 목이 반 바퀴나 돌아갔기 때문에 목뼈가 부러지기

일보 직전이어서 극심한 고통을 느끼며 신음을 터뜨렸다.

"똑똑히 봐라, 진고! 내가 누구냐?"

진고는 눈알이 허옇게 돌아간 상태에서도 주자운을 보려고 안간힘을 썼다.

자신의 눈으로 주자운을 똑똑히 봐야지만 그녀의 출현을 믿을 수 있을 듯한 행동이었다.

눈 끝으로 주자운의 모습이 흐릿하게 보였다. 그녀는 정말 살아서 돌아온 것이다.

"끄으으… 고… 공주… 마마……."

"네놈 눈에 내가 공주로 보이기는 하느냐?"

주자운의 입에서 만년한설 같은 싸늘한 호통이 터져 나왔다.

"끄그극… 제발… 용서를……."

진고는 닭똥 같은 눈물을 흘리면서 목숨을 구걸했다. 이 상황에서 그가 할 수 있는 일은 그것뿐이었다.

주자운은 그의 얼굴을 더 이상 보고 있을 수가 없었다. 그를 죽이고 싶은 살심이 너무 크기 때문이었다.

오십여 명의 고수들은 더욱 포위망을 좁혔지만 진고의 목숨이 주자운의 손아귀에 들어 있는 탓에 함부로 덤비지 못하고 기회만 노리고 있었다.

아무리 빠른 공격이라고 해도 주자운이 손에 힘을 주어 진고의 머리통을 터뜨리는 것보다 빠르지는 않을 것이다.

"지금 이 순간을 얼마나 기다렸는지 아느냐?"

일순 주자운의 아름다운 얼굴이 빙정처럼 차디차게 변했다.

그 직후에 그녀의 입에서 흘러나오는 말은 그보다 더욱 차가웠다.

"간악한 놈! 지옥으로 가거랏!"

우둑!

순간 주자운은 진고의 목을 완전히 한 바퀴 돌려서 목뼈를 부러뜨리는 동시에 손아귀에 힘을 주었다.

퍼억!

둔탁한 음향과 함께 진고의 머리통이 잘 익은 수박이 깨지듯 산산이 조각나며 피와 뇌수가 튀었다.

온갖 간계와 교활함을 짜내서 대국 명나라를 좌지우지하던 자의 머리통은 너무도 간단하게 박살이 나버렸다.

모든 사람들이 놀라면서 안색이 급변했고 여기저기에서 비명이 터져 나왔다.

그러나 그게 끝이 아니었다.

창!

신음 한마디 흘리지 못하고 즉사한 진고의 몸뚱이가 중심을 잃고 뒤뚱거릴 때 주자운의 흑검이 다시 뽑혔다.

스파아아—

주자운은 그저 한차례 가볍게 검을 휘둘렀다. 순간 흑검이 진고의 몸뚱이를 향해 그어가면서 현란한 검무를 추었고, 수십 가닥의 흑빛 선들이 허공을 수놓았다.

다음 순간 그 흑선들이 진고의 몸뚱이를 종횡으로 무자비하게 베고 잘랐다.

파아아—

진고의 몸뚱이는 수백 조각으로 베어져서 육편으로 화해 허공으로 떠오르며 흩어졌다.

후두두둑…….

육편들이 바닥에 흩어지고 핏물이 소나기처럼 쏟아진 후에도 좌중은 바늘 하나 떨어지는 소리마저 들릴 정도로 적막에 휩싸여 있었다.

좌중에 있는 사람들은 사람이 이토록 처참하게 죽는 광경을 지금 처음 보았다.

휘이익! 휘익!

차차차창!

순간 누구의 명령도 없었고 말 한마디 흘러나오지 않았는데도 오십여 명의 고수들이 일제히 주자운과 마빈을 향해 사면팔방에서 쇄도해 오면서 검을 뽑았다.

오십여 자루의 검에서 쏟아져 나온 검광이 실내의 허공을 가득 메웠다.

주자운은 난무하는 검광이 도달하기 전에 미륵왕을 향해 유령처럼 빠르게 미끄러져 다가갔고, 마빈이 그림자처럼 그녀를 호위했다.

이어서 주자운은 미륵왕이 입을 열기도 전에 그의 어깨를 움켜잡고 허공으로 가볍게 집어 던졌다.

그러자 미륵왕은 쇄도해 오는 고수들의 위로 날아서 포위망 바깥 바닥으로 떨어졌다.

미륵왕은 무림인은 아니지만 꾸준히 무술을 익혔기 때문에 낙법으로 털끝 하나 다치지 않고 위험 지역에서 벗어날 수 있었다.

하지만 그곳에서 그는 겹겹이 에워싼 오십여 고수들 때문에 질녀인 주자운의 모습을 볼 수가 없었다.

대신 고막을 찢어발길 듯이 요란하게 도검이 부딪치는 소리와 처절한 비명 소리를 들을 수 있었다.

콰차차차차창!

"크아악!"

"흐아악!"

싸움이 시작되자 주자운은 자신의 실력이 예상했던 것보다 훨씬 더 높다는 사실을 깨달았다.

실전 경험이 전무한 그녀는 처음의 집중 공격에 적잖이 당황하면서 몇 차례 위험한 고비를 가까스로 넘겼다.

그러나 시간이 흐를수록 그녀는 빠르게 안정을 되찾아갔다.

우선 합공해 오는 고수들의 움직임이 일목요연하게 보이

기 시작했다. 아니, 조금 더 시간이 흐르자 그들이 다음에 어떻게 움직일 것이라는 것까지도 예상할 수 있게 되었다.

또한 그녀가 정신을 수습하고 제대로 보법을 밟자 아무도 그녀를 따라잡거나 맞추지 못했다.

그녀가 전개하는 보법은 오백 년 전 일세를 풍미했던 소요선인(逍遙仙人)의 소요운룡보(逍遙雲龍步)였다. 외계, 즉 천상성계나 천외신계를 제외한 천중인계에서는 최고의 보법이라고 할 수 있었다.

휘리릭! 휙! 휙!

그녀의 몸이 뼈가 없는 듯 미풍에 흔들리는 갈대처럼 춤을 추었다.

순간 눈 깜짝할 사이에 그녀의 오른손에 쥐어진 흑검이 찌르고 베기를 여섯 차례 전개했다.

찰나 그녀를 공격하던 고수들 중 정확하게 여섯 명이 움직임을 멈추고 그 자리에 뻣뻣하게 굳어버렸다.

그들 중에 네 명은 각각 미간과 목 한복판에 새끼손톱 크기의 구멍이 뚫렸으며, 두 명은 심장이 세로 두 치, 깊이 네 치로 베어져서 심장이 터져 즉사했다.

쿠쿠쿠쿵!

주자운이 유령처럼 미끄러지면서 다른 곳으로 옮겨간 후에야 그들은 앞 다투어 바닥에 쓰러졌다.

그녀가 전개하고 있는 검법 역시 오백 년 전 검신(劍神)이라는 칭호로 불리던 전광검객(電光劍客)의 전광쾌검류(電光快劍流)였다.

그것은 말 그대로 지상에서 가장 빠른 극쾌검이었다.

주자운이 사용하고 있는 흑검은 구중천의 무기고에서 그녀가 직접 고른 검이었다.

특이한 점은 하나도 없고 단지 검고 단단하다는 이유 때문에 흑검을 골랐었는데, 지금은 그녀의 분신처럼 돼버렸다.

쩌르릉!

퍼퍼퍼퍼퍽!

마빈은 양상이 좀 달랐다.

그가 도를 한차례 휘두를 때마다 우렛소리가 터지면서 도에서 구불구불한 모양의 붉은 기운, 즉 도기(刀氣)가 거친 파도처럼 뿜어져서 고수들을 휩쓸었다.

그것에 슬쩍 스치기만 해도 사지가 뚝뚝 베어졌으며, 제대로 적중되면 형체를 알아볼 수 없을 정도로 박살나는 무서운 파괴력을 지니고 있었다.

검으로 막으면 검을 부러뜨리는 것과 동시에 몸뚱이를 자르고 터뜨려 버렸다.

바로 화산파 최고절학인 정격도였다.

포위망 밖으로 튕겨난 미륵왕은 잠시 후에는 주자운의 모습을 볼 수가 있었다.

주자운과 마빈이 잠깐 사이에 이십여 고수를 죽여 쓰러뜨렸기 때문에 시야가 트인 것이다.

그때 대전으로 동창과 서창의 고수들이 한꺼번에 우르르 쏟아져 들어왔다.

"저기, 저 복판의 두 연놈을 죽여라!"

한쪽에 모여 서 있던 신하와 장군들이 주자운과 마빈을 가리키며 여출일구로 악을 쓰듯이 외쳐댔다.

동창, 서창의 고수들이 싸움이 벌어지고 있는 곳으로 몰려가려고 할 때 미륵왕이 우렁차게 외쳤다.

"멈춰라!"

고막을 울리는 쩌렁쩌렁한 외침이라서 동창, 서창의 고수들은 부지중 걸음을 멈추고 미륵왕을 쳐다보았다.

미륵왕은 노기 띤 표정으로 외쳤다.

"나는 황제 폐하의 아우인 미륵왕이다!"

동창, 서창의 고수들이 미륵왕을 모를 리 없다.

"너희는 저기를 보아라! 역적 태감 진고와 제독 사마공은 이미 죽었다!"

동창, 서창의 고수들은 놀라서 미륵왕이 가리키는 곳을 일제히 쳐다보았다.

하지만 무당검수들과 안휘성가 고수들 시체가 즐비해서 진고와 사마공의 시체를 발견할 수가 없었다.

그때 싸움터로부터 하나의 둥근 물체가 날아와 미륵왕과 동창, 서창 고수들 사이 바닥에 떨어져 데구루루 굴렀다.

그것은 사마공의 수급인데 마빈이 미륵왕의 말을 듣고 집어 던진 것이었다.

사마공의 수급은 눈을 부릅뜨고 있었는데, 마치 수하들을 꾸짖는 것 같은 표정이었다.

동창, 서창의 고수들은 자신들의 최고 우두머리의 수급을 발견하고 대경실색했다.

그때 미륵왕의 외침이 그들의 고막을 두드렸다.

"세라공주가 진고와 사마공을 죽였다! 이제 황궁에 드리웠던 흑운이 걷히고 대명의 하늘이 밝았노라! 그래도 너희는 이미 귀신이 된 진고와 사마공을 위해서 헛되이 목숨을 버리려는 것이냐?"

동창, 서창의 고수들은 싸움터를 쳐다보다가 한결같이 안색이 크게 변했다.

짙은 흑의경장을 입고 한 자루 흑검을 신들린 듯이 휘두르면서 무당검수와 안휘성가의 고수들을 추풍낙엽처럼 거꾸러뜨리는 절색미녀는 아무리 눈을 씻고 봐도 홍치제의 무남독녀인 세라공주가 틀림이 없었다.

동창, 서창의 고수들은 순식간에 전의를 상실하고 말았다. 또한 자신들이 어떻게 처신해야 할는지 갈피를 잡지 못하고 우왕좌왕했다.

동창제독 사마공이 득세하여 황궁과 천하를 쥐락펴락하는 동안 동창과 서창의 고수들도 제 세상을 만난 것처럼 날뛰면서 온갖 비리를 저질렀고 권력을 악용했었다.

그런데 이제 황제가 다시 권력을 회복하게 되면 그들은 살아도 산목숨이 아닌 것이다.

그것은 한쪽에 모여 서 있는 신하와 장군들도 마찬가지 신세였다.

그런데 만약 그들 모두가 중지를 모아 또 다른 모반을 획책한다면, 그들 중에서 제이, 제삼의 진고, 사마공이 나오지 말라는 법이 없었다.

그때 미륭왕이 동창, 서창의 고수들에게 우렁차게 외쳤다.

"너희에게 죄를 씻을 수 있는 기회를 주겠다!"

동창, 서창의 고수들 얼굴에 일제히 일말의 기대 어린 표정이 떠올랐다.

미륭왕은 신하들과 장군들을 가리키며 단호하게 명령했다.

"저자들은 진고와 사마공의 수족이니 즉시 한 놈도 놓치지 말고 제압하여 포박하라!"

참으로 시기적절한 제안이었다.

동창, 서창의 고수들은 서로의 얼굴을 쳐다보았다. 이것은 구구하게 의논할 필요조차 없었다. 죄를 씻을 수 있는 유일한 기회인 것이다.

순간 그들은 어느 누가 먼저랄 것도 없이 앞 다투어 신하와 장군들에게 쏘아갔다.

"반항하는 자는 죽여라!"

미륭왕이 활활 타오르는 불에 기름을 끼얹듯이 외쳤다.

그때 한 인물이 대전 안으로 쏘아 들어오며 쩌렁쩌렁하게 외쳤다.

"공주마마! 소인이 왔나이다!"

심후한 공력이 실린 외침이라 전각의 기왓장이 들썩였으며 들보가 웅웅 떨어 울렸다.

나타난 사람은 개방 방주인 철심협개인데 대전에 들어서자마자 곧장 주자운에게 쏘아갔다.

그 뒤를 그의 제자인 당쾌와 수십 명의 개방 일류고수들이 따르고 있었다.

"나는 개방 방주다! 너희들은 모두 개죽음을 당할 테냐? 아니면 순순히 무릎을 꿇겠느냐?"

철심협개가 방주의 신물인 취옥장(翠玉杖)을 휘두르면서 당장 쳐 죽일 듯이 엄포를 놓자 싸움이 뚝 멈추었다.

그즈음 살아남은 사람은 무당검수 일곱 명과 안휘성가 고수 네 명 도합 열한 명뿐이었다.

앞뒤 가리지 않고 죽기 살기로 싸움에 열중했던 열한 명은 그제야 자신들만이 살아남았을 뿐 사십여 명의 동료들이 핏물과 함께 바닥에 즐비하게 쓰러져 있는 것을 발견하고는 안색이 크게 변했다.

그들은 죽음을 두려워하지는 않지만, 명예롭지 못하게 죽는 것은 원하지 않는다. 그것은 모든 무림인들이 마찬가지일 것이다.

명예야말로 모든 무림인들이 지향하는 최고의 가치가 아니겠는가.

더구나 이것은 더 이상 명분이 없는 싸움이다. 그들이 호위해야 할 대상이 죽어버린 마당에 누구를 위하여, 또한 무엇 때문에 목숨을 버리겠는가?

쟁! 쩽강!

열한 명은 서로의 얼굴을 쳐다보다가 착잡한 표정으로 무기를 버리고 그 자리에 무릎을 꿇었다.

그것으로 싸움은 끝났다.

그리고 대역죄인 진고와 사마공의 천하는 막을 내렸다.

第四十七章

누나!

구중천
九重天

　평범한 옷을 입은 후덕한 용모의 중년 여인이 이빨이 빠진 쟁반에 질그릇 하나를 얹은 채 조심스럽게 침상으로 향하고 있었다.

　질그릇에는 붉은색이 감도는 약이 담겨 찰랑였다.

　실내는 벽에 걸린 작은 유등 하나가 전부여서 매우 어두컴컴했으며, 세간이나 가구는 별로 없었고, 있는 것들은 그나마 거무튀튀하고 낡은 것들이었다.

　중년 여인의 뒤에는 한 명의 어린 시녀가 따랐다.

　시녀가 침상의 휘장을 걷자 중년 여인이 안쪽으로 들어섰다.

침상에 누워 있는 한 사람을 바라보는 그녀의 얼굴에는 수심이 가득했다.

침상에 누런 이불을 목까지 덮은 채 누워 있는 사람은 한 명의 초로인이었다.

해쓱하고 야윈 얼굴에 까칠한 반백의 수염. 굳게 감은 눈은 움푹 꺼졌으며, 나이에 비해서 얼굴에는 주름이 많았고 골이 깊었다.

그가 바로 명나라의 황제인 홍치제였으며, 들어선 중년 여인은 황후인 인덕황후(仁德皇后)였다.

"폐하, 일어나셔서 약을 드세요."

황후는 약사발을 시녀에게 맡기고 조심스럽게 홍치제를 안듯이 일으켰다.

황후의 품속에 상체를 맡긴 홍치제는 힘없이 눈을 뜨고는 입가에 쓸쓸한 미소를 머금었다.

"나 때문에 당신이 고생을 하는구려. 너무 애쓰지 마시오. 내 병은 백약이 소용없소."

"폐하, 약한 말씀일랑 하지 마세요. 어서 기운을 차리고 일어나셔야지요."

홍치제의 미소가 더욱 쓸쓸해졌다.

"하아… 열조(列朝)께서 물려주신 나라조차 제대로 지키지 못한 내가 무슨 폐하라는 말을 들을 자격이 있겠소?"

"폐하……."

"나를 만나 고생만 하는 당신이 불쌍할 뿐이오. 그리고…하나의 소원이 있다면……."

홍치제는 목이 메는지 숨이 찬지 약간 헐떡이면서 말을 멈추었다가 다시 이었다.

"내 딸 자운이… 그 아이를 다시 한 번 볼 수만 있다면……."

황후는 어느새 굵은 눈물을 소리없이 흘리고 있었다.

"자운이를 보고 죽어야 하는데… 나는 아마도 그 아이를 보기 전에 죽을 것 같소……."

주자운은 부모인 홍치제와 황후에게조차 아무런 말도 없이 사라졌다.

"자운이는 어찌 되었는지… 소문처럼 정말 자결이라도 한 것은 아닌지……."

그렇게 중얼거리는 홍치제의 탁한 눈빛이 더욱 흐려졌다.

황후는 눈물을 뿌리면서 도리질을 쳤다.

"그런 말씀 마세요! 자운이는 죽지 않았어요! 그 아이는 목숨을 헛되이 버릴 정도로 나약하지 않아요……!"

그것은 차라리 절규에 가까웠다. 하지만 그렇게 외치고 있는 황후 역시 사랑하는 딸이 죽었을 것이라는 불길한 생각을 떨쳐 버릴 수가 없었다.

침상 가에 서 있는 어린 시녀는 두 손으로 얼굴을 가린 채 소리 죽여 흐느껴 울었다.

바로 그때 휘장 밖에서 나직하면서도 명징한 누군가의 옥음이 들려왔다.

"그래요, 자운이는 부모님보다 먼저 죽는 어리석은 불효는 저지르지 않아요."

홍치제와 황후, 시녀는 똑같이 크게 놀라 목소리가 들려온 곳을 쳐다보았다.

얇은 휘장 너머에 한 사람이 서 있는 모습이 보였다. 그 사람은 늘씬한 키와 몸매를 지닌 여자였다.

부모보다 자식을 더 잘 알고 있는 사람은 없다.

홍치제와 황후는 휘장 너머에서 들려온 목소리의 주인이 누군지 듣는 순간에 알아차렸다.

그러나 두 사람이 놀란 이유는 자신들의 귀를 의심했기 때문이고, 환청을 들은 것이 아닌가 해서였다.

사륵—

그때 휘장이 젖혀지면서 그 너머에 서 있던 여자가 안쪽으로 들어섰다.

다름 아닌 흑의경장 차림에 어깨에 흑검을 멘 주자운이었다.

그녀의 아름다운 두 눈에서는 구슬 같은 눈물이 흘러내리고 있었다.

주자운을 발견한 홍치제와 황후는, 아니, 딸을 사랑하는 평범한 아비와 어미는 얼굴 가득 극도의 경악지색이 떠오른 채 아무 말도 하지 못했다.

사 년여 만에 보는 딸의 모습이었다.

그 당시에는 십오 세의 풋풋한 소녀였는데, 지금은 십구 세 어엿한 여인으로 변해 있었다.

그것도 천하에 짝을 찾아보기 어려울 정도의 절색미녀가 된 것이다.

주자운은 사 년 만에 다시 보는 부모에게 큰절을 올리며 떨리는 목소리로 입을 열었다.

"아버님, 어머님. 소녀 자운이 인사드려요."

그녀로서는 생전 처음 불러보는 '아버님', '어머님'이라는 말이었다.

지금은 그렇게 불러보고 싶었다. 지난 사 년여 동안 그녀가 그토록 그리워했던 사람은 황제와 황후가 아닌, 그저 아비와 어미였었다.

꿈이 아니었다.

이것은 생생한 현실이었다.

눈앞에서 큰절을 올린 채 가늘게 몸을 떨고 있는 여자는 두 사람의 딸 주자운이 분명했다.

"자, 자운아!"

"으흑흑! 자운아! 네가 정녕 내 딸 자운이더냐?"

홍치제와 황후는 동시에 주자운을 향해 주춤주춤 다가갔다.

방금 전까지만 해도 병색이 완연했던 홍치제는 어디에서 힘이 났는지 비틀거리지도 않고 주자운에게 다가갔다.

몸을 일으킨 주자운은 다가오는 부모를 바라보았다.

세 사람 모두 눈물을 쏟아내고 있었다. 온몸의 물기를 모조리 눈물로 짜낼 듯이 결사적으로 울었다.

홍치제가 주름진 두 손을 뻗어 덜덜덜 떨면서 주자운의 뺨을 어루만졌다.

만져지고 느껴졌다. 너무도 부드럽고 따스한 감촉, 자신의 딸 주자운이 틀림없었다.

황후의 떨리는 손이 주자운의 얼굴과 어깨와 몸을 후들후들 떨면서 더듬고 만졌다.

그러다가 세 사람은 와락 한 덩이가 되어 서로 부둥켜안으며 또다시 눈물을 터뜨렸다.

"자운아!"

"흑흑! 자운아!"

"아버님! 어머님!"

한옆에서 세 사람의 사 년 만의 해후를 바라보는 두 사람이 있었다.

마빈과 미륵왕이었다.

두 사람의 입가에는 더할 수 없이 흐뭇한 미소가 떠올라 있었지만, 어느덧 눈은 축축하게 젖은 채 굵은 눈물을 흘리고 있었다.

대장부 마빈과 미륭왕은 지금 생전 처음 눈물을 흘리는 것이었다.

하지만 조금도 부끄럽지 않았다.

오늘은 두 사람의 일생에서 가장 기쁜 날이었다.

＊　　　＊　　　＊

북경 서직문(西直門) 밖 월명교(月明橋) 다리 아래는 예로부터 북경에서 가장 더러운 곳이라서 일반인들은 좀처럼 찾지 않는 곳이다.

넓은 둔치를 새카맣게 뒤덮고 있는 것은 모조리 금방이라도 쓰러질 듯한 움막들뿐이었다. 그 수가 족히 천(千)은 넘을 것 같았다.

어울리지 않게도 월명촌(月明村)이라는 근사한 이름을 갖고 있는 빈민촌이었다.

때는 십일월 초 늦가을.

정오가 조금 지난 시각에 한 명의 흑의청년이 월명촌으로 찾아들었다.

썩 좋은 옷도 아니고 그리 허름하지도 않은 옷을 입은 청년은 다름 아닌 화무린이었다.

그는 예기치도 않게 경무장의 장주가 되는 바람에 경무장에서 많은 시일을 보내야만 했다.

그동안 그는 오룡검법이라고 개명한 항룡유운검법을 완전히 터득했다.

뛰어난 오성과 자질을 지녔으며, 천지조화검까지 터득한 그가 오룡검법을 연마하는 것은 그리 어렵지 않았다.

이후 그는 경무장의 총관으로 임명한 윤학 이하 백여 명 제자들에게 오룡검법을 자세히 전수, 가르쳤으며 윤학을 비롯한 다섯 명에게는 파천혈인강을 전수했다.

그러는 사이에 석 달이 눈 깜짝할 사이에 지나갔다.

화무린의 최종 목적지는 산서성 안읍이라는 곳에 있다는 풍래장이었다.

천외무적군 육번주가 그곳에 무쌍신과 육천군이 있다고 토설했기 때문이다.

그는 얼마 후에 북경에서 있을 무림총연맹의 대회합에 경무장주의 자격으로 참가하겠지만 크게 기대하지는 않았다.

안읍으로 가려면 북경과 낙양을 거쳐야 한다.

그리고 북경에는 상명이 있고, 낙양에는 소군이 있다.

그녀들을 만나기 위해서 먼 길을 돌아가야 했다면 화무린은 그냥 곧장 안읍으로 향했을 것이다.

불공대천지수를 응징하는 일은 그녀들을 만나는 것과는 비교할 수도 없을 만큼 중요했다.

그는 상명을 만나려고 북경에 도착하자마자 하오문인 축록방이 운영하고 있는 기루 홍연루에 찾아갔었다.

물론 자신의 신분을 밝히지 않았으며 다른 사람을 통해서 넌지시 상명을 찾았다.

　그러나 그녀는 그곳에 없었다. 화무린이 구중천으로 떠난 지 일 년쯤 후에 몹쓸 병에 걸려서 몇 달간 고생을 하다가 홍연루에서 쫓겨났다는 것이다.

　그런 사실을 알고 난 화무린은 만사 제쳐 두고 그녀를 수소문했다.

　그리고 하루 반나절 만에 그녀가 이곳 월명촌에 있다는 사실을 알아냈다.

　그녀 때문에 며칠을 허비하는 것은 아깝지 않았다. 그녀가 편한 생활을 하고 있다면 몇 달 혹은 일 년 후에 만나도 상관이 없을 것이다.

　그러나 지금처럼 병에 걸린 채 쫓겨나 죽었는지 살았는지, 얼마나 험한 꼴로 살아가고 있는지 상상도 할 수 없을 때에는, 그 반대로 그녀를 위해 몇 달 혹은 일 년을 허비해도 개의치 않을 것이다.

　월명촌은 소문으로 듣던 것보다 훨씬 더 지독했다.

　우선 그 안에 발을 들여놓기도 전에 끼쳐 오는 악취 때문에 숨을 제대로 쉴 수조차 없을 정도였다.

　또한 보이는 모든 곳이 시궁창보다 더러워서 마땅히 발을 디딜 만한 곳이 없었다.

　게다가 눈을 둘 곳마저 없었다. 움막 밖에 누워서, 웅크려서 이를 잡거나 해바라기를 하고 있는 병들고 피폐한 사람들 모습이 '설마 저들이 인간인가?'라는 의구심마저 불러일으키게 만들었다.

화무린은 월명촌에 들어서자마자 가장 먼저 만난 몇 사람에게 상명에 대해서 물었다.

그러나 그들은 대답할 기력도 없는지, 아니면 그의 물음을 듣지 못했는지 늘어진 채 묵묵부답이었다.

그래서 결국 화무린은 자신이 직접 월명촌을 다 뒤져서라도 상명을 찾아내기로 작정했다.

어느덧 그가 월명촌을 이 잡듯이 뒤지기 시작한 지 두 시진이 흘렀다.

언제부터인가 빗줄기가 후둑후둑 떨어지기 시작하더니 잠깐 사이에 굵은 우각(雨脚)으로 변했다.

해바라기를 하던 사람들은 서둘러 움막 안으로 들어갔고, 여기저기에서 빗물이 움막 안으로 새어드는 것을 막느라 부산스러웠다.

화무린의 발걸음이 한곳에 뚝 멈춘 것은 그즈음이었다.

빈민가가 월명교 다리 아래에 형성된 이유 중에서 가장 큰 것은 다리 아래로 흐르는 월명하(月明河) 양쪽의 비교적 높은 둑이 겨울의 매서운 바람을 막아주고, 냇물 양 안의 너른 초지로 거칠 것 없이 햇볕이 비추어서 가난한 사람들이 겨울을 나기에는 최적지이기 때문이었다.

그러므로 월명촌에서 가장 좋지 않은 자리는 햇볕이 들지 않는 다리 바로 아래, 그중에서도 둑을 등진 어둡고 음습한 곳일 수밖에 없었다.

화무린의 걸음이 멈춘 지점이 바로 그곳이었다.

움막의 재료는 거적이다. 그리고 거적의 재료는 볏단이나 자루다.

화무린의 앞에 있는 움막은 볏단으로 이루어져 있었다.

볏단으로 지은 초가집이나 움막은 늦어도 이 년에 한 번씩 볏단을 갈아주어야 한다. 그렇지 않으면 볏짚이 썩어서 제 기능을 하지 못한다.

지금 화무린이 보고 있는 움막이 그랬다. 족히 십여 년 이상은 볏단을 갈지 않아서 시커멓게 썩었으며 가까이 다가가기도 전에 악취가 진동했다.

움막 입구에는 시커먼 거적이 쳐져 있어서 안이 들여다보이지 않았다.

그러나 화무린은 움막 안에 상명이 있을 것이라고 직감했다.

그는 움막을 젖히고 성큼 안으로 들어섰다. 퀴퀴한 악취가 코를 찔렀지만 개의치 않았다.

움막 안에는 사람이 없었다. 구석에 하나의 거무스름한 물체가 놓여 있을 뿐이었다.

아니, 그것이 바로 사람이었다. 그 물체에게서 아주 미약한 숨소리가 흘러나오고 있었다.

화무린은 이끌리듯이 다가가 그 사람이 덮고 있는 때에 절어 새카만 거적을 벗겨냈다.

그러자 화무린 쪽으로 등을 보인 채 돌아누워 잔뜩 웅크리고 있는 한 사람의 모습이 나타났다.

몸의 굴곡만으로는 성별을 구별하기 어려웠다. 너무 말라서 뼈에 가죽만 입혀놓은 듯한 몰골이었기 때문이다.

그러나 화무린은 한눈에 그 사람이 상명이라는 것을 알아보았다.

십이 세 어린 떠돌이 소년이던 화무린을 자신의 방에서 삼년 동안 먹이고 재워준 기녀 상명이었다.

아니, 그녀는 화무린을 먹이고 재워준 것보다 더 큰 의미 더 큰 가치를 지닌 사람이었다.

진심으로 화무린을 염려해 주었고, 친누나처럼, 친어미처럼 그를 거두고 보살폈었다.

그리고 마지막 날에 화무린은 상명의 가슴에 얼굴을 묻은 채 서럽게 울면서 자신이 개처럼 살아왔었다고 고백했었으며, 역시 개처럼 살아왔던 그녀도 화무린을 부둥켜안고 서럽게 울었었다.

화무린은 꼭 돌아오겠다고, 상명은 기다리겠다고 말했었다.

만약 살아 있으면서도 그 약속을 지키지 못한다면, 화무린은 살아 있을 하등의 자격이 없는 쓰레기일 것이다.

밖은 추웠지만 화무린이 상명이라고 판단한 그 사람은 땀을 뻘뻘 흘리고 있었다.

그러면서도 몸을 가련하게 오들오들 떨어댔다. 아마도 병에 걸렸기 때문이리라.

화무린은 심장을 쥐어짜는 것 같은 슬픔을 느꼈다.

또한 상명이 이런 고통을 받는 것보다 더 큰 고통과 비애를 맛보았다.

그는 천천히 손을 뻗어 땀에 젖은 그녀의 머리카락을 얼굴에서 걷어 올렸다.

순간 그녀의 야윈 몸이 후르륵 떨렸다.

그리고 몹시 힘겹게 돌아보는 얼굴.

강시나 다름이 없는 얼굴이었다. 퀭하게 꺼진 두 눈과 살점이라고는 붙어 있지 않은 뺨, 너무도 창백해서 차라리 푸르스름한 입술.

그녀의 입술이 미미하게 달싹거렸다.

누구냐고 묻는 것인데 말이 되어 흘러나오지 못했다. 말을 할 수 없을 정도로 기력이 쇠약한 탓이리라.

화무린의 직감과 판단은 정확했다. 그녀는 틀림없는 기녀 상명이었다.

그 얼굴에서는 과거 아름답던 미모를 조금도 찾아낼 수가 없었지만, 그녀는 틀림없는 상명이었다.

화무린은 지독한 눈빛을 흘려내면서 힘껏 어금니를 악물고 있다가 그녀의 얼굴을 보자 더할 수 없이 온화한 미소를 얼굴 가득 떠올렸다.

"누나."

움막 안에 악취보다 더 지독한 적막이 흘렀다.

그녀는 그 말이 무슨 뜻인지 한동안 모르는 것 같은 표정을 짓고 있었다.

그러다가 한순간 움푹 꺼진 두 눈이 화등잔처럼 커다랗게 떠지면서 맑은 광채가 쏟아져 나왔다.

"무, 무린이니……?"

"그래. 무린이야, 누나."

화무린은 미소를 더 짙게 하며 고개를 끄덕였다. 그가 슬퍼하면 상명은 더 슬퍼할 것이다. 그래서 그는 자신이 지을 수 있는 가장 화사한 미소를 지은 채 슬픔으로 쥐어뜯는 내심을 철저하게 속였다.

"아아… 네가 돌아… 왔구나……."

상명은 화무린 쪽으로 돌아 누우려 하면서 두 팔을 뻗었다.

그렇지만 어느 것 하나 뜻대로 되지 않았다. 힘이 없기 때문이었다.

화무린은 손을 뻗어 그녀를 안아 자신의 무릎에 앉혔다. 지푸라기처럼 가벼운 체중 때문에 화무린의 심장이 또 한 번 쥐어짜졌다.

참으려고 했지만 우욱! 하는 신음성이 그의 악다문 어금니 사이로 흘러나오고 말았다.

그는 상명의 두 손을 잡아 자신의 얼굴에 대주었다.

그녀는 자신의 얼굴을 화무린의 얼굴에 바짝 들이대고 자세히 보려고 애쓰면서 덜덜 떨리는 두 손으로 화무린의 얼굴을 더듬었다.

이 사람이 진짜 화무린인지 확인하려는 것이 아니었다.

그녀는 처음 화무린의 목소리를 들었을 때 이미 그라는 것을 알아차렸다.

지난 사 년 동안 화무린이 돌아오는 꿈을, 그리고 환상을 너무도 많이 보고 겪었기에 이것이 꿈이 아닌가, 이것이 정말 현실인가 확인하려는 것이었다.

상명의 퀭하게 꺼진 눈에서 두 줄기 물이 흘러나왔다.

눈물이다.

이제는 말라 버려서 더 이상 물기를 흘려내지 못할 것 같았던 눈에서 눈물이 흘러나오고 있었다.

"무린이구나… 정말 내 동생 무린이야……."

그녀는 자신의 뺨을 화무린의 뺨으로 가져가 가만히 대고 나서 조심스럽게 비볐다.

그녀가 얼마나 절망 속에서 고통스러워했었는지, 화무린이 돌아와서 얼마나 기뻐하는지, 그녀의 야윈 뺨과 떨림과 눈물을 통해서 고스란히 화무린에게 전달됐다.

두 사람은 육체의 피를 나누지는 않았지만, 영혼의 피를 나눈 남매였다.

"누나……."

화무린은 두 팔로 가만히 상명을 끌어안았다. 조금만 힘을 주면 부서져 버릴 것 같아서, 아주 살짝 끌어안았다.

"어디 다시 보자, 우리 무린이……."

얼마나 지났을까? 상명이 화무린의 품에서 벗어나, 그러나 여전히 그의 무릎에 앉은 채 상체를 약간 뒤로 젖히면서 그의 모습을 살폈다.

그러더니 입가에 흐뭇한 미소가 피어나더니 곧 얼굴 전체로 가득 퍼졌다.

"정말… 멋진 미장부가 되었구나……."

그녀는 눈이 부신 듯 눈을 가늘게 떴다.

화무린은 정말 근사한 미장부로 변모했다. 오죽하면 그가 거리로 나서면 행인들이 걸음을 멈추고 넋을 잃은 채 쳐다보겠는가?

문득 그녀의 시선이 화무린의 얼굴에서 어깨로, 가슴으로 흘러내렸다.

남루하지는 않지만 그렇다고 고급스러운 옷도 아닌 화무린의 행색이 상명의 시야에 들어왔다.

그녀는 엷은 미소를 지었다. 지난 사 년여 동안 잃어버렸던 미소였다.

"돌아왔으니 됐어. 누나가 봐둔 가게가 있으니 그것을 사서 장사를 시작해 보는 게 좋겠다."

그녀는 화무린이 사 년 전에 무엇을 하러 어디로 떠났는지 알지 못했다.

지금 그녀는 화무린의 행색을 보고 그가 뜻한 바를 이루지 못하고 돌아온 것이라 짐작을 했다.

화무린은 가슴이 뭉클하여 물끄러미 상명을 바라보았다.

상명은 그가 바라보는 것을 다른 뜻으로 오해를 했다.

"나를 내려줘……."

화무린이 조심스럽게 내려주자 그녀는 움막의 구석으로 엉금엉금 기어갔다.

손가락 하나 까딱하는 것조차 힘겨워하던 그녀가 어디에서 힘이 생겼는지 기고 있다. 화무린을 봤기 때문이다.

화무린은 상명에게 기적이었다.

북북북—

그녀는 움막 구석의 거적을 젖히고 두 손으로 땅을 파더니 잠시 후에 하나의 조그만 주머니를 꺼냈다.

화무린은 그녀가 자신에게 다시 기어올 것이라 여기고 그녀에게 다가갔다.

탁탁—

상명은 힘겨운 동작으로 주머니를 털더니 미소 지으며 화무린에게 내밀었다.

주머니를 보던 화무린은 깜짝 놀랐다. 아니, 놀라움은 잠깐이고 그 직후 폭풍 같은 전율이 그를 휩쓸었다.

그 주머니는 사 년 전에 화무린이 떠나면서 상명 몰래 탁자 위에 두고 온 것이었다.

그 안에는 은자 네 배의 가치가 있는 십성은 열 개가 들어 있었다.

그것은 화무린이 삼 년 동안 축록방의 온갖 더럽고 궂은일을 해주면서 숱하게 죽을 고비를 넘기며 번 구리돈 이천 냥을 십성은으로 바꾼 것이었다.

"열어봐……."

주머니를 손에 쥔 채 감격에 몸을 떨고 있는 화무린에게 상명이 미소 지으며 권했다.

화무린은 조심스럽게 주머니에 묻은 흙을 마저 털어냈다.

그러자 붉은색의 비단 연낭이 모습을 드러냈다. 그가 상명에게 남겨주고 간 그 연낭이었다.

그것은 또한 화무린의 친누나인 화여옥의 연낭이기도 했다.

쩔그렁!

연낭을 뒤집자 반짝이는 열 개의 묵직한 십성은이 화무린의 손바닥으로 쏟아졌다.

"그건 무린 네 것이야. 그 정도면 내가 봐둔 가게를 얻을 수 있을 거야. 그리고 이곳에 정착해서 앞으로는 배고프지 않게 살 수 있어."

상명의 입가에서는 미소가 사라지지 않았다. 화무린이 돌아오지 않았더라면 되찾지 못했을 미소였다.

사 년 전 그 당시에 이 열 개의 십성은은 화무린의 피와 땀과 눈물이었다.

그러나 사 년 만에 주인에게 다시 돌아온 십성은은 그에게 감동과 기쁨을 안겨주었다.

병에 걸려 홍연루에서 쫓겨난 상명이 만약 십성은을 썼더라면 병을 고칠 수도, 편하게 살 수도 있었을 것이다.

그런데도 그녀는 십성은을 하나도 쓰지 않고 땅속에 파묻은 채 고통을 겪고 있었다.

지금처럼 화무린이 빈털터리로 돌아오면 그때 쓰려고 십성은을 건드리지 않은 것이었다.

어쩌면 화무린이 조금만 더 늦게 상명을 찾아왔더라면, 그녀는 끝내 십성은을 쓰지 않은 채 죽었을지도 모른다.

그것을 알기에, 화무린의 감동은 더 클 수밖에 없었다.

"무슨 가게를 하고 싶어?"

화무린이 한참 만에 입을 열어 물었다. 격동 때문에 그의 목소리는 젖어 있었다.

"북경성 밖에서 조그만 주루를 하는 거야. 열심히만 하면 오래지 않아서 성내로 들어갈 수도 있고, 크게 늘릴 수도 있을 거야. 그리고 십 년… 이십 년쯤 후에… 돈을 아주 많이 벌면 북경에서도 손꼽히는 객잔 겸 기루를 커다랗게 개업하는 거야. 정말 그렇게만 된다면…….”

상명은 두 손을 가슴 앞에 모으고 꿈을 꾸는 듯한 표정을 지었다.

그녀는 커다란 객잔 겸 기루의 주인이 된 화무린의 모습이 눈에 선한 듯했다.

“가자, 누나.”

화무린은 십성은을 연낭에 넣고 품속에 갈무리한 후 상명을 번쩍 안고 움막에서 나왔다.

“지금 가보자. 여기서 아주 가까워. 서직문 밖이야.”

상명은 화무린의 어깨에 뺨을 기대고 그의 귀에 대고 종달새처럼 종알거렸다.

말하는 도중에 간간이 기침을 했지만, 얼굴에는 화색이 돌았으며 뺨에는 은은한 홍조까지 감돌았다.

“주인님.”

화무린이 움막을 나와서 막 한 걸음을 떼어놓으려고 할 때 뒤에서 카랑카랑하지만 나직하고 공손한 목소리가 불쑥 들려왔다.

화무린이 돌아보자 그곳에 커다란 대오리 지우산(紙雨傘)을 펼쳐 든 함도가 시립하듯이 서 있는 모습이 보였다.

사 년 전, 구중천 팔대지옥에서 함도는 화무린의 종이 되겠다고 맹세한 후, 화무린이 구중천을 나가서 어디에 있든 찾아 오겠다고 말했었다.

함도는 과연 자신의 말을 지켰다. 화무린이 북경에 나타난 지 이틀이 채 지나기 전에 그를 찾아온 것이다.

화무린을 보는 함도의 얼굴에는 아무런 표정도 떠올라 있지 않았다.

그러나 그의 눈 속에는 반가워하는 기색이 은은하게 일렁이고 있었다.

화무린이 가볍게 고개를 끄덕이자 함도는 즉시 앞장섰다.

쏴아아!

다리 아래를 제외한 월명하의 너른 양안에는 늦은 가을비가 추적추적 쏟아지고 있었다.

함도는 커다란 우산을 화무린과 상명 위에 펼친 채 옆에서 바짝 붙어서 따랐다. 그 자신은 비를 고스란히 맞았지만 개의치 않았다.

그때 상명이 기거하던 움막 주변의 여러 움막 입구를 가린 거적들이 빼꼼히 열리더니 몇 개의 누렇고 검은 얼굴들이 나타나 멀어져 가는 화무린과 상명을 놀란 얼굴로 쳐다보았다.

그들은 평소에 상명을 병들고 더러운 년, 몇 달을 넘기지 못하고 뒈질 년이라면서 침을 뱉고 놀리며 괴롭혔었다.

이제 상명은 더 이상 병들고 더럽지 않을 것이다.

그리고 그녀는 월명촌에 있는 그 어떤 사람들보다 훨씬 오래, 건강하게 살 것이 분명했다.

第四十八章

상명각(祥鳴閣)

구중천
九重天

　과거 축록방은 북경성 저잣거리에서 세 개의 거리를 관할하면서 서열 세 번째였지만, 지금은 열세 개 거리를 모조리 지배하는 북경성의 유일무이한 하오문으로 군림하고 있었다.

　비록 하오문이지만 축록방은 워낙 세력이 크고 기세가 당당하여 북경 인근의 삼류무림방파나 문파들도 감히 함부로 대하지 못할 정도였다.

　그러니 축록방주 함중의 위세가 하늘을 찌를 듯한 것은 당연했다.

　물론 여전히 무림에는 명패도 내밀지 못하는 하오문주의

위세지만.

축록방주 함중은 축록방 본타 건물 사층 자신의 집무실 창
앞에 서서 창밖을 내다보고 있었다.

그의 머릿속은 온통 아들 함도의 생각으로 가득 차 있었다.

흐뭇함이었다.

식충이 같기만 해서 사람 구실을 전혀 하지 못할 것만 같았
던 아들 함도가 구중천에서 살아서 돌아왔다.

그뿐만 아니라 북경의 하오문들을 모조리 굴복시켜서 아
비에게 바치는 멋진 선물을 해주었다.

그때의 그 감격스러움이란…….

함중은 아직 아들 함도의 무공 실력을 직접 본 적이 없지
만, 그가 구중천에서 살아서 나왔고, 너무도 간단하게 북경성
세 개의 하오문을 제압한 것으로 미루어 무림고수가 된 것이
틀림없다고 단정했다.

아들이 그저 사람 구실이나 해도 기뻐서 춤을 추겠건만, 무
림고수가 되어 돌아온 것이다.

함도가 불쑥 나타난 지난 다섯 달 동안 함중은 생애 최고의
나날을 보내고 있는 중이었다.

축록방의 수입은 과거에 비해서 다섯 배 이상 증가했으며,
방주인 함중은 여느 고관대작이 부럽지 않은 세력과 권력을
누렸다.

그 모든 것이 아들 함도가 있었기에 가능했다.

그러나 함중은 현실에 만족할 수가 없었다. 그의 가슴 한 귀퉁이는 채워지지 않은 채 언제나 그래 왔던 것처럼 여전히 허전하게 비어 있었다. 오랫동안 꿈꿔왔던 일을 아직 이루지 못했기 때문이었다.

무림 진출. 그것이 함중의 오랜 꿈이며 숙원이었다.

그는 지금이야말로 자신과 축록방이 무림에 진출할 최적기라고 판단했다.

물론 아들 함도가 없다면 불가능한 일이다. 함도가 전력을 다한다면 무림 진출은 반드시 성공할 것이다.

무림에 뿌리를 내릴 수만 있다면 삼류방파든, 사류든 상관이 없었다.

일방의 방주로서 보란 듯이 무기를 휴대하고 다니면서 행세할 수만 있다면 그로서 족했다.

지금 함중은 함도를 기다리고 있었다. 무슨 일인지 함도는 지난 열흘 동안 보이지 않았다.

그러나 함중은 아들이 자신의 곁을 떠났을 것이라고는 추호도 생각하지 않았다.

그가 돌아오면 무림 진출에 대해서 진지하게 상의해 볼 생각이었다.

아니, 상의할 것도 없었다. 함도는 아들이다. 아비가 결정하면 아들은 응당 따라야만 한다.

척!

그때 방문이 열리더니 기다리던 함도가 사라졌을 때처럼 불쑥 들어섰다.

"도야!"

함중은 반색하는 얼굴로 아들을 부르면서 다가가다가 깜짝 놀라며 걸음을 멈추었다.

함도를 뒤따라 들어서는 한 명의 흑의청년을 발견했기 때문이다.

"너……."

짝을 찾기 어려울 정도의 절세기남아를 보는 순간 함중은 그를 가리키면서 사 년여 전의 한 소년의 얼굴을 반사적으로 떠올리며 방금 전보다 더 크게 놀랐다.

흑의청년은 화무린이었다.

그는 실내로 들어와 우뚝 서 있었고, 그 옆에 함도가 시립하듯이 서 있었지만 함중은 화무린의 출현에 놀라고 있는 터라 미처 아들의 행동을 눈여겨볼 여유가 없었다.

함중은 화무린을 한눈에 알아봤다. 화무린이 많이 변하긴 했지만 함중은 남달리 뛰어난 안목을 지니고 있었다.

그런데 그는 화무린의 이름을 모르고 있었다.

탁탁!

"핫핫핫! 너, 이 녀석!"

함중은 유쾌한 웃음을 터뜨리며 다가와 손으로 화무린의

어깨를 두드렸다. 이름을 모르는 것과 반가움은 하등의 상관이 없었다.

아들 함도가 살아서 돌아왔을 때, 함중은 화무린이 약속을 지켰다고 여겼다.

사 년여 전, 화무린은 자신에게 일거리를 주던 축록방 삼향주 엽방과 결탁하여 함중의 금고를 털다가 발각되어 잡히는 신세가 되었다.

그때 함중은 화무린이 구중천에 가려 한다는 사실을 알게 되어, 은자 삼만 냥을 내주는 대신 자신의 아들을 함께 데리고 가되 화무린과 아들의 생사를 하나로 묶으라는 조건을 제시했었다.

당시의 화무린으로서는 선택의 여지가 없었다. 그래서 조건을 수락했으며, 화무린과 현조, 함도 세 사람이 구중천으로 떠났던 것이다.

함도는 함중에게 구중천에서 있었던 일들에 대해서는 지금껏 침묵으로 일관하고 있다.

그러나 함중은 식충이 아들이 스스로의 능력으로 구중천에서 살아 나왔을 것이라고 추호도 생각하지 않았다.

또한 구중천에서 누군가가 아들에게 온정의 손길을 뻗쳤을 것이라고 추측하는 것은 어불성설이었다.

친아버지인 자신이 봐도 밥맛 떨어지는 놈을 어느 누가 예쁘다고 도왔겠는가.

결국 화무린이 약속을 지켜서 아들을 돌봤을 것이라는 추측이 가장 합당했다.

그래서 아들에게 화무린에 대해서 여러 차례 캐물었지만, 함도는 그마저도 입을 굳게 다물었었다.

그런데 생각지도 않았던 화무린이 지금 불쑥 함중의 눈앞에 나타난 것이다.

함중은 함도가 그를 데리고 온 것이라 여기고 아들이 한층더 기특해서 죽을 지경이었다.

지금 이 순간에도 함중의 머리는 빠르게 회전하고 있었다.

필경 화무린은 함도보다 더 고강한 고수가 됐을 것이다. 그러고도 남을 놈이었다.

잘 꼬득여서 화무린을 끌어들인다면 무림에 진출하여 함도 한 명일 때보다 더 강한 방파를 이룩할 수 있을 것이라는게 지금 함중이 궁리하고 있는 깜냥이었다.

그러나 그의 원대한 구상은 자신이 그토록 대견하게 여기던 아들의 한마디에 의해서 산산이 박살났다.

"아버님, 무례하지 마십시오."

"……."

너무도 예기치 않았던 일이라 함중은 자신이 잘못 들은 것인가 싶어서 아무 말도 하지 못하고 눈을 껌뻑이며 함도를 쳐다보았다.

함도는 더 이상 공손할 수 없는 태도로 화무린을 가리키며 입을 열었다.

"이분은 소자의 주인님이십니다."

"······."

함중은 여전히 말을 할 수가 없었다.

자신의 귀가 잘못됐다면, 지금 아들 함도가 보이고 있는 저 극상의 공손한 태도는 무엇이라는 말인가? 설마 눈까지 잘못 됐다는 것인가?

"소자는 구중천에서 이분의 종이 되기로 맹세했었습니다."

귀가 잘못된 것도, 눈이 잘못된 것도 아니었다. 이것은 명백한 현실이었다.

"도야······."

그 다음에 찾아온 것은 불신이었다. 함중은 짓눌린 듯한 어조로 겨우 입을 열었다.

함도는 한술 더 떴다.

"아버님께서도 이분의 종이 되십시오."

"너······."

"그러서야 합니다."

그것은 권유가 아닌 강압이었다.

함도는 구중천에서 화무린이 했던 말을 지금도 생생하게 기억하고 있다.

"네가 네 아비를 살렸다."

화무린은 자신이 구중천에서 살아나가면 함중을 죽일 생
각이었던 것이다.

그런 속사정을 모르는 함중은 아들의 말에 그저 기가 막힐
뿐이었다.

그러나 어쩌겠는가? 속으로는 아들의 귀빰이라도 올려붙
이고 싶은 마음이 간절했지만, 아들의 기세로 보아하니 그랬
다가는 아비라고 해도 당장 요절을 낼 것만 같았다.

힘으로든, 무엇으로든, 함중은 함도나 화무린의 상대가 되
지 못했다.

무림의 고수가 된 그들 둘은 다른 세계의 사람인 것이다.

문득, 함중은 사 년 전에 자신이 화무린에게 했던 말이 떠
올랐다.

그는 그때 살무사와 개구리 운운하면서 자신은 살무사고
화무린을 개구리에 비유했었다. 그런데 지금은 정반대의 상
황이 돼버렸다.

"됐다."

그때 살무사 화무린이 나직이 말문을 열었다. 개구리 함중
은 처분만 바라는 표정으로 마른침을 꿀꺽 삼키면서 그를 쳐
다보았다.

"그리고 너는 이제부터 내 종이 아니다."

순간 함도의 얼굴에 경악지색이 떠올랐다. 얼마나 놀랐는지 몸까지 후드득 떨었다.

"주… 인님."

"너는 이곳에서 네 아비와 함께 살도록 해라."

함도에게는 청천벽력 같은 말이었다. 그는 구중천에서 화무린에게 목숨만 구함을 받은 것이 아니라 천박한 성격도 구함을 받아 전혀 새롭게 태어났었다.

그 새로운 성격에 의하면 한 번 모신 주인에게서 버림받은 종이 택할 수 있는 길은 하나뿐이었다.

화무린은 그 말을 끝으로 몸을 돌려 방문 쪽으로 걸어가다가 등 뒤에서 동시에 터져 나오는 두 가지 소리를 들었다.

차앙!

"도야!"

재빨리 돌아보던 화무린의 얼굴에 가벼운 놀라움이 떠올랐다.

무릎을 꿇은 함도가 검을 뽑아 자신의 목을 베어가고 있는 광경을 발견한 것이다.

일말의 망설임도 없이 빠른 수법이었다. 그리고 함도의 얼굴에는 비장함이 뚜렷하게 떠올라 있었다. 그 비장함이 화무린의 마음을 움직였다.

쎄액!

순간 화무린의 중지가 번개같이 구부려졌다가 퉁겨지며

한줄기 금빛 가느다란 기류가 함도를 향해 뿜어졌다.

땅!

금빛 기류는 막 자신의 목을 베기 직전인 함도의 검 슴베 아랫부분 검신에 적중되었다.

칵!

워낙 강한 위력이라서 함도는 손아귀가 찢어지며 검을 놓쳐 버렸고, 그의 손을 벗어난 검은 실내를 가로질러 날아가 벽에 깊숙이 꽂혔다.

함중은 십년감수한 표정으로 가슴을 쓸어내렸다. 아들의 목숨이 저승의 문턱을 넘어갔다가 돌아온 것이다.

그러다가 그는 방금 화무린이 손가락을 튕겨서 발출한 금빛의 가느다란 기류를 떠올렸다.

무림인은 아니지만 어떤 무림인보다 지식이 풍부한 함중이 지풍을 알아보지 못할 리가 없다.

또한 지풍은 절정고수여야만 전개할 수 있다는 사실도 알고 있었다.

함도가 검을 뽑아 자신의 목을 베어가는 속도는 너무도 빨라서 함중은 아무런 행동도 하지 못한 채 그저 단말마의 외침만을 질렀을 뿐이었다.

그런데 화무린이 지풍으로 그것을 간단하게 제지했다. 그저 단순하게 생각해도 화무린이 함도보다 훨씬 고강했기 때문에 그런 일이 가능했으리라는 결론이 나온다.

함중은 조금 전과는 다른, 경이로운 표정으로 화무린을 쳐다보았다.

화무린의 눈에는 함도가 그저 엄포가 아니라 진짜 죽으려 했던 것으로 보였다.

예전의 함도 같았으면 죽든 말든 상관하지 않았겠지만, 지금의 함도는 화무린과 주종의 인연을 맺은 사람이다.

화무린은 사람들과 인연을 맺는 것을 꺼려하는 성격이지만, 한 번 맺은 인연을 중하게 여기는 성격이기도 했다.

그러니 그가 죽도록 내버려 둘 수는 없었다. 지금 꼭 화무린 앞에서가 아니더라도 함도가 자결을 할 장소와 기회는 앞으로 얼마든지 있을 것이다.

화무린은 함도가 칼을 삼켜서 자신의 창자를 도려낸 것처럼[呑刀刮腸] 새사람이 되었으며, 화무린의 종이 되는 것을 천업(天業)으로 여기고 있다는 사실을 분명히 깨달았다.

"네가 해줘야 할 일이 하나 있다."

화무린이 입을 열자 비장했던 함도의 얼굴이 기쁜 표정으로 변하더니 벌떡 일어나서 공손히 물었다.

"무엇입니까?"

"솜씨 좋은 화공(畵工)을 데리고 오너라. 네가 찾아야 할 사람의 전신(傳神:초상화)을 그려주겠다."

화무린은 한 장의 전신을 유심히 보고 있는 함도에게 설명해 주었다.

"그것은 십이 년 전의 모습이다."

전신에는 한 소녀의 청초하면서도 아름다운 얼굴이 그려져 있었다.

화무린의 열 살 위의 누나 화여옥의 모습이다.

그 당시 십칠 세였으니까 살아 있다면 지금은 이십구 세가 됐을 것이다.

함도는 전신을 구겨지지 않도록 돌돌 말아서 화통에 넣은 후 품속에 넣었다.

"이분을 찾아오는 것입니까?"

화무린은 고개를 끄덕였다.

"목적은 그렇지만 살아 있지 않을 가능성이 더 크다."

"그렇다면……."

"그녀에 대한 모든 것을 알아오너라."

함도가 조심스럽게 물었다.

"단서는 없습니까?"

화무린은 잠시 생각하다가 대답했다.

"이름은 화여옥. 십이 년 전에 천외신계의 이인자인 무쌍신과 삼인자인 육천군에 의해서 납치되었다."

함도는 무덤덤한 얼굴인데, 옆에서 듣고 있던 함중의 얼굴에 극도의 경악지색이 떠올랐다. 하오문주인 함중이 천외신계를 모를 리가 없다.

그러나 구중천에 들어가기 전에는 먹는 것과 여자밖에 몰랐던 함도가 천외신계에 대해서 알 턱이 없었다.

"말도 안 돼! 도아를 죽일 생각이냐?"

함중이 화무린에게 악을 쓰듯이 호통을 쳤다.

그러자 함도가 냉랭한 얼굴로 함중에게 경고했다.

"주인님께 한 번만 더 무례하면 아버님이라도 용서하지 않겠습니다."

함중의 얼굴에 노기가 떠올랐다가 복잡한 표정으로 변하더니, 그마저도 곧 사라지며 고개를 끄덕였다.

"미안하다."

아들이 변해서 돌아온 것이 모두 좋은 것만은 아니었다.

함중은 화무린을 보며 진중하게 항의했다.

"천외신계에서 그 여자를 찾는다거나 뭔가 알아오라는 명령은 내 아들에게 죽으라고 하는 것이나 진배가 없소. 명령을 철회하시오."

함도가 뭐라고 하기도 전에 화무린이 앉았던 의자에서 일어서며 대수롭지 않게 말했다.

"하든, 하지 않든 그에게 달렸소."

함중은 기대 어린 표정으로 함도에게 말했다.

"하지 마라. 응?"

부친의 말을 귓등으로 들은 함도는 방을 나가고 있는 화무린 뒤에서 무릎을 꿇고 큰절을 올렸다.

"다시 찾아뵙겠습니다."

빈민가 월명촌에서 상명을 안고 나온 화무린은 그 길로 곧장 북경성 내에서 가장 유명한 의방(醫房)을 찾아갔었다.

그곳에서 상명의 병이 만성 폐렴으로 밝혀졌다.

상명은 병에 걸린 지 삼 년 만에야 자신의 병명을 비로소 알게 되었다.

화무린은 상명을 아예 그곳에 맡겨두고 최고의 치료와 대우를 해달라고 부탁했다.

상명은 화무린이 주루를 얻을 돈인 십성은을 쓰려고 하는 것이라 여기고 몸부림을 치면서 치료를 받지 않겠다고 울부짖었다.

그 돈을 헐면 자신들의 꿈이고 희망인 변두리의 작은 주루마저도 열지 못할 것이기 때문이다.

그러나 화무린이 의방에 십성은이 아닌 번쩍이는 커다란 금화 한 냥을 내놓는 것을 본 상명은 눈이 휘둥그레지면서 크게 놀랐다.

그러나 금화를 보고서도 입원하지 않겠다고 버티던 그녀는 '누나가 아프면 그것에 신경을 쓰느라 나는 아무것도 할 수가 없다. 그리고 누나 없이는 주루도 뭣도 다 필요없다'라고 화무린이 간곡하게 설득 반 엄포 반을 놓자 그제야 입원을 하겠다고 겨우 수락했다.

하지만 자신 때문에 화무린이 돈을 많이 쓰는 것이 아닌가, 하는 표정을 얼굴에서 완전히 지우지는 못했었다.

그것이 보름 전의 일이었다.

보름이 지난 지금, 상명의 병은 몰라보게 호전되었다.

모든 병이 그렇겠지만, 폐렴은 특히 잘 먹고 잘 쉬어야 호전될 수가 있다.

상명은 의방에 입원한 후부터 매끼마다 최상의 요리를 먹었으며, 매일 최상의 치료를 받았고, 더 이상 편할 수 없을 만큼 푹 쉬었다.

그 결과 불과 보름이 지났을 뿐인데도 병세가 호전됐으며 예전 모습을 거의 되찾아가고 있었다.

화무린은 의방에서 상명을 데리고 나와 마차를 타고 북경에서 가장 번화한 태평로(太平路)로 갔다.

태평로 양편에는 억! 소리가 날 정도로 크고 화려한 건물들이 처마를 맞댄 채 즐비한데, 마차는 그중 하나의 건물 앞에 멈추었다.

척!

마차의 문이 열리고 화무린이 상명을 부축해서 내렸다.

상명은 건물을 보고는 그곳이 주루이며 화무린이 요리를 사주려고 자신을 데려온 것이라 짐작했다.

"매일 잘 먹고 있는데 돈 들게 또 뭘 사주려고 그래?"

상명은 마뜩찮은 얼굴로 핀잔을 주었다.

화무린은 건물의 위쪽을 올려다보며 엷은 미소를 지었다.

"누나, 여기가 어딘 줄 알겠어?"

"그야, 주루… 아!"

화무린의 시선을 쫓아 위를 올려다보면서 말하던 상명이 갑자기 탄성을 터뜨렸다.

그녀의 눈길은 삼층 건물의 맨 위에 고정되어 있었고, 크게 놀라는 표정을 짓고 있었다.

그곳에는 커다란 현판이 걸렸으며 용비봉무한 필체로 세 글자가 적혀 있었다.

상명각(祥鳴閣).

"누나 이름을 땄어."

상명은 금방이라도 혼절할 것 같은 표정을 지으며 화무린을 바라보았다.

"무린아…….."

"일층은 주루고, 이층은 기루야. 그리고 삼층은 누나가 편하게 살 수 있도록 꾸몄어."

보름 전, 월명촌에서 화무린을 만났을 때 돈을 많이 벌면 주루 겸 기루를 하는 것이 소원이라고 말했던 상명이었다.

그런데 그 소원이 이렇게 빨리 이루어질 줄은 꿈에도 상상하지 못했었다.

"아아…….."

상명은 아무 말도 하지 못하고 탄성을 토하면서 그저 눈물만 흘렸다.

"들어가 볼까?"

화무린은 상명을 부축하여 상명각 안으로 향했다.

상명은 걸음도 제대로 걷지 못하며 비틀거렸다.

두 사람이 들어서자 상명각에 일하기 위해 채용한 수십 명이 양쪽으로 길게 늘어선 채 두 사람을 향해 깊숙이 허리를 굽혀 인사했다.

"아아… 꿈을 꾸는 것만 같아……."

상명은 눈물을 흘리면서 쓰러질 듯이 비틀거렸다.

화무린은 상명의 작은 어깨를 가볍게 안으며 부드럽게 속삭였다.

"꿈이 아냐. 이곳은 누나의 이름으로 관부에 올려두었으니까, 이제 누나 소유야."

상명은 실로 사 년 만의 외출이라서 몹시 피곤하면서도 상명각 내부를 꼼꼼하게 둘러보며 줄곧 감탄을 연발하느라 여념이 없었다.

주루인 일층은 백여 석의 탁자와 십여 개의 귀빈실이, 기루인 이층은 삼십여 개의 화려한 접객실로 꾸며져 있었다.

그리고 삼층은 전체가 한 칸으로 툭 터져 있는데, 주방과 거실, 두 개의 침실, 옷을 갈아입는 의실(衣室), 차나 술을 마시는 휴게실 등으로 큼직큼직하고 세련되게 가꾸어졌다.

화무린은 의실에 상명이 입을 춘하추동 최고급 옷들이 가득 채워두는 세심한 배려를 잊지 않았다.

상명은 삼층을 너무나 마음에 들어했다. 그녀가 늘 꿈꾸던 곳보다 몇 배나 더 훌륭한 방이어서 보고 또 보고, 만져 보고 또 만지면서 때로는 눈물을 흘리고, 때로는 어린아이마냥 웃으며 기뻐했다.

그러는 그녀를 바라보는 화무린의 마음은 흡족하기 이를 데 없었다.

사실 화무린은 상명각을 사들이고 새로 단장하는 데 무려 금화 오백 냥 가량이 들었다.

그는 원래 구중천에서 금화 백 냥을 갖고 나왔다가 은오검을 사는데 한 냥, 그리고 경비로 한 냥을 더 헐어서 구십팔 냥과 약간의 은자가 남아 있었다.

그러나 그것으로는 상명각을 마련하기에는 턱없이 부족한 돈이었다.

경무장은 하북에서 세 손가락에 꼽힐 정도로 부자였다.

경무장이 있는 고안현에 살고 있는 사람들은 경무장의 땅을 밟지 않고는 채 몇 걸음도 돌아다니지 못할 만큼 고안현 일대의 토지 대부분이 경무장 소유였다.

일대의 전답이 거의 경무장 소유여서 백성들 대부분이 경무장에 소작을 하고 있는 실정이었다.

화무린은 경무장주에 추대됐으므로 그 재산 전부가 화무린의 소유라고 할 수 있었다.

경무장주의 집무실인 흠경각 지하밀실 몇 개를 금고로 사용하고 있었는데, 그곳에 은붙이나 자질구레한 것 따위는 아예 없었고, 금화와 온갖 보석들이 정말 작은 산처럼 그득그득 채워져 있었다.

그곳에서 금화 오백 냥쯤 덜어낸다면 그것은 바다에서 기껏 한 바가지의 물을 퍼내는 정도에 불과했다.

경무장에서 발행하는 전표(錢票)는 최고의 신용을 자랑한다.

화무린은 무거운 금화를 가지고 다닐 필요가 없이 아예 전표책을 지니고 다녔다.

"나중에 천천히 둘러봐야겠어."

두어 시진에 걸쳐서 꼼꼼하게 상명각을 둘러보고 난 상명은 흥분이 가라앉지를 않아서, 마음 같아서는 하루 종일이라도 더 구경하고 싶었지만, 군말없이 자신을 따라다니면서 일일이 설명해 주는 화무린에게 그제야 미안한 마음이 들었는지 가쁜 숨을 고르면서 말했다.

상명은 숨이 차서인지, 흥분해서인지 얼굴에는 붉은 홍조가 짙었으며 입가에는 미소가 사라지지 않았다.

시간이 지날수록 이 엄청난 일이 점점 현실로 느껴지고 있는 것이었다.

"좀 쉬도록 해."

화무린은 힘들어하는 상명을 번쩍 안아서 비단금침이 깔

린 침상에 누이고 나서 그 옆에 앉아 그녀의 손을 잡았다.

"누나가 이러면 정말 곤란해."

그가 심각한 표정을 지으며 말하자 상명은 깜짝 놀라는 표정을 얼굴 가득 떠올렸다.

"왜……?"

"이제 겨우 시작인데, 점점 더 행복해지면 나중에는 어떻게 감당하려는 거지?"

"……."

상명은 가슴이 콱 막혔다. 그녀는 아무 말도 하지 못하고 눈물을 글썽인 채 화무린을 바라보다가 그의 품에 뛰어들어 와악! 하고 울음을 터뜨렸다.

화무린은 그녀를 안고 부드럽게 등을 토닥였다.

"이제부터는 내가 누나를 돌볼 거야."

상명은 화무린을 십이 세 때부터 십오 세까지 돌봤었다.

갈 곳 없는 화무린이 불쑥 찾아와서 함께 있게 해달라고 말하자 아무런 조건이나 대가 없이 그를 받아들였었다.

이제는 화무린이 상명을 돌볼 차례다.

第四十九章

은오검객(銀烏劍客)과 탈명사신(奪命死神)

구중천
九重天

　실내에는 개방 방주 철심협개와 그의 제자 당쾌, 개방의 세
명의 장로인 개방삼로, 그리고 악소가 모여 서 있었다.

　그들은 실내의 탁자 둘레에 의자가 있는데도 앉지 않은 채
탁자에서 뚝 떨어진 방 입구에 몰려 서 있었다. 마치 누군가
를 기다리는 듯한 광경이었다.

　왈칵!

　"오십니다!"

　그때 방문이 거칠게 열리면서 개방 고수 한 명이 황급히 달
려들어 와 보고했다.

　철심협개 얼굴에 반가움과 기쁨이 피어났고, 다른 사람들

의 얼굴에는 흥분과 긴장이 교차됐다.

철심협개를 비롯한 중인은 입구 안쪽 양편에 두 줄로 늘어섰다. 신하가 왕을 맞이하려는 듯한 광경이었다.

철심협개는 지금 만나려는 사람을 차마 지저분하기 짝이 없는 개방 총타에서 영접할 수가 없었다.

그 사람 역시 개방 총타에서의 요란한 영접을 원하지 않았기에 북경성 내에서 가장 좋은 주루를 알아본 결과 새로 개업한 이곳 상명각에서 만나기로 약속을 정했다.

활짝 열린 방문 밖에서 두 사람의 발자국 소리가 들리더니 점점 가까워졌다.

그리고 마침내 앞장선 한 사람의 모습이 나타났다.

그 사람이 실내에 들어서는 순간 모든 사람들은 방문 입구에 하나의 작은 태양이 떠오르는 듯한 착각을 느꼈다.

나타난 사람은 다름 아닌 주자운이었다.

그녀는 일신에 눈처럼 흰 비단으로 만든 백의경장을 입었으며 어깨에는 한 자루 흑검을 메었다.

그녀는 말이나 글로는 도저히 표현할 수 없을 정도로 완벽하게 아름다웠다.

그녀가 아직 어렸을 때 황궁에서는 그녀의 미모를 옛날의 최고미인인 서시에 비견했었다.

그러나 그것은 그녀에 대한 섣부른 과소평가였다. 사 년이 지난 지금의 그녀는 서시를 훨씬 능가하는 절대완미를 지니게 되었다.

얼굴만 아름다운 것이 아니었다. 후리후리하고 늘씬한 키에 백의에 감싸인 여린 듯 무르익은 몸매, 잡티 한 점 없는 얼굴과 목덜미, 그리고 손은 백옥을 무색하게 만들 정도로 투명하게 맑았다.

그런 그녀의 몸에서는 눈부신 광채가 뿜어지는 것 같아서 실내의 사람들은 그녀의 출현을 작은 태양이 떠오르는 것처럼 느꼈던 것이다.

주자운의 바로 뒤에는 금의단삼을 입은 건장한 모습의 마빈이 따르고 있었다.

주자운은 실내에 들어서자마자 우아한 동작으로 사람들에게 일일이 시선을 주었다.

그녀의 시선이 닿는 사람들은 자신도 모르게 움찔움찔 놀라면서 황망히 허리를 굽혔다.

마빈이 조심스럽게 방문을 닫음으로서 바깥과 실내를 차단시켰다.

그러자 기다렸다는 듯이 철심협개가 주자운을 향해 무릎을 꿇고 큰절을 올렸다.

"미천한 천민이 공주마마를 뵈옵니다. 천민의 비제(鄙第)에 모시지 못하고 이곳으로 모신 점, 부디 용서해 주십시오!"

당쾌와 악소, 개방삼로도 똑같이 큰절을 올렸다.

"이러지 마세요, 방주."

주자운은 한쪽 무릎을 꿇고 철심협개의 두 손을 잡아 친히 일으켰다.

"고… 공주마마… 노부의 더러운 손을……."

철심협개는 황송해서 얼굴이 새빨개지며 어쩔 줄 모르면서 손을 빼려고 했다.

그래도 주자운은 개의치 않고 철심협개의 손을 잡은 채 중인을 둘러보았다.

"여러분도 그만 일어나세요."

중인은 눈치를 보며 쭈뼛쭈뼛 일어섰다.

주자운은 철심협개의 손을 놓지 않은 채 그를 보며 진심으로 감사를 표시했다.

"방주와 개방 덕분에 역적 진고와 사마공을 물리치고 황궁을 바로 세울 수 있었어요. 정말 고마워요."

이십여 일 전. 주자운과 마빈이 진고와 사마공을 죽인 날 철심협개는 제자 당쾌와 개방 고수들을 이끌고 황궁에 잠입하여 주자운을 도왔었다.

철심협개가 주자운에게 늦게 당도한 이유는 황궁 곳곳에 도사리고 있는 진고와 사마공을 따르는 무리들을 깡그리 소탕하느라 지체했기 때문이었다.

만약 철심협개와 개방의 도움이 아니었더라면, 그들 무리들이 살아남아서 또 다른 흉계를 획책하여 주자운과 마빈의 거사를 물거품으로 만들어 버릴 수도 있었다.

예를 들자면, 그들이 북경성의 수비를 맡고 있는 구문제독부(九門提督府)에 진고나 사마공의 죽음을 알렸다면, 진고의 심복인 구문제독이 즉시 수천 명의 군사들을 이끌고 자금성에 쳐들어왔을 것이다.

또한 변방이나 해상(海上)에 나가 있는 군대의 최고 지휘자인 상장군 중에도 진고와 사마공의 심복이 여러 명 있는데, 그들에게 기별을 보내 대군이 북경에 들이닥친다면 주자운의 황궁수복이 문제가 아니라 내전(內戰)으로까지 번질 수도 있는 상황이었다.

황궁을 수복하는 일은 너무도 막중하고 힘겨운 일이라서 주자운은 사마공의 제독관저에 잠입하기 전에 미리 철심협개를 찾아가서 도움을 요청했었고, 철심협개는 기다렸다는 듯이 쾌히 수락했었다.

지난 이십여 일 동안 주자운은 막내 숙부인 미릉왕과 함께 황궁에 남아 있는 진고와 사마공의 잔당을 찾아내어 깡그리 소탕하는 한편, 그동안 진고와 사마공이 제멋대로 어지럽혀 놓은 여러 가지 일들을 바로잡는 일 때문에 눈코 뜰 새가 없이 바빴었다.

그래서 오늘에서야 시간을 내서 철심협개 등을 만날 수 있었던 것이다.

"다들 앉으세요. 그래서 제가 여러분께 어떻게 보답해야 좋을지 말씀해 주세요."

"보답이라니… 당치 않으신 말씀이십니다. 저희는 다만 대명국의 백성으로서의 소임을 다했을 뿐입니다."

"그렇지 않아요. 방주께서 원하시는 것을 말씀해 주시면, 제가 할 수 있는 한 최선을 다해서 들어드리겠어요."

주자운과 철심협개가 대화를 하는 동안에도 중인은 주자운의 아름다운 얼굴에서 시선을 떼지 못하고 있었다.

그중에서도 당쾌와 악소는 아예 넋을 잃은 상태였다.

당쾌는 여태껏 천하에서 악소가 제일 아름답다고 믿어왔었다. 그런데 그 믿음이 주자운을 보는 순간 깨져 버린 것이다.

물론 악소도 눈부시게 아름다웠다. 꽃에 비유를 하자면 그녀는 한 송이 청초하면서도 순결한 수선화(水仙花) 같았다.

하지만 주자운은 백합처럼 고귀하면서도, 장미처럼 정열적이고, 모란 같은 우아함에, 수선화 같은 청초함을 두루 갖춘 아름다움의 소유자였다.

한마디로 미의 화신인 것이다.

당쾌는 이십여 일 전에 철심협개를 따라갔을 때 자금성의 건청궁에서 주자운을 잠깐 본 적이 있었다.

하지만 말 그대로 잠깐이었고, 워낙 경황중이라서 주자운을 제대로 볼 여유가 없었다.

악소는 같은 여자면서도 주자운의 아름다움에 눈이 멀 정도로 반해 버렸다.

그렇지만 질투심은 조금도 느끼지 않았다. 여자들은 아름다움에 대한 무한한 동경심 같은 것을 늘 품고 있는데, 악소는 지금 주자운을 보면서 그 완성을 발견한 듯한 벅찬 희열을 맛보고 있었다.

그즈음 주자운은 철심협개의 소개로 개방의 삼장로와 두루 인사를 나누고 있었다.

이윽고 그녀의 시선이 악소에게 향했다. 그녀는 약간 놀란 듯한 표정으로 미소를 지으며 물었다.

"저 아름다운 분은 누구신가요?"

완벽하게 아름다운 주자운에게 '아름답다'라는 말을 듣자 악소는 수줍음에 귀까지 빨개졌다.

"저 아이는 산동의 명문 악가장의 소가주입니다."

철심협개가 미소를 지으며 설명해 주었다.

악가장주인 낙성검협 악군성과 철심협개는 무림에서도 알아주는 절친한 사이다.

나이가 십삼 세나 어린 악군성이 철심협개를 의형으로 깍듯하게 모시고 있었다.

또한 철심협개는 악군성을 위해서라면 목숨조차 아깝지 않다고 여길 정도다. 물론 악소는 철심협개를 '백부'라고 부르면서 따른다.

"저분 소협은 누구시죠? 제 기억이 틀리지 않다면 그날 건청궁에서 잠깐 봤던 것 같은데……."

마침내 주자운의 시선이 당쾌에게 향하자 그는 헉! 하는 헛바람 소리를 내며 숨이 멎는 듯한 표정을 지었다.

철심협개는 당쾌의 덜떨어진 행동에 눈살을 찌푸렸지만 주자운의 물음에 즉시 대답하느라 제자에게 인상을 써 보일 틈도 없었다.

"음! 노부의 제자인데 당쾌라고 합니다."

대부분의 사람들은 당쾌의 괴상망측한 용모를 보는 순간 웃음을 터뜨리는 것이 보통인데 주자운은 달랐다.

그녀는 미소를 짓긴 했지만 당쾌의 모습이 우스워서가 아니라 호의적인 미소라는 것을 어느 누구라도 알 수 있었다.

주자운의 미소가 조금 더 짙어졌다. 그러자 그녀는 한층 더 아름다워졌다.

"고마워요, 당 소협. 혹시 소원이 있나요?"

"이, 있습니다! 공주마마!"

당쾌는 홀린 듯한 얼굴로, 그러나 큰 소리로 외쳤다.

철심협개와 개방삼로는 천둥벌거숭이 같은 당쾌가 혹시 실수라도 하지 않을까 조마조마했지만 주자운은 방그레 미소를 지었다.

"뭔가요?"

"술을 사주십시오!"

당쾌의 소원은 전혀 뜻밖이었다.

"물론 술은 대접할 테니 소원을 말해보세요."

"술이면 족합니다! 저도, 사부님도, 여기 계신 세 분 사숙께서도 술을 아주 좋아하십니다! 제 소원은 술을 실컷 마셔보는 것이고, 아마 사부님과 세 분 사숙님의 소원도 저와 다르지 않을 것입니다!"

그의 말에 철심협개와 개방삼로가 구원을 받은 것처럼 환한 얼굴로 입을 모았다.

"그렇습니다! 우리에게 최고의 선물은 바로 술입니다!"

철심협개와 개방삼로가 술을 얼마나 좋아하면 사취선개(四醉仙丐)라고 불릴 정도겠는가.

그 사부의 그 제자라고 했다. 당쾌의 주량도 만만치 않아서 근래에 들어서는 그까지 포함하여 간간이 오취선개(五醉仙丐)라고 부르는 사람들도 생겨나고 있는 실정이었다.

주자운은 적잖이 놀라는 표정을 지었다.

"정말인가요?"

당쾌가 껄껄 우렁차게 웃었다.

"핫핫핫! 그 대신 이 주루의 술이란 술이 모두 동이 날 때까지 사주서야 할 겁니다!"

과연 철심협개와 개방삼로, 그리고 당쾌까지 다섯 명은 개방오취라고 불릴 만했다.

다섯 명이 불과 한 시진 동안 마신 술이 오십 근도 넘었다.

그런데도 그들은 전혀 취한 것 같지 않은 모습으로 끝없이 술을 주문했다.

그들은 요리도 많이 먹었지만 술을 훨씬 더 많이 마셨다.

주자운과 악소는 술이 약한 편이라 한두 잔을 갖고 씨름을 하는 중이었고, 마빈은 주자운 뒤에 우뚝 서서 호위를 하느라 한 방울도 마시지 않았다.

당쾌는 술이 거나하게 취하자 말이 많아졌으며 주자운에 대한 자신의 감상을 노골적으로 표현하기 시작했다.

"공주마마께서는 정말 아름다우십니다! 공주마마 같은 미인은 소인이 삼생을 살아도 만나지 못할 것입니다!"

술이 취하지 않았다면 악소를 곁에 두고 절대 그런 말을 하지 못했을 것이다.

"고마워요."

"제가 보기에… 공주마마의 짝은 천하에 한 명도 없을 것입니다! 그렇게 생각하지 않으십니까?"

마빈이 가볍게 눈살을 찌푸리면서 나서려는 것을 주자운이 손을 들어 만류했다.

"그렇지 않아요."

주자운은 살래살래 고개를 가로저었다.

사람들은 그녀가 겸양으로 그러는 것이라고 여겼지만, 그녀는 진심을 말하고 있었다.

물론 그녀는 자신이 아름답기 때문에 천하에서 짝을 찾지 못할 것이라고는 생각하지 않았다. 그녀는 그럴 만큼 오만한 사람이 아니다.

그녀는 단지 한 남자를 가슴속 깊이 묻고 있을 뿐이었다.

화무린 바로 그였다.

"아! 그렇지 않습니다! 공주마마의 짝이 될 만한 사내를 제가 한 사람 알고 있습니다! 바보같이 왜 그 생각을 진즉 못했는지 모르겠군요!"

그때 당쾌가 생각난 듯이 손바닥으로 제 이마를 치며 갑자기 외쳤다.

큰 소리였기 때문에 실내에서 그의 말을 듣지 못한 사람은 아무도 없었다.

주자운은 그의 말에 추호도 흥미를 느끼지 않았다. 천하에서 화무린 한 사람 말고는 그녀의 흥미를 끌 만한 남자가 아무도 없기 때문이다.

당쾌는 누가 시키지도 않았는데 침을 튀기며 그 남자에 대해서 설명하기 시작했다.

악소는 당쾌가 주자운의 짝이 될 만한 사내가 있다는 말하는 순간 즉시 화무린을 떠올렸다.

그녀는 당쾌의 설명이 시작되자마자 자신의 직감이 맞았음을 알게 되었다.

철심협개와 개방삼로 역시 당쾌로부터 화무린이 어떻게 천외신계를 상대했는지의 활약상에 대해서 낱낱이 보고를 들었으므로 그에 대해서는 잘 알고 있었다.

철심협개 등은 처음에 악소와 함께 개방 총타에 돌아온 당쾌의 말을 믿으려 들지 않았었다.

당쾌가 원래 설레발과 허풍이 심하기 때문이기도 했지만, 그날 당쾌가 손짓 발짓 섞어가면서 엮어내는 얘기는 사실 그대로 믿기에는 너무도 엄청났던 것이다.

그러나 평소에 차분하며 거짓이 없기로 소문난 비봉검 악소마저도 화무린이란 사내에 대해서 극도로 흥분하여 설명하면서 당쾌를 거드는 것이 아닌가?

결국 철심협개 등은 악소의 설명을 듣고 나서야 오히려 당쾌의 설명이 부족했다는 느낌마저 들 정도였다.

그도 그럴 것이, 당쾌는 학문이 짧아서 표현력이 턱없이 부족했기 때문이었다.

설명을 듣고 난 철심협개와 개방삼로는 극도의 흥분을 감추지 못했다.

천외신계의 발호(跋扈)에 대해서, 무림은 구중천에서 왔다는 한 명의 신비인을 통해서 겨우 알게 되었을 정도로 무지몽매했다.

신비인의 말을 듣고서야 무림, 즉 구파일방과 오대세가는 부랴부랴 천하 각 지역을 결속시키는 작업에 들어갔다.

그 결과 현재 무림에는 하나의 거대한 총연맹(總聯盟)이 탄생하기 직전의 상황이었다.

구중천에서 온 신비인이 구파일방과 오대문파의 장문인

십오 인(十五人)에게 들려준 말은 그리 많지 않았다.

하지만 하나같이 경천동지할 내용이 아닌 것이 없었다.

오십여 년 전 삼천쟁을 일으킨 천외신계가 마침내 천중인계, 즉 중원을 도모하기 위해서 준동을 시작했다는 것.

구중천은 천상성계가 천중인계에 구축한 전초기지라는 놀라운 사실.

천외신계의 행동이 너무도 은밀해서 구중천에서도 그들의 암약을 최근에야 알아냈다는 것.

중원의 천중인계는 대단결을 통해서 하나로 결속하여 총연맹을 발족하되, 천외신계에 대해서 최대한 많은 것을 알아내야 하고, 무림의 방, 문파들이 천외신계에 이용당하지 않도록 철저를 기하라는 것.

천외신계의 여황인 천녀황은 오십여 년 전에 비해서 얼마나 강해졌는지 파악되지 않은 상황이고, 그들이 보유한 천외무적군은 과거에는 삼만 정도였지만 이번에는 수적으로는 십만에 달하며, 실력도 두 배 이상 강해졌으므로 과거에 비해 여섯 배 이상 강해졌다는 사실 등이었다.

그런 사실을 알게 된 천중인계, 즉 중원무림은 폭풍 전야에 다름 아니었다.

십오 개 방, 문파의 수뇌들은 일사불란하게 움직여 천하의 뜻있는 방, 문파와 고수들을 하나로 묶어 총연맹을 구축하는 일에 총력을 기울였다.

천외신계에 대해서 대책을 강구하고, 또 그들을 조사하는 것은 총연맹이 완전히 정비된 다음의 일이었다.

철심협개는 부친 낙성검협 악군성 대신 악가장을 대표해서 회의에 참석하러 오는 악소를 맞이하라고 제자 당쾌를 보냈었다.

그런데 천외무적군이 그 사실을 어떻게 알아냈는지 당쾌와 악소가 만나기로 한 주루에서 두 명의 투번고수가 악소를 공격했으며, 때마침 주루에 당도한 당쾌가 합세했지만 악소가 중상을 입는 바람에 열세에 처하게 됐다.

그때 도와준 사람이 당쾌가 설왕설래하면서 방금 전에 친구로 삼은 화무린이었다.

화무린이 아니었다면, 악소는 물론 당쾌마저도 두 명의 투번고수에게 죽거나 중상을 당할 뻔했으며, 경무장이 천외무적군에게 장악된 사실조차 까맣게 몰랐을 것이다.

그런데 결국 화무린이 경무장에 숨어 있던 육번주 이하 번위막과 번당, 번수장 등 지위도 처음 들어보는 자들을 비롯하여 이십여 명의 투번고수들까지 깡그리 도륙해 버렸다.

그리고는 경무장 소장주와 수하들의 간곡한 청에 의해 화무린이 경무장의 새 장주가 됐다는 것이다.

화무린에 의해서 밝혀진 천외신계의 마각(魔脚)은 비록 빙산의 일각에 불과하더라도 무림으로서는 처음 알게 된 사실들이었으며, 구중천도 알아내지 못한 정보로서 매우 큰 소득이라고 할 수 있었다.

하지만 그보다 더 큰 소득은, 이제 겨우 약관의 청년이 절세적인 무위를 지니고 있으며, 그가 정파의 작은 한 축인 경무장주가 됐다는 사실이었다.

그리고 당쾌와 악소의 말에 의하면 그 청년이 총연맹의 회합에 참가하겠다고 약속을 했다는 것이다.

철심협개와 개방삼로는 물론이고 그들에게 화무린에 대해서 전해 들은 수많은 무림의 명숙들은 화무린을 하루빨리 만나고 싶어서 학수고대하고 있는 실정이었다.

"아……! 정말 굉장한 인물이로군요!"

당쾌와 악소의 설명을 듣고 난 주자운은 진심으로 경탄을 금치 못했다.

물론 당쾌와 악소는 산서성 안읍의 풍래장에 천녀황과 무쌍신, 육천군 등이 있다는 사실을 함구하겠다는 화무린과의 약속을 철석같이 지켰다.

그러나 악소는 아무에게도 당쾌에게까지 말하지 않은 사실을 한 가지 더 알고 있었다.

경무장에 있던 천외신계의 번위막이라는 자는 화무린과 싸우다가 패해서 죽어가는 중에 화무린이 사용한 검법을 '천지조화검'이라고 했으며, 그래서 그가 '천성족'이라고 말했었다.

악소는 그 사실을 혼자만 알고 있을 작정이었다. 그러다가 나중에 화무린을 만나게 되면 그에게 직접 그것에 대해서 물을 생각이었다.

그러나 악소는 당쾌도 한 가지를 감추고 있다는 사실까지는 알지 못했다.

바로 화무린의 이름 석 자였다.

철심협개는 화무린에 대해서라면 백 번 천 번 들어도 감탄을 금할 수 없다는 표정으로 고개를 끄덕였다.

"정말 그렇습니다, 공주마마. 이런 난세에 그런 청년고수가 출현했다는 사실은 무림으로서는 큰 홍복이지요."

주자운도 천외신계가 준동하고 있다는 사실을 며칠 전에야 알게 되어 많이 염려하고 있던 터였다.

철심협개의 말이 길어질 것 같으니까 당쾌가 냉큼 그의 말을 잘랐다.

"공주마마! 그 친구가 또 얼마나 준수하고 멋진 미남자인 줄 아십니까?"

그는 주먹으로 손바닥을 치면서 큰 소리로 장담했다.

"공주마마께서 그 친구를 한 번 보시면 반하지 않고는 못 배기실 겁니다! 글쎄, 천하에서 공주마마의 짝이 될 사내는 그 친구뿐이라니까요!"

당쾌는 내친김에 한술 더 떴다.

"그 친구가 바로 제 친굽니다요! 헤헤! 공주마마께서 원하신다면 소인이 두 팔 걷고 소개해 드리겠습니다!"

주자운은 미소 지으며 고개를 가로저었다.

"나는 괜찮아요."

"후회하실 텐데요?"

그러면서 당쾌는 화무린의 용모와 체구, 키, 복장은 물론이고 하다못해서 그의 말투와 행동거지 하나하나까지 흉내를 내가면서 설명에 열을 올렸다.

그런데 당쾌가 설명의 절반도 끝내기 전에 주자운과 마빈은 동시에 한 사람의 모습을 떠올렸다.

당연히 화무린이었다.

두 사람은 실내의 모든 사람들이 경탄을 하면서 칭찬하던 사람이 어쩌면 화무린일지도 모른다는 사실에 크게 놀랐다.

아니, 당쾌가 설명하는 그의 잘난 친구의 용모는 화무린이 틀림없었다.

화무린이라면 구중천을 무사히 통과할 것이라고 예상했었지만, 막상 그가 중원에 나와서 활동을 하고 있다는 말을 듣게 되자 주자운과 마빈은 똑같이 가슴이 터질 것처럼 벅찼다.

화무린에 대한 생각의 본질은 다르지만, 그의 소식을 들음으로서 기쁜 마음은 주자운과 마빈 중에 누가 더 크다고 단정할 수가 없었다.

"왜 그러십니까, 공주마마? 어디 편찮으십니까?"

주자운이 당쾌의 장황한 설명을 듣다가 갑자기 흥분한 듯한 표정을 짓자 철심협개는 그녀가 어디 불편한 것으로 오해해서 조심스럽게 물었다.

"아, 아니에요."

주자운은 약간 당황하면서 손을 저었다.

주자운이 뭔가 충격을 받은 듯한 표정인데 그게 무엇인지 알 수 없는 철심협개였다.

그러나 여자인 악소는 달랐다. 그녀는 주자운이 화무린에 대한 설명을 듣는 중에 갑자기 크게 기뻐하더니 곧 흥분을 감추지 못하는 것을 놓치지 않았다. 또한 그녀의 호위무사도 똑같은 표정인 것을 발견했다.

그래서 주자운과 마빈 두 사람이 혹시 화무린을 알고 있는 것이 아닌가? 하는 옅은 의심을 해봤지만 곧 고개를 가로저었다. 지엄한 신분인 일국의 공주가 화무린 같은 사람을 어찌 알겠는가.

문득, 악소는 갑자기 가슴이 은은히 아려오는 기이한 느낌을 받았다.

난생처음 느껴보는 감정이었다. 그리고 그것의 정체를 깨닫고 그녀는 화들짝 놀라고 말았다.

놀랍게도 그것은 화무린에 대한 그리움이었다.

그리움이라니…….

그것도 지금 당장 그를 보지 못하면 오장육부가 녹아버리고 말 것만 같은 지독한 그리움이었다.

'이게 무슨…….'

악소는 고개를 세차게 저으면서 입술을 깨물었다.

그때 문득 부친 악군성이 했던 어떤 말이 그녀의 뇌리를 흔들었다.

"소아, 너의 정혼자는 화무린이다. 십이 년 전에 북경 천화장에서 무린의 시체가 발견되지 않은 것으로 미루어 그 아이는 살아 있을 가능성이 있다. 그 아이가 살아 있다면, 언젠가는 널 찾아올 것이다. 그러니 너는 무린을 기다려야만 한다."

지금 이 순간, 악소는 부친이 난생처음으로 원망스러웠다.

죽었는지 살았는지 생사조차 모르는 데다, 기억에도 까마득한 정혼자를 무턱대고 기다리라니…….

그녀는 지금 낯설지만 가슴 떨리는 사랑을 시작하려 하고 있지 않은가?

이것은 망자(忘者)가 살아 있는 사람의 운명을 잡고 있는 격이었다.

언제 끝날지 모르던 당쾌의 설명이 한순간 뚝 끊어졌다. 악소가 고개를 흔들면서 몹시 괴로워하는 것을 발견했기 때문이었다.

"악 소저! 왜 그러시오? 어디 아프오?"

남자들은 여자가 괴로운 표정을 지으면 무조건 그 원인이 아파서인 줄 안다.

　당쾌도 예외는 아니었다.

　당쾌는 주루의 술이 동이 날 때까지 술을 사달라고 청했었고 주자운은 그러겠다고 약속했었지만, 결국 주자운은 약속을 지키지 못했다.

　당쾌가 술이 만취하면 화무린에 대해서 더 자세한 것을 듣지 못할 것 같아서 주자운은 술자리를 중도에서 파했다.

　당쾌가 술이 깨기를 기다릴 만큼 주자운은 한가한 심정이 아니었던 것이다.

　하지만 당쾌 역시 술이 모자라다고 툴툴거릴 기분이 전혀 아니었다.

　자신이 화무린에 대해서 설명하는 도중에 악소가 갑자기 괴로워하는 것 같더니 그때부터 내내 얼굴을 펴지 않고 있는 탓에 걱정이 됐기 때문이다.

　주자운을 배웅한 후 철심협개와 개방삼로는 총연맹의 일로 바빠서 서둘러 개방 총타로 달려갔다.

　당쾌는 심각한 표정으로 고개를 숙인 채 묵묵히 대로를 걸어가는 악소의 뒤를 쫄레쫄레 따르며 가끔씩 왜 그러냐고 묻기도 하고, 제 딴에는 악소의 기분을 좋게 한답시고 시답잖은 재롱을 부려대기도 했다.

　그러나 악소는 일언반구 대꾸도 하지 않았다. 예전 같으면 귀찮다든가, 창피하다며 핀잔이라도 주었음직도 한데, 지금은 전혀 그러지도 않아서 당쾌를 더 불안하게 만들었다.

"잠시 같이 갑시다."

"앗! 깜짝이야!"

부지런히 재롱을 떨고 있는 당쾌 뒤에 마빈이 슬며시 다가와 나직이 속삭인 것은 바로 그때였다.

기껏 조용히 접근하려던 마빈의 의도는 당쾌의 호들갑 때문에 망쳐졌다.

"아니, 당신은 공주마마의 호위무사가 아니시오? 그런데 무슨 일로 날 데리러 온 것이오?"

당쾌는 이때다 싶어서 악소의 관심을 끌려고 일부러 큰 소리로 수선을 피웠다.

과연 그의 의도는 적중하여 악소는 걸음을 멈추고 뒤돌아보았다.

그녀의 얼굴에는 당쾌가 기대하지도 않았던 일말의 관심까지 떠올라 있었다.

"공주마마께서 날 찾으시는 것이오?"

당쾌는 많은 행인들이 쳐다보는 것도 개의치 않고 마구 떠들어댔다.

그 바람에 행인들은 그의 말을 똑똑히 들을 수 있었지만 조금도 믿지 않고 오히려 콧방귀를 뀌며 제 갈 길을 갔다.

당쾌의 꼬락서니를 보면 그의 말을 믿고 싶어도 도저히 믿을 수가 없었기 때문이다.

마빈은 당쾌를 한 대 쥐어박고 싶었으나 군은 얼굴로 고개를 끄덕였다.

"그렇소."

당쾌는 슬쩍 악소를 쳐다보았다. 어떻게 하면 좋겠느냐고 묻는 것이었다.

"나도 가겠어요."

악소가 고개를 끄덕였다.

당쾌는 그녀가 여태까지처럼 시무룩하지 않고 눈에서 빛이 나는 것을 발견했다.

"그럼 가겠소. 둘이 가면 안 되는 것이오?"

당쾌는 대답을 듣지 못했다. 마빈이 이미 저만치 휘적휘적 걸어가고 있었기 때문이다.

악소는 아까 당쾌가 화무린에 대해서 설명할 때 주자운이 놀랐던 것을 기억해 냈다.

악소의 자신의 짐작이 맞는 것 같다고 판단했다.

주자운은 화무린과 무슨 관계가 있는 것이 분명했다.

그래서 주자운은 주루에서의 술자리를 일찍 끝낸 것이고, 지금 사람을 보내 당쾌를 데려가는 것이리라.

악소의 짐작이 틀리지 않는다면, 주자운은 당쾌에게 화무린에 대해서 더 자세히 물을 것이다.

마빈이 안내한 곳은 성 외곽 강변에 위치한 한적한 다루(茶樓)였다.

당쾌는 이왕이면 주루로 부를 것이지 하필이면 다루라면서 속으로만 툴툴거렸다.

"그 사람에 대해서 좀 더 듣고 싶군요."

두 사람이 방에 들어서자마자 주자운이 먼저 말을 꺼냈다. 잠시도 기다릴 여유가 없다는 듯한 행동이었다.

과연 악소의 짐작은 적중했다.

당쾌는 의아한 얼굴로 물었다.

"누구… 말씀이십니까?"

악소가 가라앉은 음성으로 입을 열었다.

"공주마마께서는 아마도 은오검객(銀烏劍客)을 말씀하시는 것 같아요."

주자운은 의아한 표정을 지었다.

"그가 누군가요?"

당쾌가 벙긋 미소 지으며 부연 설명을 했다.

"탈명사신(奪命死神)을 말하는 겁니다."

주자운은 더욱 알 수 없다는 표정을 지었다.

"탈명사신은 또 누구죠? 나는 지금 새로 경무장주가 된 사람을 말하는 거예요."

당쾌는 고개를 갸웃거렸다.

"그의 별호가 은오검객으로도, 탈명사신으로도 불린다는

설명을 제가 하지 않았었습니까?"

"그래요."

"죄송합니다. 저는 설명해 드린 줄 알았는데……."

당쾌는 허리를 꾸뻑 굽히고 나서 가슴을 펴면서 마치 글 선생 같은 모습으로 말을 이었다.

"그가 경무장에 당도하기 전에 몇 명의 투번고수들을 죽이고 또 한 명은 사지를 잘라서 고문한 적이 있었는데, 그 잔혹한 광경을 본 대붕삼웅이라는 사람들이 그를 탈명사신이라고 부르면서 강호에 소문을 낸 것입니다."

"그렇군요."

"에… 또, 그 이후에 같은 날에 벌어진 일입니다만, 그가 다시 경무장으로 가서 그곳의 천외무적군을 깡그리 토벌한 연후에 붙여진 별호가 은오검객입니다. 그는 검신에 두 마리의 은빛 까마귀가 새겨진 은검을 사용하고 있는데, 그것 때문에 붙여진 별호인 것 같습니다."

화무린 본인도 모르는 사이에 탈명사신과 은오검객이라는 별호가 생겼다.

그리고 그의 별호와 무용담은 이미 하북무림을 벗어나 온 천하를 진동시키고 있는 중이었다.

대붕칠웅의 살아남은 삼웅은 천외신계가 중원에 쳐들어왔으며, 천외무적군의 최하위인 투번고수의 무공이 일파의 장문인을 능가한다는 식의 뻥튀기 소문을 아무런 생각도 없이 가는 곳마다 퍼뜨리고 있었다.

삼류무사인 그들은 자신들의 말로 인해서 빚어질 무림의 혼란 따위는 생각할 머리도 없었다.

그리고 그들의 말로 인해서 무림은 정말 큰 혼란에 빠진 것이 사실이다.

"혹시 그 사람 이름을 알고 있나요?"

주자운의 물음에 당쾌는 눈에 띄게 깜짝 놀라며 손을 마구 휘저었다.

"모, 모릅니다! 정말입니다!"

그의 지나친 행동은 자신이 그의 이름을 알고 있다고 큰 소리로 떠드는 것이나 다름이 없었다.

그는 오직 화무린이 악소에게 자신의 이름을 말하지 말라고 부탁한 것만을 생각하며 그녀를 쳐다보면서 눈치를 살피기에 여념이 없었다.

"말해주세요. 내겐 무척 중요한 일이에요."

주자운이 너무도 간절한 표정을 지으면서 말했기 때문에 당쾌와 악소는 크게 놀라고 말았다.

"무… 엇이 말입니까?"

당쾌는 놀라는 얼굴로 더듬거렸다.

"그 사람 말이에요."

"은오검객이 공주마마께 중요한 사람이라는 뜻입니까?"

주자운은 사실대로 말하지 않으면 대답을 듣지 못하거나,

더 나아가서 화무린을 만나지 못할 것 같은 불길함에 휩싸여서 열띤 어조로 나직이 외치듯 말했다.

"그래요! 당신이 말하고 있는 그 사람이 내가 생각하고 있는 사람과 일치한다면, 그 사람은 내게 목숨보다 더 소중한 사람이에요!"

"……."

당쾌와 악소의 얼굴 가득 대경실색이 떠올랐다. 천하에서 가장 아름다울 듯한 일국의 공주가 누군가를 자신의 목숨보다 더 소중하다고 서슴없이 말하는 것을 두 사람은 쉽사리 이해하지 못했다.

주자운은 당쾌 앞으로 바짝 다가서며 섬섬옥수를 뻗어 그의 손을 잡았다.

"으헛!"

당쾌는 크게 놀라서 손을 빼려 했지만 주자운이 놓아주지 않았다.

그녀는 너무도 간절한 표정으로 입을 열었다.

"제발… 부탁이에요. 그 사람의 이름을 말해주세요."

당쾌와 악소가 말하는 사람이 화무린일 것이라고 여기지만, 그녀에게는 분명한 확신이 필요했다.

그리고 당쾌는 보았다.

그 무엇과도 비교할 수 없을 만큼 아름다운 두 눈망울에 눈물이 가득 고여 있는 것을.

그 눈물 앞에서 당쾌는 더 이상 버틸 힘이 없었다.

"그의 이름은……."

입 안이 바싹 마른 모래처럼 타고 있는 사람은 주자운만이 아니었다.

악소는 눈도 깜빡이지 않은 채 당쾌의 입을 주시했다. 알 수 없는 본능과 직감이 그녀를 극도로 긴장시키고 있었다.

"화무린입니다."

"오오! 가가!"

"아아……."

거의 동시에 환희의 탄성과 비감 어린 신음성이 동시에 터져 나왔다.

주자운은 당쾌의 손을 놓지 않은 채 급히 물었다.

"정말이죠? 그의 이름이 화무린이 분명하죠?"

기쁨에 물든 그녀의 얼굴은 이미 눈물 범벅이었다. 당쾌에게 다시 묻는 것은 그의 말을 듣지 못해서도, 그의 말을 믿지 못해서도 아니었다. 자신의 이 넘치는 기쁨을 재확인하고 싶은 것이었다.

"그의 이름은 화무린이 틀림없습니다. 그는 닷새쯤 전에 경무장을 떠났으니 지금쯤 북경에 당도했을 것입니다. 북경에서 있을 무림총연맹의 대회합에 참석할 예정이거든요."

주자운은 가슴이 터질 것만 같았다. 아무나 붙잡고 고맙다고 인사하고 싶었으며, 자신이 숨을 쉬고 있는 이 세상이 너무나도 아름답고 경이롭게 느껴졌다.

그녀는 마빈을 보며 꾀꼬리처럼 우짖었다.

"들었어, 마빈? 그분도 무사히 나오셨다잖아! 그리고 그분이 이곳 북경에 계실지도 모른대!"

목석같은 마빈도 이 순간만은 얼굴에서 기쁨을 감추지 못하고 들뜬 어조로 나직이 웃음을 터뜨렸다.

"핫핫핫! 속하가 뭐라고 했습니까? 화 상공은 반드시 멋진 모습으로 나타나실 것이라고 말씀드리지 않았습니까? 이젠 걱정하지 않으셔도 됩니다! 핫핫핫!"

당쾌는 화무린이란 한 사람이 일국의 공주와 쇳덩이처럼 무뚝뚝한 사내를 이토록 기쁨에 들뜨게 만들었다는 사실이 신기하기만 했다.

주자운은 두 손으로 가슴을 꼭 눌렀다. 그렇게 하지 않으면 심장이 금방이라도 터질 것만 같았다.

"아아! 이 말을 듣기 전까지 나는 한순간도 편안하지 못했어. 그런데 이제는 살 것 같아… 이제는 숨을 쉴 수가 있어……."

털썩!

그때 무언가 쓰러지는 소리가 들렸다.

주자운과 마빈, 당쾌가 쳐다보자 방바닥에 악소가 힘없이 쓰러져 있었다.

그녀의 안색은 백지장처럼 해쓱했으며, 눈물이 뺨을 타고 흘러 바닥을 적시고 있었다.

당쾌는 목젖이 찢어질 것처럼 비명을 지르며 악소에게 달려갔다.

"악 소저!"

第五十章

혈옥녀(血玉女)

구중천
九重天

중조산(中條山).

산서성 최남단에 하남성 서북단과 경계를 이루며 남북으로 오백여 리에 걸쳐 길게 뻗어 있는 산맥이다.

산세가 험하며 대부분 높은 절봉과 깊은 계곡으로 이루어져 있다.

혈주봉(血柱峰).

거대한 바윗덩이들이 난립해 있는 어느 산중턱에 핏빛 혈암(血巖)이 하늘을 찌를 듯이 솟아올라 있는데, 마치 땅속에서 솟구쳐 오른 피의 기둥이 하늘까지 닿아 하늘을 떠받치고 있는 형상이라 예로부터 혈주봉이라고 불렸다.

봉우리의 가장 아래쪽은 둘레가 삼백여 장에 이르렀고, 위로 갈수록 점점 가늘어졌으며, 꼭대기는 둘레가 삼십여 장에 불과했다.

밑에서부터 육백여 척 정도의 높이인 혈주봉 상층부쯤에 일단의 사람들 모습이 보였다.

두 명의 여자와 여덟 명의 남자. 도합 열 명이었다.

아니, 하나의 동굴 입구 앞에 꿇어앉은 여자까지 치면 열한 명이었다.

동굴 입구와 주변은 다른 곳과 달리 은은한 혈광이 뿜어지고 있었다.

혈주봉 전체는 혈암으로 이루어졌는데, 이곳만은 혈옥(血玉)으로 이루어졌기 때문이다. 바위는 빛을 흡수하지만, 옥은 빛을 반사한다.

동굴도, 입구도, 그 앞 평평한 바닥도, 주변이 모두 혈옥으로 이루어져 있었다.

그리고 그 근처에서 자라고 있는 몇 그루의 소나무와 풀포기까지 온통 핏빛을 띠고 있었다.

이곳은 전체가 피칠을 한 듯, 아니, 피가 줄줄 흐르는 것처럼 보였다.

동굴 입구에 안쪽을 향해 우뚝 서 있는 여자는 다름 아닌 천외신계의 여황 천녀황이었다.

그녀 뒤에는 그녀의 바로 아래 여동생이자 화무린의 모친인 설란이 무릎을 꿇고 있었으며, 그 뒤에는 막내 동생인 설영이 서 있었다.

그리고 그녀 뒤에는 무쌍신과 육천군이 차례로 서 있었다.

동굴 안쪽을 응시하고 있는 천녀황의 입가에는 흐릿한 미소가 머금어져 있었다.

얼굴의 표정은 물론이고, 말을 하건 행동을 하건 언제나 빙정보다 더 차갑기만 한 그녀가 미소를 짓는다는 것은 매우 드문 일이었다.

문득 천녀황의 입술 사이로 중얼거림이 흘러나왔다.

"후후… 천성족과 천신족(天神族) 사이에서 태어난 아이가 천고에 다시없을 천무골(天武骨)이라는 사실은 정말 놀라운 발견이었다."

천중인계와 천상성계에서는 천외신계의 일족을 가리켜서 천외족이라고 부르지만, 그들 자신은 스스로를 격상시켜서 천신족이라고 한다.

천녀황은 자신의 뒤에 무릎 꿇고 있는 설란을 힐끗 돌아보며 미소를 지우지 않았다.

"네년이 한 일 중에서 그나마 잘한 일이 하나 있다면, 네년의 딸이라는 보배를 낳았다는 사실이다."

머리카락이 새하얗다 못해서 은발로 보이는데다 피골이 상접하여 해골에 옷만 걸쳐 놓은 것 같은 설란은 기력이 없는지 고개를 푹 숙인 채 꼼짝도 하지 않았다.

다시 동굴 안쪽으로 시선을 던진 천녀황의 미소가 조금 더 짙어졌다.

"후후후… 이제 네년의 딸, 아니, 내 제자가 사 년 만의 폐관을 끝내고 출관하게 되면 천성족 따윈 더 이상 본 계의 상대가 되지 못할 것이다."

그녀는 가슴속에서 소용돌이치는 기쁨을 견디기 힘들다는 듯 고개를 젖히고 교소를 터뜨렸다.

"오홋홋홋! 그리되면 내 대(代)에서 삼천계 통일의 위대한 위업을 이루어 이후 본 계가 영원세세토록 삼천계를 지배하게 되리라!"

그때 무쌍신의 흑멸신이 조심스럽게 입을 열었다.

"여황 폐하, 송구한 말씀입니다만, 동방운에겐 자식이 두 명 있었는데, 그렇다면 다른 한 명도 천무골입니까?"

"아마 그럴 것이다."

천녀황은 대수롭지 않다는 듯 대답했다.

"하오면, 그놈도 여황 폐하의 제자처럼 강해질 것이 아니겠습니까?"

천녀황은 싸늘하게 냉소했다.

"흥! 그놈이 그렇게 될 가능성은 단 일 할, 아니, 일 푼도 없을 것이다!"

"왜 그렇습니까?"

왜 그런지 궁금한 것은 흑멸신만이 아니었다. 모두들 천녀황의 다음 말에 귀를 기울였다.

"영아, 내 제자가 지난 사 년 동안 연공한 무공이 무엇인지 말해주어라."

설영은 모두에게가 아닌 천녀황에게 공손히 대답했다.

"천마혈옥강(天魔血玉罡)입니다."

무쌍신과 육천군의 안색이 돌변했다. 설란마저 숙이고 있던 고개를 번쩍 들었다.

그들 모두의 얼굴에는 경악과 불신의 표정이 동시에 떠올라 있었다.

천마혈옥강은 천외신계에서 단지 전설이라고만 알려진 채 수천 년 동안 이어져 내려온 마공절학이다.

원래 전설은 현실에서는 나타나지 않기 때문에 전설이라고 하는 법이다.

그것이 현실세계에 나타나면 더 이상 전설이 아니다.

천마혈옥강은 달리 '파멸마공(破滅魔功)'이라는 이름으로도 불리고 있다.

더 이상의 설명은 필요가 없다. '파멸마공'이라는 이름이 설명을 대신하고 있으므로.

모든 것을 파멸로 이끄는 전설의 마공.

그것이 바로 천마혈옥강인 것이다.

혈도신이 그 이름만 듣고도 공포스러운 표정을 얼굴 가득 떠올린 채 황망하게 물었다.

"천마혈옥강은… 단지 전설이 아니었습니까?"

오죽하면 천외신계의 이인자라는 신분을 지닌 그의 목소리마저 가늘게 떨리고 있겠는가.

"아니다. 수천 년 동안 본 계의 황위를 이어받은 한 사람에게만 일인전승되어 왔었다."

"아……."

"천마혈옥강을 익히는 데에는 두 가지 어려움이 따른다. 그래서 본 계의 황제나 여황들은 익히지 못했었다."

"어떤 어려움입니까?"

"천무골만이 천마혈옥강을 익힐 수 있고, 익히게 되면 인성이 마비된다."

무쌍신과 육천군의 얼굴에 놀라움이 파도처럼 번져 갔다.

그러나 그들의 놀라움도 설란만큼은 아니었다.

천녀황의 제자는 화여옥이고, 그녀는 설란의 딸이다.

천마혈옥강을 익히면 인성이 마비된다는 말이 설란의 심장에 비수처럼 꽂혔다.

"인성이 마비되지만, 오직 그것을 가르친 한 사람의 명령에만 따르지."

잠시 지워졌던 미소가 천녀황의 입가에 다시 흐릿하게 떠오르기 시작했다.

마치 삼천계가 자신의 명령에만 따를 것 같은 기분을 미리 느끼는 듯했다.

천녀황은 천무골이 아니다. 그러나 설혹 천무골이라고 해도 이성이 마비되는 천마혈옥강을 연마하려 하겠는가?

하지만 그것은 모르는 일이다. 삼천계를 지배하려는 야욕이 골수에까지 사무치게 되면 그럴 수 있을는지도 모른다.

그러나 지금은 그녀의 제자가 천마혈옥강을 배우고 있다.

아니, 이미 완전히 터득해서 출관을 앞두고 있다.

천녀황이 득의한 미소를 흘렸다.

"후후… 천무골을 타고났더라도 그것을 일깨워 줄 수 있는 최고의 절학을 익혀야만 한다. 나는 생사도 알 수 없는 동방운의 또 다른 자식이 그런 행운을 잡았으리라고는 생각하지 않는다."

천무골은 굉장히 두꺼운 껍질 속에 감추어져 있다. 그 껍질을 깨고 천무골을 불러일으키려면 천마혈옥강이나 그에 버금가는 최고절학을 익혀야만 가능한 것이다.

쿵! 우르르!

그때 동굴 안에서 묵직한 음향이 흘러나오면서 혈주봉 전체가 은은하게 떨어 울렸다.

쿠우우우―

진동은 점차 더 거세져서 혈주봉을 마구 흔들어 금방이라도 붕괴할 것만 같았다.

그것은 아무래도 동굴 속 깊은 곳에서 천마혈옥강을 연마하고 있는 화여옥 때문인 것 같았다.

무쌍신과 육천군은 당황했지만 천녀황과 설영은 꿈쩍도 하지 않았다.

다음 순간 거짓말처럼 진동이 뚝 멈추었다. 뒤이어 기이한 정적이 찾아들었다.

무쌍신과 육천군은 극도로 긴장하여 뚫어지게 동굴 속을 주시했다.

천녀황도 이 순간만큼은 적잖이 긴장한 표정이었다.

그녀가 지난 사 년여 동안 안읍의 풍래장에 머물렀던 이유는 그곳에서 이곳 혈주봉이 가깝기 때문이었다.

그녀는 수시로 풍래장과 이 동굴을 드나들면서 제자를 가르쳤었다. 동굴 속의 제자만큼, 그녀에게도 힘들었던 지난 사 년이었다.

천마혈옥강은 아무 장소에서나 연마할 수가 없다. 그 이름이 말해주듯이 천지간(天地間)의 가장 극성의 혈기와 음기가 교차하는 장소에서만 연마가 가능하다.

그곳이 바로 이곳 중조산 혈주봉인 것이다.

화여옥은 지난 사 년여 동안 동굴 속 깊은 곳에서 생성되고 또 분출되는 혈기와 음기를 몸으로 흡수하면서 천마혈옥강을 연마해 왔었다.

고오오오—

갑자기 지저(地底) 까마득히 깊은 곳에서 들려오는 듯한 기이한 음향이 사방에서 흘러나왔다.

쿠콰콰콰아앙!!

그리고 다음 순간 천번지복의 엄청난 굉음이 터지면서 혈주봉 전체가 전후좌우로 격렬하게 흔들렸다.

무쌍신과 육천군, 아니, 설영까지도 뭐가 어떻게 되는 것인지 알지 못했다.

설영은 작은언니 설란이 튕겨 나가지 않도록 그녀의 팔을 꼭 붙잡고 있었다.

"으헛! 저, 저기!"

그때 육천군의 한 명이 우연히 위를 쳐다보다가 소스라치게 놀라고 말했다.

모든 사람의 시선이 그가 가리키는 위쪽으로 향했다.

그리고 보았다.

그들이 있는 곳에서 십여 장 위쪽의 봉우리가 통째로 부러져서 묵직하게 왼쪽으로 기울고 있는 광경을.

그곳의 직경은 무려 이십여 장이나 되는데 그것이 통째로 부러져 나간 것이다. 천재지변이 아니고는 불가능한 일이 벌어지고 있었다.

시뻘건 돌조각들이 우박처럼 쏟아졌다.

설영은 재빨리 설란을 품속으로 끌어안았다.

그그그극!

기울어진 봉우리 위쪽이 혈주봉과 분리되는가 싶더니 까

마득한 저 아래로 추락하기 시작했다.

중인들은 그 광경을 눈으로 보고 있으면서도 믿지 못하는 듯한 표정이었다.

혈주봉이 그들이 있는 곳 위쪽 상층부 오십여 장 높이가 통째로 떨어져 나간 것이다.

콰아앙!

거대한 봉우리 윗부분은 혈주봉 아래 암석군에 거꾸로 꽂히면서 산산조각이 났다.

우르르르—

그 진동은 중조산 전역으로 퍼져 나갔다.

무쌍신과 육천군 여덟 명은 자욱한 흙먼지와 돌가루 때문에 아무것도 보이지 않는 아래를 굽어보면서 가슴이 써늘해지는 것을 느꼈다.

"호호홋! 나왔느냐, 제자야?"

그때 천녀황이 낭랑한 교소를 터뜨렸다.

그녀가 보고 있는 곳은 방금 혈주봉이 윗부분이 잘려 나간 부위였다.

그곳에 언제 나타났는지 한 명의 혈의녀가 옷자락을 바람에 날리면서 표표히 서 있었다.

긴 흑발을 치렁치렁 늘어뜨렸으며, 백옥처럼 흰 살결을 지닌 십칠팔 세가량의 아름다운 소녀였다.

"이리 오너라."

천녀황이 혈의녀에게 손을 뻗으며 나직한 어조로 불렀다.

혈의녀가 힐끗 천녀황을 쳐다보자 두 눈에서 두 줄기 투명한 핏빛 안광이 줄기줄기 뿜어졌다.

휘익!

순간 혈의녀가 중인의 머리 위로 신형을 날리는가 싶더니 어느새 천녀황 면전에 일말의 기척도 없이 내려섰다.

중인은 그녀를 더 자세히 볼 수 있었다.

"여옥아……."

설란이 혈의녀를 올려다보면서 안타깝게 손을 뻗었지만, 혈의녀는 시선조차 주지 않았다.

천녀황도 작은 키가 아닌데, 혈의녀는 그보다 반 뼘쯤 더 컸고 늘씬했다.

입고 있는 혈의만 붉을 뿐, 얼굴이나 드러난 두 손은 빙결보다 더 희어서 차라리 투명한 것 같았다.

그리고 아름다웠다. 미의 극치를 보는 듯했다.

하지만 중인은 혈의녀를 보면서 아름답다는 생각은 추호도 하지 못했다.

그보다는 그저 혈의녀를 보는 것만으로 공포감을 느껴야만 했다.

그녀는 바로 화여옥이었다. 천마혈옥강을 극성으로 연공함으로서 십이 년의 세월을 거슬러 십칠팔 세의 앳된 소녀의 용모를 하고 있었다.

화여옥은 아무런 표정도 없었다. 그저 무심(無心)했다.

미의 극치와 공포와 무심함을 동시에 지니고 있었다.

그때 천녀황이 조용한 음성을 흘렸다.

"이제 내 제자를 시험해야 할 차례다."

무쌍신과 육천군은 극도의 긴장으로 침을 꿀꺽 삼켰다.

"혈옥녀(血玉女)야."

천녀황이 화여옥에게 나직이 말했다.

"네, 사부님."

인간의 말이라고는 모를 것 같던 화여옥이 꼿꼿한 자세와 여전히 무심한 표정으로 대답했다.

음정의 고저가 없는 무미건조한 목소리였다.

천녀황은 지난 사 년여 동안 화여옥을 혈옥녀라고 불렀다. 그 이름은 아마도 천마혈옥강에 기인할 것이다.

천녀황은 천천히 몸을 돌려 설란을 굽어보았다.

막내 설영은 큰언니 천녀황의 입가에 잔인한 미소가 매달려 있는 것을 발견하고 불길한 예감에 흠칫 몸을 떨었다.

"이년을 죽여라."

설영의 불길한 예감이 적중했다. 천녀황은 화여옥의 이성이 정말 마비되었는지, 그녀에게 친어머니를 죽이게 하여 시험하려는 것이었다.

천녀황의 명령에 잔혹함의 대명사인 무쌍신과 육천군마저

도 적잖이 놀란 얼굴이었다.

슥—

화여옥은 일말의 망설임도 없이 설란을 향해 돌아섰다.

"여옥아……."

설란은 고개를 들어 딸을 바라보았다. 눈물이 설란의 뺨을 적시고 있었다.

그녀는 죽음 따윌 두려워하는 것이 아니다. 십이 년 전, 남편 화운락, 아니, 동방운이 무쌍신과 육천군의 손에 죽었을 때 그녀도 그곳에서 함께 죽었었다.

그녀가 진정으로 두려워하는 것은 딸 화여옥의 인생이었고, 그녀로 인해서 천하가 피로 물들게 되는 것이었다.

슥—

화여옥의 오른손이 들어올려졌다.

"안 돼! 이분은 네 어머니다! 정신 차려라, 여옥아!"

순간 설영이 화여옥과 설란 사이로 뛰어들면서 두 팔을 벌리며 울부짖었다.

"물러나라!"

"아앗!"

천녀황이 가볍게 소매를 흔들자 설영은 무형지기에 의해서 뒤로 붕 날아가 바위에 부딪쳤다가 바닥에 쓰러졌다.

스으으—

화여옥의 손이 손목까지 새빨간 핏빛으로 물들었다. 금방이라도 피가 뚝뚝 떨어질 것만 같았다.

"여옥아……."

설란은 너무도 안타까운 표정으로 딸을 바라보았다.

그러나 화여옥은 무심한 얼굴로 슬쩍 혈옥수(血玉手)를 설란을 향해 느릿하게 밀 듯이 뻗었다.

후우우!

설란은 딸에게서 시선을 거두어 저만치에 쓰러져 있는 설영을 바라보았다.

설란의 두 눈과 얼굴에는 어떤 간절한 의미가 떠올라 있었다.

그리고 설영은 그 의미를 한눈에 알아보았다.

순간 화여옥의 혈옥수에서 핏빛 투명한 기류가 완만한 소용돌이를 일으키면서 뿜어졌다.

"안 돼!"

쓰러졌던 설영이 일어나면서 처절하게 울부짖었다.

찰나의 순간, 설란의 얼굴에 부드러운 미소가 떠올랐다.

착각 같았지만, 설영은 분명히 그 미소를 보았다.

그것은 이제 십이 년 동안의 험난한 삶을 마감하고, 사랑하는 남편을 만나러 가는 아내의 희망에 부푼 미소였다.

퍽!

핏빛 기류는 설란의 머리에 가볍게 적중했다. 마치 먼지떨이로 가볍게 두드리는 듯했다.

파아아—

한마디 비명도 없었다.

그저 설란의 몸이 폭발하는가 싶더니 순식간에 먼지가 되어 허공 중에 흩어졌다.

이 천인공노할 광경에 아무도 입을 열지 못했다.

단지 천녀황만이 잔인하면서도 득의한 미소를 머금고 있을 뿐이었다.

"후후… 이제 됐다. 이제 너는 북경으로 가거라."

친동생을 죽인 큰언니는 일말의 죄책감도 느끼지 못한 채 다음 일정을 얘기하고 있다.

"보름 후 북경에서 천중인계의 뭇 벌레들이 대회합이라는 것을 개최한다는구나. 그놈들을 깡그리 몰살시키는 것이 너의 첫 임무다."

천녀황은 혈주봉 아래의 산하를 굽어보며 웃음을 터뜨렸다.

"아하하하핫! 천하여! 목을 씻고 기다려라!"

오늘 이곳에서 친어머니를 죽인 희대의 마녀 혈옥녀가 탄생했다.

*   *   *

중원에 나와 있는 십오 명의 나찰들에게 구중천으로부터

명령이 하달됐다.

　—나찰들은 즉시 북경 무림총연맹으로 가서 다음 명령을
기다려라.

『구중천 제4권 끝』